旅夜書懷
나그네가 밤에 쓰는 감회

언덕의 가녀린 풀 미풍에 나부낄 새
높이 솟은 돛단배에거 홀로 밤을 지샌다
별 드리운 평야 광활하고
달 솟아오른 큰 강물 출렁이누나

細草微風岸
危檣獨夜舟
星垂平野闊
月湧大江流

木風原

목풍아 1

권오단 新무협 판타지 소설

초판 1쇄 찍은 날 § 2005년 4월 19일
초판 1쇄 펴낸 날 § 2005년 4월 29일

지은이 § 권오단
펴낸이 § 서경석

편집장 § 문혜영
편집책임 § 김민정
편집 § 장상수 · 최하나

펴낸곳 § 도서출판 청어람
등록번호 § 제1081-1-89호
등록일자 § 1999. 5. 31
어람번호 § 제2-0580호

주소 § 경기도 부천시 원미구 심곡1동 350-1 남성B/D 3F (우) 420-011
전화 § 032-656-4452 팩스 § 032-656-4453
http://www.chungeoram.com
E-mail § eoram99@chollian.net

ⓒ 권오단, 2005

ISBN 89-5831-507-5 04810
ISBN 89-5831-506-7 (SET)

※ 파본은 본사나 구입하신 서점에서 교환하여 드립니다.
※ 저자와 협의하여 인지를 붙이지 않습니다.

Fantastic Oriental Heroes

太風운

권오단 新무협 판타지 소설

목풍아 1

나는 바람이 되련다.

도서출판
청어람

목차

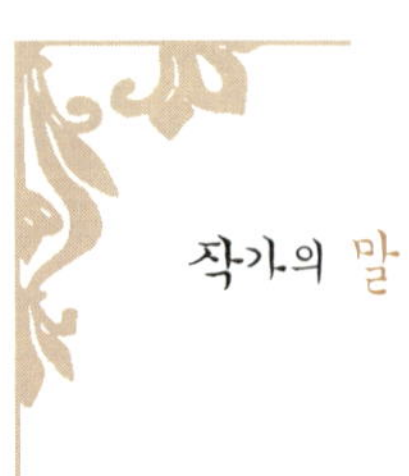

작가의 말

누가 말했던가, 시작은 설레임이라고…….

목풍아는 네 번째 펴내는 소설이다. 출산을 앞둔 산모의 마음이 이와 같을 수는 없겠지만, 여러 번 책을 출간한 경험이 있음에도 새로운 책이 세상 빛을 보게 된다 하니, 왠지 모르게 설레이는 마음이 드는 것은 출산을 앞둔 산모나 매한가지가 아닐까.

작년 가을 어느 화창한 날이었다. 도서관에서 빌려온 『지경(智經)』을 보던 순간이 목풍아의 시발점이라 생각된다. 그리고 다음날부터 목풍아의 구체적인 구상이 시작되었다. 미리 말씀드리지만 목풍아는 명사(明史)를 바탕으로 하여 간간이 알려진 고사나 야사를 조금씩 참조하여 쓰여졌다. 간간이 생소하지 않은 이야기를 발견하게 되더라도 너그러이 이해해 주시라.

목풍아는 작년 11월 중순 무렵부터 꾸준히 연재를 하다 '고무림판타지(http://www.gomufan.com)' 에서 주관한 장르문학대상에 출품한 작품이다. 다행스럽게 금상이라는 과분한 상을 받게 되었다. 이 자리를 빌려 수고하신 심사자님들과 서경석 청어람 대표님께 감사드린다.

당선 소감에서 말한바 있지만 목풍아는 무엇보다 재미있는 소설을 써보고 싶다는 마음이 이룩한 소산이다. 목풍아는 즐거운 마음으로 쓴 글이다. 쓰면서 즐거운 소설은 쓰고 나서도 기분이 좋다. 그런 글은 읽으면서도 입가에 내내 미소가 걸린다. 독자들과 함께 이런 즐거움을 영유하는 것은 정말로 기분 좋은 일이라 생각한다.

열심히 땀 흘리고 잠시 쉬는 시간에 땀방울을 식혀주던 한줄기 바람의 느낌처럼, 어렵고 힘든 세상살이 한가운데에 한때의 즐거움이 될 수 있다면 그것으로 목풍아는 의미가 있으리라 생각한다. 모쪼록 재미있게 보아주시면 감사하겠다.

권오단 배상

지혜(智慧)란 물과 같고, 처세(處世)란 바람과 같다.
지혜가 있다는 것은 땅에 물이 있는 것과 같으며,
처세를 잘하는 것은 하늘에 바람이 있는 것과 같다.
세상에 물과 같은 사람은 많았지만 바람을 갖춘 이는 없었고,
바람과 같은 사람은 많았지만 물을 겸비한 자는 없었다.
그렇다면 지혜와 처세를 동시에 갖춘 이가 도대체 누구인가?
물 같은 지혜로 백성들을 이롭게 하고,
바람 같은 처세로 천하를 종횡하였던 목풍아(木風兒)뿐이다.

제 1 장

나는 바람이 되련다

석달 남짓 사신 접대를 위해 연경으로 출타하였던 역관(譯官) 목원유(木遠猶)는 승덕현(承德縣)의 자신의 집에 돌아오기 무섭게 하인들을 다그치고 있었다.

"몽룡이는 어디 갔느냐? 어딜 갔기에 아버지가 왔는데도 인사가 없단 말이냐?"

"저… 저… 그것이……."

하인들의 눈치를 살피는 품새가 미덥지 못하다. 목원유의 얼굴이 찡그려지며 이마에 혈관이 울긋불긋 부풀기 시작하였다.

"또, 또, 또 도박을 하러 간 게야?"

"저… 그것이……."

"그것은 뭐가 그것이야. 당장 몽룡이를 잡아오지 못해?"

대청이 떠나가라 소리를 지르자 하인들이 황급히 밖으로 도망치듯 달아나고 말았다.

살 맞은 뱀처럼 쪽문 바깥으로 달려나가는 하인들의 뒷모습을 바라보며 목원유는 중얼거렸다.

"도대체 뭐가 되려는지. 쯧쯧쯧."

"모두 다 당신 때문에 그런 것 아닌가요?"

등 뒤에서 들리는 소리에 목원유가 고개를 돌려보니 목원유의 부인 유씨가 원망이 가득한 눈초리로 그를 바라보고 있었다.

"무, 무슨 말이오? 내가 그 녀석을 그렇게 만들었다니……."

목원유가 당황한 얼굴로 바라보니 유 부인이 천천히 다가와 목원유 옆에 다소곳이 앉아 따지듯 입을 열었다.

"그 아이가 삐뚤어진 것은 모두 당신 탓이 아닌가요?"

"내 탓이라니? 그 녀석이 도박장을 전전하고, 불량배들과 어울리는 것이 내 탓이란 말이오?"

"그럼 제 탓이란 말인가요? 그 똑똑한 아이의 전도를 망친 당신 탓이 아닌가요?"

원망하는 얼굴로 되묻는 유씨의 눈망울에 눈물이 어리었다. 목원유는 당장 할 말이 없어 유씨에게서 고개를 돌려 담장 앞에 길게 늘어진 버드나무를 바라보았다. 때는 염천이라, 푸른 잎을 가득 단 버드나무가 부는 바람에 맥없이 흐느적거리고 있었다.

하나밖에 없는 아들을 생각하니 한숨이 절로 나왔다. 목원유 아들의 이름은 목몽룡(木夢龍). 여의주를 문 용 꿈을 꾸고 태어난 아이였기에 몽룡이라 이름을 지은 것이다. 범상치 않게 태어난 아이여서인지 몽룡은 네 살에 천자문을 떼고 다섯 살에 시를 짓는 신동(神童)으로 이름을 날렸다. 문재가 뛰어나고 재치가 남달라 여덟 살에 사서삼경을 모두 떼고 고을에서 열리는 과거마다 줄줄이 장원을 할 정도로, 몽룡의 천재성은 고을마다 소문이 자자할 정도였다.

사람들은 누구나 몽룡이 과거에 급제하여 승상(丞相) 정도의 큰 인물이 될 것이라 생각하였다. 몽룡 역시 그들의 뜻과 같이 나라에 큰 업적을 남기는 인물이 되기 위해 열심히 공부에 전념하는 착한 아이였었다. 그런데 그러한 몽룡이 열다섯 살이 되면서 갑자기 도박장을 전전하고, 동네 불량배들과 어울리며 삐뚤어진 길을 가기 시작한 것이다.

부인 유씨는 목몽룡이 삐뚤어진 길을 가게 된 것이 출사에 뜻을 품지 말라는 아버지의 엄명 때문이라 생각하였다.

그런 심정을 모르는 바 아닌 목원유가 한숨을 내쉬다가 고개를 돌려 유 부인을 바라보다 차마 떨어지지 않는 입을 열었다.

"재주있는 자식을 아끼는 내 심정을 알아주시오."

"저는 아무리 생각해도 당신의 마음을 모르겠어요. 명나라가 세워진 지도 삼십여 년이 지났어요. 이제 나라는 안정되어 가고 인재들이 필요한 때예요. 그런데 일신의 안위만 생각하여 재주있는 아이를 속박하다니, 그것이 부모로서 할 일인가요?"

유 부인은 매섭게 쏘아붙이고는 고개를 획 돌렸다. 목원유는 난감하여 다시금 뜰 앞에 서 있는 버드나무를 바라보았다. 오뉴월 뜨거운 날씨가 답답한 마음처럼 더욱 후덥덥하게 느껴지는 것이었다.

한편 목원유의 불호령을 받고 달려온 하인들은 대희루(大喜樓)로 들어가자마자 이층 누각으로 올라갔다.

목룡이 누각 난간 앞에 즐겨 앉아 차를 마시길 좋아하는 습관이 있다는 것을 잘 아는 까닭이다.

과연 난간 앞 의자에 앉아 느긋하게 차를 마시고 있는 소년을 발견할 수 있었다. 머리를 묶고 흰 비단옷을 단아하게 입은 소년은 주위 경관을 조망하다가 찻잔에 차를 따라 향을 음미하였다.

“도련님, 도련님.”

살짝 눈을 감고 차 향을 음미하던 목몽룡이 고개를 돌렸다.

“무슨 일이냐?”

“주인 어른께서 돌아오셨습니다. 또 이곳에 오신 것을 알고는 노발대발이십니다요.”

“아버님이 오신 것은 짐작하고 있다만, 소주에서 가져온 차를 맛보지도 않았는데 그냥 가면 섭섭하지 않느냐. 차 한잔 마시고 가면 아버님의 노기가 가라앉을 것이니 너도 이리 앉아 나와 함께 차나 마시자.”

하인은 언제나 아랫사람에게 격의없이 대하는 도련님이 고마울 따름이라 더 이상 재촉하지 않고 그 자리에 서서 고개를 꾸벅 숙였다.

“그럼, 잠시 기다리겠습니다.”

“어허. 이리 와서 함께 마시자니까. 소호의 벽라춘(碧螺春)이라는 명차란다. 네가 언제 이런 좋은 차를 마셔볼 수 있겠느냐? 이리 오라니까.”

목몽룡이 손을 흔들어 다시 재촉하였다.

“도련님, 소인은 그저 도련님 마음만으로도 고마울 따름입니다.”

“이런, 의리없이 나 혼자 먹을 수 없는데?”

목몽룡은 차를 따라 끝끝내 마다하는 하인에게 건네주고는 자신의 잔에도 차를 따라 한 입 마셨다.

“아! 향이 좋구나. 너도 마셔보거라. 만약 마시지 않겠다면 너를 위해 특별히 똥차를 만들어줄 테다. 똥차를 먹고 싶으냐?”

“아닙니다, 도련님. 마시겠습니다.”

파란빛이 감도는 차를 손에 든 하인은 코를 은은하게 만들어주는 차를 들고 어쩔 줄을 몰라 하다 얼른 잔을 들어 한 입 마시고는 얼굴을 찡그렸다.

“도련님, 말 오줌 같은데요?”

“와하하하. 차를 먹어보지 못했으니 당연하지. 그래도 똥차보다는 백
배는 나을 거다. 하하하하.”

“도련님도 짓궂으시긴…….”

“와하하하. 다행이다. 너를 위해 냄새 나는 똥차를 만들 뻔했으니 말
이다. 와하하하.”

목몽룡이 웃으며 차를 다시금 한 모금 마시려 할 때였다.

“대장, 대장.”

다급한 목소리와 함께 건장한 사나이 하나가 머리가 하얗게 센 노파
하나를 데리고 누각으로 올라왔다.

노파는 목몽룡을 보더니 그 자리에 털썩 주저앉아 쉴 새 없이 머리를
조아렸다.

“도련님, 제발 제 아들을 살려주십시오. 제 아들을 살려주세요.”

몽룡은 고개를 들어 얼굴에 칼자국이 있는 사내를 바라보며 말했다.

“일도야, 이 노파는 얼마 전에 대희루에서 나가 죽림촌에 정착한 맹달
의 어머니 아니냐?”

일도라는 사나이는 몽룡의 오른팔 격인 건달패의 우두머리로, 얼굴에
길게 난 흉터 때문에 일도라는 별명으로 불려지고 있었다.

“예, 맞습니다, 대장.”

몽룡은 노파의 손을 잡아 의자에 앉히곤 말했다.

“무슨 일이십니까?”

노파는 흙과 눈물로 범벅이 된 얼굴로 두 손을 모아 몽룡에게 빌었다.

“도련님, 맹달이를 살려주세요. 우리 맹달이가 누명을 쓰고 죽게 생겼
습니다. 맹달이는 억울합니다요. 우리 맹달이를 살려주세요.”

몽룡이 고개를 돌려 칼자국이 있는 사내에게 물었다.

“일도야, 도대체 어찌 된 일인지 자세히 이야기해 보거라.”

"죽림촌에서 살인 사건이 일어났는데, 맹달이가 살인죄를 뒤집어쓴 모양입니다. 맹달이가 오랫동안 건달 노릇을 했지만, 노모와 함께 정착한 후에는 정말 착실하게 살았기에 이런 일이 생길 줄은 몰랐습니다."

노파가 목몽룡의 손을 잡고 매달려 애원하였다.

"죽은 여자 아이는 죽림촌의 부호인 양 대인의 아들과 그렇고 그런 사이였습니다요. 맹달이는 그 여자와 한 번 만난 적도 없습니다요. 죽은 계집과 양 대인의 아들이 그렇고 그런 사인 줄은 마을 사람도 다 아는데, 맹달이가 무엇 때문에 그 계집을 죽인단 말입니까? 맹달이가 대희루에서 건달 짓을 한 적이 있지만 지금의 맹달이는 예전의 맹달이 아닙니다. 도련님, 우리 맹달이를 살려주십시오. 사람들이 그러는데 내일 형을 받으면 바로 사형될 거라 합니다요. 제 아들을 살려주세요, 도련님."

일도가 말했다.

"대장, 맹달이는 사람을 죽일 만큼 독한 녀석이 아닙니다. 대장도 잘 아시잖아요."

몽룡이 팔짱을 끼고 잠시 생각하다 노파에게 말했다.

"제가 백방으로 힘을 써볼 것이니 걱정 마시고 집으로 돌아가 계십시오."

노파가 몽룡의 손을 잡으며 흐느꼈다.

"도련님, 도련님만 믿겠습니다요. 저는 맹달이 하나밖에 없습니다."

"알고 있어요. 가서 기다리고 계세요."

몽룡이 자리에서 벌떡 일어났다.

"일도야, 가자."

"예."

하인이 때 아닌 일에 몽룡에게 말했다.

"도련님, 지, 집에는……."

"무고한 사람의 목숨이 달린 일이라 지체할 수가 없구나. 밤에 들어갈 테니 네가 가서 아버님께 잘 말씀드리거라."

몽룡은 일도라는 부하와 함께 누각을 내려가 버리고 말았다.

하인은 난간에 기대 멍한 얼굴로 몽룡이 사라지는 모습을 바라보다 의자에서 흐느끼고 있는 노파를 향해 고개를 돌렸다. 노파는 염주를 붙잡고 눈을 감은 채 훌쩍거리며 염불을 외고 있었다.

점소이 하나가 다가와 몽룡이 마시던 차를 치우기 시작하였다. 하인은 점소이에게 말을 걸었다.

"이보시오."

"왜 그러십니까?"

"얼굴에 칼자국이 있던 사람이 우리 도련님을 대장이라고 하던데 무슨 말이오?"

점소이가 눈치를 살피며 말했다.

"아직 모르세요?"

"뭘 말입니까? 그 사람이 대희루의 주먹이라는 것은 저도 알고 있습니다만, 그런 사람이 도련님에게 대장이라며 굽실거리는 것은 무엇 때문입니까?"

점소이가 얼굴을 일그러뜨리며 눈치를 살피다 슬며시 다가와 속삭이듯 말했다.

"집안의 하인들도 모르고 있었다니 저는 놀랐습니다. 사실 대희루의 주인은 목몽룡 도련님이에요. 이곳의 건달들과 저희는 모두 도련님을 대장으로 모시고 있구요."

"예에?"

하인은 자신의 귀를 의심하였다. 도박을 좋아하여 대희루에서 사는 줄로만 알았는데, 기루가 도련님의 것이라니……. 목몽룡의 나이 이제 열여섯 살일 뿐이다. 집안에서 큰돈을 준 것도 아니었으니 이 큰 대희루의 주인이라는 말을 좀체로 이해할 수 없었다.

"나는 무슨 말을 하는 것인지 모르겠는걸요? 도련님이 대희루의 주인이라니……."

"하긴 쉽게 믿기는 어려운 이야기니까요."

"어떻게 도련님이 대희루의 주인이 된 건지 이야기를 좀 해주세요. 궁금하네요."

점소이가 차를 치우다 말고 의자에 털썩 앉아 입을 열었다.

"대장은 이곳 대희루에서는 전설과 같은 존재이지요. 여섯 푼으로 이 년 만에 대희루를 인수하였으니 말이죠."

"이보쇼, 장난치쇼? 도련님이 특별나게 머리가 좋은 분인 줄은 나도 알고 있지만, 여섯 관도 아니고 여섯 푼으로 이렇게 큰 대희루를 어떻게 인수한단 말이오?"

"그러게 전설과 같은 존재라는 것 아니오. 처음 대장이 대희루를 찾아온 것이 이 년 전이었죠. 도박판 언저리에 서서 물끄러미 구경만 하던 대장이 어느 날 여섯 푼을 가지고 도박판에 끼어든 것이 아니겠습니까? 첫날 여섯 푼이 은전 한 냥이 되었는데, 매일 은전 한 냥으로 시작해 세 냥을 따 돌아갔지요. 한 번도 잃은 적이 없어요."

"그럼 도박판에서 딴 돈으로 대희루를 샀단 말인가요?"

"그렇죠. 그렇지만 돈만으로 대희루를 살 수는 없어요. 여자와 도박판이 있는 기루를 사려면 돈뿐만 아니라 반드시 주먹도 필요한 법이죠."

"도련님은 무예를 연마하신 분이 아닌데…… 나이도 어리고……."

"그러니까 전설이라는 거죠. 돈도 없고 주먹도 없이 대희루를 접수했으니 말이죠."

"거참, 정말 믿기 어려운 이야기네."

"그렇죠? 대장은 매일 매일 도박에서 딴 돈으로 할 일 없는 건달들의 가족들에게 은혜를 베풀었죠. 직업이 없는 건달들의 집안은 항상 생계가 곤란할 수밖에 없으니 말이에요. 그런 가난한 집에 매일 매일 은혜를 베풀자 이 년 만에 이 지역의 모든 건달들의 가족이 대장의 은혜를 받게 되었고, 신세를 진 건달들이 스스로 머리를 숙이게 된 거죠."

점소이가 염불을 외고 있는 노파를 가리키며 말했다.

"저 노파는 대희루 주먹 중의 한 사람이었던 맹달이란 자의 어머니이죠. 맹달이 건달 생활에 환멸을 느끼고 떠나려 하자 대장이 집과 땅을 사서 노모를 부양하며 살라고 정착시켜 준 거죠. 대장을 잘 따르면 언젠가 맹달처럼 미래를 보장받게 되는데, 그러니 어떻게 사람들이 머리를 숙이지 않겠어요."

"과연……."

하인은 머리를 끄덕였다. 병서(兵書)를 읽은 일곱 살 무렵부터 몽룡은 대장이라 불리기를 좋아하였다. 대장이라 불리기를 좋아하는 만큼 사람들은 몽룡을 잘 따랐다. 아니, 사람들이 잘 따랐다기보다 사람들을 잘 따르도록 만들었다. 그는 언젠가 몽룡이 약을 지어 찾아왔을 때를 기억하였다. 엄동한설에 어린 소년 하나가 방문을 열고 고사리 같은 손으로 대롱대롱 매달린 약봉지를 건네주던 순간을 생각하였다.

'부하는 내 손가락과 같다. 대장이 아픈 부하에게 이렇게 하는 건 당연하다.'

찬바람을 맞아 빨갛게 상기된 볼에 두 눈을 내리깔고 제법 의젓한 얼굴로 말하던 몽룡을 생각함에 어쩌면 대장은 타고난 것인지도 모른다 생각하였다. 장난기가 많은 아이였지만 몽룡은 하인들을 가족처럼 생각하였으며, 그 때문에 하인들 역시 몽룡을 친자식처럼 아끼고 사랑하였다. 그런 몽룡의 성품을 너무도 잘 알고 있기에 거친 사람들을 덕으로 감화

시켜 가는 몽룡의 이야기가 낯설게 느껴지지 않았다.

"대희루는 언제 어떻게 산 겁니까?"

"작년 가을에 대희루에서 큰 도박이 벌어졌지요. 대장이 대희루를 사 버리려고 작정을 한 날이었지요. 그날은 대장이 수십 냥을 가지고 시작하여 판돈만 수백 냥으로 불어나는 큰 도박이 되어버렸죠. 사흘 동안 벌어진 도박판에서 대장은 그 돈을 몽땅 따버렸고, 대희루는 결국 알거지가 되어버리고 말았죠. 전 주인인 곽도치(郭倒治)는 이 지역에서 주먹으로 알려진 사람이었는데, 대장을 없애려고 하다가 도리어 그가 거느린 부하들에게 당해 버리고 말았죠."

"저런……."

"하긴, 이런 곳에서의 인간관계는 의리보다는 돈이 우선하지요. 건달들 간에 말이 의리지 의리를 아는 인간이 얼마나 되겠습니까? 전 주인인 곽도치만 하더라도 돈을 위해 부하를 희생시키는 비열한 인간이었지요. 그런데 도련님은 곽도치와는 다르게 돈보다는 부하들을 먼저 생각하는 의리있는 사람이었지요. 돈만 알던 곽도치와 의리와 신의로 사람들의 마음을 산 대장의 싸움은 처음부터 결말이 난 승부였어요. 곽도치는 도련님을 노렸다가 도리어 부하들에게 죽을 뻔했는데 대장께서 그에게 큰돈을 주서서 온전한 몸으로 떠나보내셨죠. 그야말로 맥없이 대희루가 도련님 손으로 넘어와 버린 거죠."

"그랬군요. 도련님은 정이 많은 분이라 하인들에게도 가족처럼 대해 주시지요. 도움도 많이 주시고요. 그래서 집안의 하인들은 도련님에게 고마움을 느끼고 있답니다."

"그렇죠? 그러고 보면 대장은 아무나 되는 것이 아닌 것 같아요. 도련님처럼 난 사람이 되는 거지. 그렇지 않나요?"

"그렇긴 합니다."

하인이 점소이의 이야기를 들으면서 왠지 쓸쓸한 마음이 드는 것은, 어려서부터 남달리 총명했던 목몽룡을 봐왔기 때문인지도 몰랐다. 다섯 살에 사서삼경을 외고, 여섯 살에 시(詩)를 지으며, 일곱 살에 병서(兵書)를, 여덟 살에 온갖 책을 닥치는 대로 읽고 줄줄 외워대던 몽룡을 보며 집안 사람들은 목몽룡이 큰 인물이 될 것이라 짐작하였다. 나이에 비해 생각이 너무도 숙성하고 장난을 좋아하여 집안 사람들 사이에서는 소사야(少邪爺)라는 별명으로 불리기도 한 몽룡이었다. 큰물에서 놀아야 할 인물이 재주를 감추고 변방의 작은 마을에 처박혀 있을 수밖에 없다는 것이 점소이의 이야기를 들으면서 안타깝게만 생각되는 것이다.

몽룡은 일도와 함께 살인 사건이 난 현장을 돌아본 후 여러 가지 정황들을 사람들로부터 들었다. 그리고 관가로 달려가 형부의 관원에게 사건의 전말을 들었다.

전날 아침 죽림촌의 대숲에서 목이 반쯤 잘린 젊은 처녀의 시신이 발견되었으며, 양 대인의 집 하인이 전날 밤 맹달과 계집이 다투는 것을 보았다는 것이다. 하인의 말에 따라 맹달의 집을 급습한 관원은 헛간에서 피 묻은 낫을 발견하고 맹달을 관아로 압송하였다는 것이다.

맹달이 농사꾼으로 자리잡기 전에는 주먹으로 사람들을 괴롭힌 경력이 있었으며, 아직 혼례를 올리지 못한 노총각으로 살인 사건은 맹달에게 모든 면으로 불리한 조건이었다.

목몽룡과의 만남에서 맹달은 전날 밖에 나간 적도 없으며 낫도 자신이 쓰는 낫이 아니라고 결백을 주장하였지만 확실한 물증이 있었으니 도리가 없었다.

더구나 양관은 옆 마을의 부잣집 여식과 혼담이 오가고 있는 상황이었다. 사건의 정황으로 미루어 죽은 여자와 내연의 관계에 있던 양 대인의 아들 양관(梁寬)이란 자가 범인이라는 추측은 무성하였지만, 심증은 있으되 물증이 없어 맹달이 살인 누명을 뒤집어쓴 것이다. 더구나 양관은 양 대인이 어렵게 얻은 외동아들이었다. 양 대인이 돈으로 주변 사람들을 매수한다면 소용이 없는 일이었다.

"대장, 양관이란 자가 범인이라는 심증은 있지만 이건 불가능한 일입니다. 물증도 확실하고, 증인이 잡아떼기만 하면 방법이 없잖습니까. 내일 최종 판결이 나면 사형이 뻔한데 이렇게 될 바에야 현령에게 뇌물을 듬뿍 안기고 맹달이 목숨만이라도 살리면 안 되겠습니까?"

"빌어먹을……. 비열한 자식이 나를 열받게 했는데 내가 가만히 놔둘 것 같으냐? 더구나 착하게 살려는 나의 부하에게 죄를 뒤집어씌운 놈이다."

"그럼 방법이 있습니까?"

"이에는 이, 눈에는 눈. 방법이야 만들면 되지."

몽룡의 눈빛이 반짝거렸다.

그날 밤 몽룡은 양 대인의 집을 찾아갔다. 양 대인은 죽림촌 일대의 반이 넘는 땅을 소유한 부호였으므로 그의 집을 찾는 것은 어렵지 않았다.

"문을 열어라. 양 대인에게 볼일이 있다."

일도가 문을 두드리자 하인이 문을 열고 나왔다.

"무슨 일이오?"

"살인자 맹달의 부탁을 받고 양 대인에게 전할 말이 있어 찾아왔소."

하인이 얼른 집으로 들어갔다 되돌아와 두 사람을 장원으로 안내하였다.

크고 뚱뚱한 체구의 두꺼비 같은 양 대인이 정청 앞에 서 있고, 건장한 사내들이 창과 몽둥이를 들고 그 주위에 둘러서 있었다.

"와하하하. 죄라도 지었나? 왜 이렇게 사람들이 많아? 하하하."

양 대인은 얼굴을 찌푸리며 말했다.

"이놈, 넌 누구냐? 어린 놈이 맹랑하게……."

"그보다도 양관은 어디에 있습니까?"

몽룡이 두리번거리자 양 대인이 심술궂게 소리를 질렀다.

"양관은 왜 찾아? 잔말 말고 어서 할 말이나 해봐. 도대체 그놈이 무슨 말을 했단 말이냐?"

목몽룡이 웃으며 말했다.

"하하하. 말씀드려야죠. 맹달이 내일 재판정에서 양관이 시켜서 한 일이라고 말하겠다더군요."

양 대인의 얼굴이 사색이 되었다.

"뭐, 뭐라구? 그런 미친……."

"나는 그 말을 전해주었으니 알아서 하시라고……. 와하하하."

몽룡은 목을 젖혀 웃고는 성큼성큼 걸음을 옮겼다.

"자, 잠깐."

양 대인이 소리쳤다.

"뭐요?"

"너, 너희는 누구냐?"

그 모습에 당황한 기색이 역력하였다.

"알게 뭐야? 나는 그저 이야기를 전하러 왔다니까. 내일 재판정에 양관이 오지 않는다면 그렇게 이야기를 할 거라고 맹달이 말하더군."

"흥. 이 꼬맹이야. 우리 양관은 죄가 없어, 죄가 없다고……. 가서 허튼 수작 하지 말라고 전해."

"하하하. 맹달은 죄가 있어 살인죄를 뒤집어썼나요? 오든 안 오든 저는 맹달의 말을 전했으니 이만 물러가겠습니다.”

목몽룡은 화통하게 웃으며 성큼성큼 집을 나섰다.

“버릇없는 꼬마 녀석…….”

양 대인이 몽룡을 노려보며 이를 갈았다.

늦은 밤 목몽룡이 비로소 목원유의 장원에 들어가니 대청 가운데 의자에 목원유와 유 부인이 등롱을 밝히고 등을 돌린 채 앉아 있었다.

“아버님, 잘 다녀오셨습니까?”

목몽룡이 인사를 하며 빙그레 미소를 지었다. 도박판의 한량이 되어 버린 몽룡이 늦은 밤에 집으로 돌아와 인사하는 것을 보니 목원유의 이마에 핏대가 솟았다. 그러나 끓어오르는 노기를 애써 참으며 입을 열었다.

“대체 어딜 다녀왔느냐?”

몽룡은 하인이 자신을 위해 변명하였으리라 생각하고 빙그레 웃으며 말하였다.

“예. 날이 더워 물놀이를 다녀왔습니다.”

목원유는 타고난 재주를 가진 용을 자신이 염치도 없는 날건달로 만들어 버린 것 같아 절로 한숨이 나왔다.

“몽룡아, 세상은 그리 만만한 것이 아니다.”

그것은 그동안 수도 없이 과거 공부를 하지 말라고 권했던 이야기의 서두였다.

“잘 알고 있습니다.”

“글을 잘 아는 것이 두려운 세상이 되었다.”

“그 역시 잘 알고 있습니다.”

명나라를 개국한 주원장(朱元璋) 홍무제(洪武帝)가 즉위한 후에는 문장 때문에 죽임을 당하는 문자의 옥(獄)이 속출하였다.

항주 교수인 여일기(余一夔)가 대표적인 예로, 하표(賀表) 속에 '광천(光天)의 밑에 하늘은 성인을 낳고[生], 세상을 위해 규칙[則]을 만들었다' 라는 문장이 있었는데, 홍무제는 그 문장을 보자마자 그 자리에서 그를 죽여 버리고 말았다.

이유인즉슨 홍무제의 거지 중이었다는 과거 때문이었으니, 광(光)은 중 머리를 표현한 것이며, 생이란 중(僧)을 일컫는 말이고, 즉은 적(賊)을 빗댄 것이라 생각했기 때문이다.

거지였던 자신의 과거를 부끄럽게 생각하는 그였기에, 승려 중 독(禿)이나 광(光)이라는 글자를 사용했던 자들까지 죽임을 당할 정도였다.

덕안(德安) 부학(府學)의 훈도 오헌(吳憲) 역시 '천하에 길[道]이 있다'는 한 문장 때문에 죽임을 당하였으니, 도(道)는 도(盜:도적)와 음이 같아 홍무제가 도적 출신이었다는 것을 빙자했다는 이유에서였다.

문장 때문에 죽게 되는 사람들이 각 부현의 교수, 훈도 할 것 없이 속출하였으니 이 때문에 예신들이 자유롭게 문장을 쓰지 못하고 표식(表式)에 맞춰 문장을 쓰게 되었던 것이다. 그 밖에 위관(魏觀)과 고계(高啓), 양기, 장우, 예운림(倪雲林)과 같은 당대 이름있는 시인들도 모두 글 때문에 죽임을 당하였다. 송강의 원개 같은 명사가 미친 것처럼 행동하여 일생을 무사히 지낸 것을 보면, 목원유가 재주있는 아들에게 화가 미칠 것을 두려워하는 것은 당연한 일처럼 생각되었다.

목원유는 다시금 말을 하려다가 문득 입을 다물었다. 그렇게나 반복해 이야기했으니 이 총명한 아이가 모를 리 없다는 생각에서였다.

"난세다, 난세. 알았다면 그만 네 방으로 돌아가 보거라. 때가 찾아올 것이다. 때가 되면 과거를 보아도 좋다. 그러니 때를 기다려 보자꾸나."

그러나 이미 주원장은 죽었고, 그 손자인 건문제(建文帝)가 황위를 이

어받은 것이 벌써 이 년이나 되었으니 아버지의 말은 객관성을 잃었다. 하지만 근래 정국의 상황이 불안한 것은 사실이었다. 그 뜻을 몽룡이 모르는 바가 아니다.

"아버님, 저는 태공망처럼 하염없이 때를 기다리지 않겠습니다. 이제 세상은 바뀔 것입니다. 저는 그 변화의 바람을 타고 싶습니다."

"뭐라고?"

"아버님, 태공망 여상은 칠십에 비로소 때를 만났습니다. 때를 기다린 그가 천하에 한 일이란 것은 겨우 제(齊)나라 하나를 봉한 것일 뿐입니다. 저는 때를 기다리지 않고 때를 만들어갈 것입니다. 그래서 제 손으로 모든 백성들이 행복하게 살 수 있는 세상을 만들고 말 겁니다."

"몽룡아, 천하가 불안하다. 세상이 다시 둘로 갈라질 것이다. 그러니 지금 과거를 볼 생각은 버려라."

몽룡이 빙그레 웃으며 말했다.

"아버님, 전 과거 같은 것은 보지 않겠습니다. 힘없이 출사하여 당파에 휩쓸리다 덧없이 사라져 간 사람은 되지 않겠습니다. 전 제 힘으로 세상을 바꾸고 말겠습니다. 이 손으로요……."

목몽룡은 빙그레 웃으며 자리에서 일어났다. 그리고 힘찬 발걸음으로 대청을 빠져나왔다.

목원유는 멍하니 몽룡의 뒷모습을 바라보았다. 몽룡의 뒷모습을 바라보던 유씨가 매서운 눈으로 목원유를 바라보았다.

"당신은 정말 어쩔 수 없는 고집쟁이로군요. 저 총명한 아이가 과거를 포기해 버리다니…… 모두 당신 탓이에요."

유 부인은 눈물을 닦으며 몽룡의 뒤를 따라가 버렸다.

목원유는 하늘을 바라보았다. 먹장같이 시커먼 하늘에 금방이라도 쏟아질 것 같은 별들을 바라보다가 목원유는 길게 한숨을 내쉬었다.

유 부인은 몽룡의 방으로 따라가 몽룡을 위로하였다.

"몽룡아, 조금만 더 기다려 보면 안 되겠느냐?"

몽룡은 어머니의 손을 잡고 빙그레 웃으며 말했다.

"어머니, 아버님을 탓하지 마세요. 아버님께서는 저를 생각해 하신 말씀이니까요."

"몽룡아, 나는 네가 바깥에서 헛돌지나 않을까 염려되는구나."

"그런 염려는 마세요. 이 몽룡이는 헛으로 사는 사람이 아니니까요. 저를 믿어보세요."

유씨가 눈을 흘기며 말했다.

"몽룡아, 어린것이 또 노인처럼 말하고 있구나."

"하하하. 어머니, 제 별명이 소사야 아닙니까? 애늙은이가 어디 가겠습니까? 어디 오늘은 오랜만에 어머니 젖이나 만져 볼까?"

몽룡은 유씨의 품으로 파고들었다.

"호호호. 이 녀석, 점잖지 못하게……."

"헤헤헤. 어머니, 저 노인네라는 소릴 듣지만 아직 열여섯이라구요. 어린 자식이 어머니 젖을 만지겠다는데 누가 뭐랍니까? 하하하."

한동안 유씨와 장난을 치던 몽룡이 유씨의 가슴에 기대 말했다.

"어머니, 큰 사람이 되지 않고는 많은 사람들을 변화시키기 어렵다는 것을 깨달았어요."

"과거를 보거라. 때가 되면 과거를 보러 가거라."

몽룡이 자리에서 일어나 유씨에게 말했다.

"어머니, 내일 저는 떠날 생각입니다."

유씨가 창백한 얼굴로 말했다.

"어딜 간단 말이냐?"

"멀리 공부하러 가려구요. 이대로 놀고 있는 것은 시간 낭비인 것 같아서요. 어머니께 미리 말씀드리는 겁니다. 제가 보이지 않으면 공부하러 간 줄 알아주세요. 언젠가 금의환향(錦衣還鄉)할 테니 말이에요. 아버님껜 비밀입니다."

유씨는 아들이 정신을 차린 것이라 생각하고 손을 꼭 잡으며 말했다.

"몽룡아, 너를 부르러 갔던 하인에게 대희루의 주인이 너라는 이야기를 들었다. 너를 걱정하고 있었다만 이제 네가 정신을 차렸다니 안심이다. 이 어미는 너를 믿으니 염려 마라. 네가 마음만 먹으면 무엇이든 할 수 있는 아이라는 것을 알고 있으니 말이다."

"어머니……."

몽룡은 유씨의 품에 안기었다. 어머니의 따사로움에 눈물이 날 것 같았지만 눈에 힘을 주어 참았다. 사나이는 눈물이 많아서는 아니 된다. 큰일을 할 사람은 더 더욱…….

다음날 승평현 관아에서는 맹달의 살인 사건에 대한 재판이 열렸다. 몽룡은 아침을 먹자마자 집 앞에서 기다리고 있던 일도와 함께 관아로 달려왔다. 이날 관아에는 사건에 관계된 사람들과 구경꾼들이 이른 아침부터 모여들었는데, 그들 중에는 양 대인과 그의 아들 양관도 있었다.

"걸려들었다."

목몽룡은 쾌재를 불렀다. 하지만 옆에 있는 일도는 무엇 때문에 목몽룡이 걸려들었다고 하는지 알 길이 없어, 멍하니 재판이 시작되길 기다릴 따름이었다.

잠시 후 칼을 찬 맹달이 끌려나와 관청 앞에 꿇려졌으며, 현령이 위엄 있게 나타나자 재판이 시작되었다. 형부의 관원이 사건을 설명한 후 현령의 심문이 시작되었다. 맹달에게 몇 가지 통상적인 심문을 하였지만 맹달이 끝까지 부인하는 바람에 증인을 불러 다시 한 번 대질케 하였다.

"그날 밤 저는 맹달이 낫을 들고 대나무 숲으로 뛰어가는 것을 보았습니다."

"거짓말쟁이. 나는 그날 바깥에 나간 적이 없어."

"내 두 눈으로 똑똑히 보았는데 거짓말을 할 테냐?"

"아니라구요. 저는 아니라구요. 저는 정말 억울합니다."

맹달이 흐느껴 울었다.

목몽룡은 사람들 사이에 있는 양 대인과 양관을 노려보았다. 돈으로 사람을 매수한 것이 틀림없었다. 증인은 양 대인 집의 하인이었다. 아마 재판이 끝나면 하인에게 큰돈을 지불할 것이 분명하였다.

가만히 두 사람의 얼굴을 살펴보니 양 대인은 뭔가가 두려운 듯 상기되어 있었으며, 양관은 넋 나간 사람처럼 하늘만 멍하니 바라보고 있었다.

관가 앞에서는 맹달의 노모가 땅을 치며 서럽게 통곡하고 있었다.

'힘없는 자들이 당하는 세상.'

목몽룡은 관아 앞에서 눈물로 아들의 무죄를 주장하는 맹달의 노모를 바라보며 이를 악물었다.

증인 심문이 끝나고 형졸이 살인에 사용한 무기를 현령에게 확인시키자 현령이 판결을 내렸다.

"맹달, 사형(死刑)!"

급창이 다시 한 번 크게 소리를 지르자 양 대인과 양관의 얼굴에서 미소가 피어올랐다. 증인까지 모두 매수한 상황, 살인 무기는 맹달의 집에서 발견되었다. 무슨 수를 내지 않으면 죄없는 맹달이 죄를 뒤집어쓸 수밖에 없었다.

"에라 모르겠다."

목몽룡이 번쩍 손을 들고 관청 마당으로 걸어 들어갔다.

"진짜 범인은 따로 있습니다."

관청 마당에 때 아닌 소년이 뛰어들자 형리들이 잡으러 가다 현령을 바라보았다. 이들 역시 목몽룡에게 신세를 진 사람들이었으므로 쉽게 다룰 수 없었던 것이다.

"진짜 범인을 알고 있습니다."

현령이 물끄러미 목몽룡을 바라보다 손을 번쩍 치켜들었다.

"진짜 범인을 알고 있다고?"

목몽룡은 사람들 사이에 있는 양관을 가리켰다.

"예. 진짜 범인은 저기 있는 양 대인의 아들 양관입니다."

현령이 양관을 손가락질했다.

"저자를 끌어내라."

형리들이 사람들 틈으로 들어가 양관을 끌어내어 무릎을 꿇리었다. 푸른 비단옷을 입은 양 대인이 부채를 든 손으로 연신 포권을 취하며 말했다.

"나리, 저희 아들은 죄가 없습니다. 이 꼬맹이가 무고를 하는 것입니다. 부디 살펴주십시오."

현령이 목몽룡에게 고개를 돌려 엄한 목소리로 말했다.

"만일 양 대인의 아들이 범인이 아니라면 네놈 역시 무사하지는 못할 것이다. 형리, 살인에 대한 무고죄의 형량이 무엇이냐?"

형리가 형적부를 뒤지며 말했다.

"살인에 관계된 무고는 곤장 삼백 대에 일천 리 귀양입니다."

몽룡이 빙그레 웃으며 포권을 취하였다.

"염려 마십시오. 물증이 있습니다."

"물증이 있다고?"

양 대인과 양관의 얼굴이 창백하게 변하였다.

목몽룡이 성큼성큼 걸어가 증언을 했던 하인에게 중얼거렸다.

"들었지? 살인에 관계된 무고는 곤장 삼백 대에 일천 리 귀양이란 말 말이다. 아마 귀양을 가기도 전에 장독으로 죽어버리고 말걸? 지금이라도 늦지 않았으니 내가 확실한 물증을 대기 전까지 자백하는 게 좋을 게다."

증인을 한 하인의 얼굴이 경직되었다. 이내 목몽룡이 양관에게 다가가 말했다.

"그날 저녁에 너는 어디에 있었나?"

"지, 집에 있었다. 책을 보고 있었다."

"마을 사람들이 너희 두 사람이 그렇고 그런 사이라 하던데, 맞나?"

"누가 그런 소릴? 그런 말도 안 되는 소릴 하는 게 누구야?"

양 대인이 소리를 지르며 구경온 사람들을 노려보았다.

현령이 탁자를 두드리며 소리쳤다.

"도대체 물증이 무엇이냐? 헛소리하지 말고 물증을 대란 말이다."

목몽룡이 포권을 취하며 말했다.

"제가 살펴보니 검시에서 빠진 것이 하나 있는 것 같습니다."

"뭐가 빠졌단 말인가?"

"양관과 죽은 여자가 그렇고 그런 사이였다면 임신을 했을 수도 있을 것 아닙니까? 자궁을 살펴보지는 않았지요? 자궁 안을 검시해 보면 뭔가가 있을 겁니다. 알고 지내던 양관이 이웃 동네 부잣집 처녀와 혼담이 오가는 것을 듣고 정을 통한 처녀가 양관에게 따졌겠지요. 아이가 있으니 책임지라고 말이죠. 놀란 양관이 전전긍긍하다 처녀를 불러 살해한 것이 틀림없습니다. 그렇지 않나 양관? 자궁 안에 있는 태아와 양관의 혈액을 섞어보면 누가 범인인지 알아내실 수 있을 겁니다."

멍하니 이야기를 듣고 있던 양관이 중얼거렸다.

"그럴 리 없어. 옥화는 나에게 임신했다고 말한 적이 없어."

사람들의 시선이 양관에게 집중되었다. 의자에 기대 있던 현령이 탁자 앞으로 몸을 숙이며 주의를 기울였다.

목몽룡이 배시시 웃으며 말했다.

"이런, 이런. 그렇다면 네가 옥화와 이야기를 했다는 말이군. 언제? 어디서 이야기를 하였나? 마을 뒤편 매일 밤 만나던 바로 그곳이었지?"

"그럴 리 없어. 옥화는…… 옥화는…… 내가 죽이지 않았어."

"당연하겠지. 옥화는 네 아버지가 죽였으니까. 가난한 여자는 죽어도 싫었겠지. 돈을 노리고 너를 만나는 사기꾼이라 생각했을 테니까."

사람들의 시선이 양 대인에게로 돌려졌다.

"나, 난 아니야. 난 아니야."

양 대인이 창백한 얼굴로 두 손을 내저었다.

몽룡이 재빨리 증언을 한 하인에게 다가가 말했다.

"지금 이야기하지 않으면 양 대인에게 돈을 받기도 전에 네 목숨이 끝난다. 무고죄로 개죽음당하고 싶지 않으면 어서 불어. 만일 지금 말하지 않으면 나도 방법이 없어."

하인이 목몽룡과 양 대인, 현령을 번갈아 바라보다가 바닥에 털썩 엎드려 말했다.

"죽을죄를 졌습니다. 모두 양 대인이 벌인 일입니다. 저는 다만 양 대인이 시키는 대로 한 죄밖에는 없습니다."

사람들이 와~ 하고 소리를 질렀다.

목몽룡이 현령에게 말했다.

"상공 대인, 이제 사건이 명확해졌습니다. 양 대인이 여자를 살해하였고, 그것을 감추기 위해 과거 건달이었던 맹달에게 모든 죄를 뒤집어씌었습니다. 이제 하인이 자백을 하였으니 맹달은 무죄입니다."

현령이 고개를 끄덕이다가 자리에서 벌떡 일어나 양 대인을 가리키며 소리쳤다.

"저자를 포박하라."

형리들이 일제히 양 대인을 포박하여 무릎을 꿇렸다.

"대인, 죽인 것은 제가 아니라 제 하인입니다. 하인이 죽인 것입니다."

양 대인의 횡설수설을 들으며 목몽룡이 현령에게 포권을 취하였다.

"진짜 범인을 찾아드렸으니 저는 이만 물러가겠습니다. 나머지는 상공의 현명한 판단에 맡기겠습니다."

현령이 감탄을 하며 말했다.

"허허허. 참으로 영리한 아이로구나. 네 이름이 무어냐?"

목몽룡이 고개를 들었다. 이때 시원한 바람이 뺨을 스치고 지나갔다.

"바람, 바람이라 하옵니다."

몽룡이 고개를 숙여 가볍게 읍을 하곤 맹달에게 웃음을 지었다. 맹달이 눈물로 범벅된 얼굴로 말했다.

"대, 대장…… 고맙습니다."

"빌어먹을 녀석. 앞으로는 잘살아라. 알겠느냐?"

"예, 대장."

몽룡은 사람들 사이를 빠져나와 관아 앞에서 울고 있는 맹달의 노모에게 다가갔다.

"도, 도련님, 우리 맹달이 어찌 되었습니까?"

"맹달이 누명에서 벗어났습니다. 이제 울지 말고 웃으세요."

목몽룡은 노모의 손을 잡고 빙그레 웃었다.

"도, 도련님, 고맙습니다. 도련님은 저희 집안의 은인이세요."

"그런 말씀 마시고 맹달이와 함께 건강하게 잘사세요. 며느리도 들이고 손자도 보고 말이죠. 맹달이가 앞으로 효도할 겁니다."

목몽룡은 미소를 지으며 아지랑이가 일렁이는 후덥지근한 대로를 향해 걸음을 옮겼다.

"도련님, 제가 도련님을 위해 항상 기도드리겠습니다. 고맙습니다, 도련님."

두 손을 모아 염불을 하는 노모를 바라보며 몽룡은 미소를 짓고는 성큼성큼 걸음을 옮겼다. 어느새 일도가 몽룡의 옆에 달라붙었다.

"대장, 정말 대단하시네요. 그런데 대장 말이 사실입니까? 그 여자가 정말 아이를 갖고 있었을까요?"

"빌어먹을……. 그걸 내가 어떻게 알아? 심증을 물증으로 만들어놓았으면 됐잖아. 맹달이가 살았으면 되었지 뭐가 문제야?"

"그건 그렇죠."

"너는 맹달이가 풀려나면 뒤처리를 해주고 집으로 돌아가 노모에게 인사를 드리고 대희루로 오너라."

"예?"

"먼길 떠날 것이다. 알겠느냐? 시간이 없다."

"알았어요, 알았다구요."

일도가 구시렁거리며 왔던 길을 되돌아갔다.

부채를 펼쳐 바람을 일으키며 몽룡은 걸음을 멈추고 중얼거렸다.

"바람, 바람이라……."

문득 시 한 수가 생각났다.

한줄기 바람, 골짜기에서 생겨남에, 가고 머무름 조금도 거리낄 것이 없다

네[一風出岾 去留一無所係].

"바람, 그거 괜찮네."

몽룡은 하늘을 바라보며 빙그레 미소를 짓다 그 길로 대희루로 돌아왔다.

건달들과 점소이들의 인사를 받는 둥 마는 둥 콧노래를 부르며 누각 삼층에 위치한 방으로 올라간 몽룡은 금고 속에서 어음을 꺼내 품속에 집어넣고 은전 몇 냥도 주머니에 집어넣었다. 그리고 즉시 붓을 들어 세상을 바꾸기 위해 연경으로 떠난다는 서신을 쓰기 시작하였다. 어젯밤 어머니에게 미리 이야기는 하였지만 걱정하실 부모님을 생각하여 편지를 쓴 것이다.

'반드시 성공하여 돌아오리라. 그때까지 편안하시길…….'

편지를 봉투에 집어넣은 후, 몽룡은 대희루의 관리를 맡고 있는 집사 풍계(風季)를 불렀다. 풍계는 곽도 때부터 금전적인 관리를 맡아보던 집사로, 지금은 몽룡을 대신하여 대희루의 제반 사항에 관한 업무를 보고 있는 왼팔이었다. 몽룡이 풍계에게 한동안 자리를 비운다는 것과 이후의 수입 배분과 수하 관리의 요령과 방법에 대해 조목조목 이야기를 끝내고 나니 어느덧 정오가 되었다.

점심 식사를 끝낸 후 몽룡이 풍계에게 말했다.

"때때로 연락을 보낼 테니 요령 부릴 생각 하지 마라. 이 편지는 내가 떠난 후에 집으로 보내고 말이야."

"예, 예."

빈틈없는 몽룡의 성격을 아는 풍계는 편지를 받아 넣으며 굽실 고개를 숙였다. 나이는 어리지만 머리가 대단히 좋은 몽룡이 곽도치를 제거하고 대희루를 수중에 넣었을 때 풍계는 이미 죽은 사람이라 할 수 있었다. 그러나 목몽룡 덕에 목숨을 건지고 다시금 이인자의 자리를 차지하였을 때, 몽룡에게 순순히 복종하기로 마음먹었던 풍계였다.

몽룡은 점소이에게 말 한 필을 준비하라 이르고는 풍계와 함께 대회루의 계단을 걸어 내려왔다. 뜨거운 한낮이라 한산한 대회루 안은 도박장을 청소하는 듯한 점소이들의 목소리로 요란하였다.

세상이 어려워지면 사람들은 한탕을 찾아 헤맨다. 일확천금을 노리며 도박장을 찾아오는 사람들은 어쩌면 혼란한 시대가 낳은 패배자들인지도 모른다.

"수입이 늘어나면 땅을 사도록 해. 그리고 맹달이처럼 서른이 넘어가는 부하들에게 차례로 분배해 주도록 해. 장사를 하고 싶다면 상점을 알선해 주고 말이야. 부하를 다루는 데는 덕(德)이 최고야. 믿음이 있어야 배신이 없는 것이거든… 내 가족처럼 신경을 써주는 것이 부하들을 다루는 최고의 길이란 말이야."

열여섯답지 않은 몽룡의 말에 풍계는 고개를 굽실거렸다. 과거에 모셨던 곽도치는 부하보다 돈을 우선으로 생각하였지만 몽룡은 돈보다 부하를 먼저 생각한다. 아니, 부하에 그치지 않고 부하 가족의 일까지 자신의 일로 생각하는 몽룡의 마음에 풍계는 나이를 떠나 진심으로 감복하는 것이다.

"대장, 어딜 가십니까?"

일층으로 내려오자 일도가 싱글벙글 웃으며 다가왔다.

"맹달이는 잘 처리되었느냐?"

"예. 무죄로 방면되었습니다. 방금 노모와 맹달이를 데려다 주고 오는 길입니다."

"오는 길에 집에 인사는 드리고 왔느냐?"

일도가 갑자기 생각났다는 듯 자신의 머리를 치며 말했다.

“아니요. 잊어버렸는데요.”

“이런 빌어먹을 놈. 내가 오늘 멀리 간다고 하지 않았더냐? 노모에게 작별 인사를 드리고 오라고 집에 다녀오라 했더니 그걸 잊어버려?”

“다녀올게요. 다녀오면 되잖아요.”

“어서 다녀오지 못해? 빌어먹을 놈. 이렇게 빌어먹을 짓을 하고 있는데 내가 너를 믿고 무슨 일을 하겠느냐? 어서 노모에게 인사드리고 오너라. 정방산 방면으로 갈 테니 얼른 인사드리고 따라오란 말이야. 알겠냐?”

“예, 대장.”

일도가 허겁지겁 마을로 뛰어가기 시작하였다.

이내 목몽룡은 바깥에 준비된 말에 올라타 고삐를 잡고는 따라온 풍계와 부하들에게 말했다.

“내가 없더라도 잘하고들 있어라. 이 대장은 반드시 금의환향할 것이다. 너희는 나를 믿지?”

“그럼요. 잘 다녀오십시오, 대장.”

건달들이 꾸벅 고개를 숙여 읍하였다.

“자, 가볼까?”

몽룡은 고삐를 당겨 대로를 향해 말을 몰았다. 한참 달아오른 뜨거운 대기를 뚫고 달려가는 몽룡의 얼굴에 후끈한 바람이 매섭게 스쳐 갔다. 그러나 그 바람마저 몽룡에게는 상쾌하게만 느껴졌다.

“그래, 이제부터 나는 바람이 되련다. 광활한 대륙에 휘몰아칠 바람이 되련다. 어지러운 세상을 바꿀 사람, 천하 백성들을 위해서…… 그래, 이제부터 내 이름은 목풍아(木風兒)다. 큰 바람처럼 중원을 휘몰아칠 목풍아다. 와하하하하! 기다려라. 목풍아가 나가신다. 와하하하하!”

제 2 장
운수 나쁜 날

운수 나쁜 날

의기양양하게 승덕현을 떠나오기는 하였으나 말을 자주 타본 적이 없는 목풍아는 이내 허리가 결리고 사타구니가 저려와 십여 리를 가기도 전에 말에서 내릴 수밖에 없었다. 이글거리는 더위가 대로에 아지랑이로 피어올랐다.

"멋있게 떠나온다고 밥도 안 먹었는데……."

숨이 탁탁 막히는 더위에 사방을 살펴보던 목풍아는 아지랑이 사이로 산기슭 옆에 허름한 다점(茶店) 하나가 서 있는 것을 발견할 수 있었다.

"잘되었다. 좀 쉬었다 가자."

목풍아는 고삐를 쥐고 엉성한 걸음으로 터벅터벅 대로를 걷기 시작했다. 잠시 후 목풍아는 하얀 깃발에 차(茶)와 만두[饅頭]라고 쓰인 주련이 나부끼는 다점에 도착하였다. 염천이라 등줄기를 훅훅 볶아대는 더위에 어기적거리며 다점 앞 기둥에 말고삐를 매고 불면 날아갈 듯 엉성한 다점 안으로 들어가니, 비록 허술한 다점이지만 시원한 그늘이 있어 살맛이 났다.

"앞으로는 저녁 무렵이나 새벽에 움직여야겠는걸……."

이마의 땀을 닦으며 탁자에 앉으니 나이가 오십 가까운, 머리가 희끗하고 삵쾡이같이 앙상한 중늙은이가 차를 가져왔다. 그는 문 앞에 매인 말과 목풍아를 번갈아 바라보다 햇볕이 내리쪼이는 대로를 살펴보곤 말했다.

"도련님 혼자이십니까?"

주름 진 얼굴에 눈빛이 간들거리는 것을 보고 목풍아는 탁자를 치며 말했다.

"설마 내가 혼자 다니겠나? 하인들과 사냥을 나왔다가 말을 좀 달렸더니 하인들이 뒤처진 모양이군. 자자, 주문을 받아라."

"예, 예."

주인이 굽실거리자 목풍아가 말했다.

"하인이 십여 명 정도 되니 인원수에 맞춰 푸짐하게 내오게. 비싼 것으로……."

"예, 예."

"사람고기 같은 것을 내놓으면 안 돼. 알겠지?"

"저, 저희 집에는 그, 그런 것 없습니다."

"와하하하. 알았으니 어서 가져오기나 해."

목풍아의 너스레에 주인이 냉큼 물러나자 목풍아는 큰 소리로 탁자를 치며 웃다가 차를 따라 마셨다. 목풍아는 도박장을 전전하며 수면제를 써서 사람을 잠재운 후 돈을 빼앗고 살해하여 사람고기를 파는 도적들의 식당에 대한 이야기를 들은 적이 있었기에, 자신을 얕잡아보는 듯한 주인에게 경각심을 북돋우기 위해 너스레를 떤 것이다. 목풍아는 허둥지둥 주방으로 들어가는 주인을 바라보며 차를 들이켰다. 입 안에 쌉쌀한 차

향이 감돌았다.

쨍쨍 내리쬐는 햇발이 대로에 비춰 뜨거운 공기가 불어왔다.

'젠장, 일도 그 자식 때문에 쓸데없는 곳에 신경을 쓰게 되었군. 빌어먹을 놈.'

승평현에 있을 때는 기반이 있어 아무렇지 않았는데, 그곳을 벗어나니 곤란한 일이 생기는 것이다. 일단 나이가 어렸고, 키도 크지 않아 다른 이들에게 얕잡혀 보일 수 있기 때문이다. 글공부를 한 탓에 지모는 있으나 무예를 배운 것도 아니니, 대책없는 도적을 만났을 때나 시비가 붙었을 때 힘이 없는 자신이 낭패를 볼 것은 자명했다. 일도를 데려가려는 이유가 바로 그 때문이었는데, 첫 번째 단추를 엇갈리게 채운 것이다.

'하긴 그럴 만도 하지.'

일도의 입장에서는 그렇게 생각할 만도 하였다. 승평현에서 잘 지내다가 갑자기 먼길을 떠난다고 하니 농담으로 생각할 수도 있었으리라. 그럼에도 자신의 명령을 그대로 따르지 않은 일도가 얄밉게 생각되는 것이다.

'이 자식, 다음에 한번 정신이 바짝 들도록 교육을 시켜야겠군.'

목풍아는 입맛을 다시며 얼굴을 찡그렸다.

이때 코끝을 마비시킬 듯 향기로운 냄새와 함께 주방에 들어갔던 중늙은이가 음식을 푸짐하게 들고 나왔다. 그 뒤로 뚱뚱한 여자 하나가 느끼한 웃음을 흘리며 만두를 들고 나와 주변의 탁상 위에 올려놓았다. 비대한 허벅다리와 허리, 말 궁둥이 같은 궁둥짝 때문에 뒤뚱거리듯이 걷고 있는 여자는 덜 구운 오리고기처럼 느끼한 인상을 주었으나 주변을 둘러보는 눈빛이 흔들리는 것이 마음에 걸렸다.

"도련님, 아직도 하인들이 도착하지 않았나 보네요. 식으면 맛이 없는데……"

중늙은이 주인이 목풍아의 탁자에 오리고기와 만두, 밥과 술, 소채를 내놓으면서 말했다. 밤새 식사를 하지 않은 목풍아는 음식을 보자 허기가 동하여 소리쳤다.

"시끄럽다. 늦게 오면 식은 것을 먹을 것이고, 빨리오면 따뜻한 것을 먹을 뿐이니 나는 배가 고파 먼저 먹겠다."

목풍아는 오리 뒷다리를 뜯어 게걸스럽게 먹기 시작하였다. 시장이 꿀맛이라고 오랫동안 굶은 뒤라 그 맛이 기가 막혔다. 목풍아가 허겁지겁 먹다가 고개를 들어보니 주인과 여주인이 주방 앞에서 수군거리고 있었다.

힐긋힐긋 목풍아를 바라보는 것이 왠지 수상쩍은 마음이 들었다.

'뭐야. 내가 무전취식이라도 할까 봐 두려운가?'

목풍아는 품속에서 십 냥짜리 은전 하나를 꺼내 흔들며 소리쳤다.

"이봐, 이봐. 그렇게 있지 말고 국수를 내오라구. 여기 음식이 참 맛있는걸."

주인이 허겁지겁 다가와 목풍아에게서 은전을 받아 들고 화색이 되어 돌아가더니 잠시 후 국수를 들고 나왔다.

국수를 내놓던 주인이 목풍아에게 말했다.

"도련님, 오리고기하고 소채밖에 드시지 않았네요. 술도 한잔하시죠. 우리 집 술은 참 맛있답니다. 인근에서도 소문이 자자해 극락주(極樂酒)라는 별칭이 붙은걸입쇼?"

"극락주라? 그럼 한잔 마셔볼까?"

목풍아가 잔을 드니 주인이 냉큼 술병을 들어 따랐다. 검붉은 빛깔의 술에서 향긋한 냄새가 풍겼다.

"오디주입니다요. 작년 이맘때 따 담은 술인데, 맛이 좋아 공자님 같은 특별 손님에게 드립지요. 정력에 좋아 근방의 부호들께서도 자주 찾아주십니다요."

"그래? 어떤 맛인가 한번 볼까?"

목풍아가 족제비처럼 웃는 주인의 얼굴을 보고 은근슬쩍 잔을 내밀었다.

"세상이 하도 험해서 좀체 남을 믿을 수가 있어야지."

먼저 마셔보라는 의미를 다점의 주인이 모를 리 없다.

"에구, 공자님께서는 조심성도 많으시네."

주인은 잔을 받아 가볍게 한입에 털어넣었다.

"맛이 어떤가?"

주인이 입맛을 다시며 손가락을 쪽쪽 빨다가 말했다.

"에구, 마음 같아서는 한 잔 더 마셨으면 좋겠습니다요."

"그럼 한 잔 더 주지."

"예, 옙. 고맙습니다요."

주인이 다시금 잔을 받아 마시니 그제야 목풍아는 안심이 되었다.

"그럼 나도 극락주나 한잔 먹어볼까?"

목풍아가 술병을 들어 술을 따르니 검붉은 빛깔이 요염한 색과 향을 풍기는 것 같았다. 직접 따른 술을 입가에 대고 톡 쏘는 향을 음미하던 목풍아는 가볍게 한입에 털어 넣었다.

극락주가 입 안에 들어가니 달큰하고 향긋한 맛이 극락처럼 일품이다. 독한 화주와는 달리 꿀을 넣은 듯 쓴맛과 단맛이 번갈아 입술을 자극하여 술이 절로 입 안으로 꿀까닥 넘어갔다.

"우와, 이거 굉장한 맛이군."

"그래서 극락주라 부른다니까요."

주인이 손을 치켜들며 웃었다.

"아하하하. 이런 좋은 술을 왜 몰랐을까?"

목풍아가 웃으며 손가락을 치켜들고 다시금 술잔을 들어 따르려 하는데, 갑자기 눈앞이 핑 하면서 중늙은이 주인의 얼굴이 두세 개로 나누어졌다.

'제길, 당했다.'

정신을 차리려 하였지만 무거운 졸음이 눈꺼풀을 내리눌렀다. 족제비 같은 주인의 웃는 얼굴이 흔들거렸다.

"히히히히……."

부인과 주인이 마주 보는 모습이 어렴풋이 보이며, 웃음소리가 귓가에 흔들리듯 들리며 목풍아의 시야는 어둠 속으로 빠져들었다.

"내 말이 맞다니까. 가출한 돈 많은 공자가 틀림없어. 하인이 있다는 것은 다 거짓말이야. 그렇다면 벌써 도착했겠지. 안 그래?"

"입은 것하며 생긴 것이 잘 먹고 자란 놈 같으니 돈도 많을 거야. 히히히……."

두 사람이 주고받는 소리가 아련하게 사라지며 목풍아의 의식은 더욱 깊은 심연 속으로 빠져들었다.

"헉—"

목을 엄습하는 차가운 감촉을 느끼고 목풍아는 눈을 번쩍 떴다. 눈부시게 밝은 정오의 풍경과 타고 온 밤색 말이 시야에 들어왔다. 갑자기 극락주를 마시기 전의 광경이 눈앞을 스쳐 지났다.

'살아 있다.'

머리가 빠르게 돌기 시작하였다. 날이 선선해지는 저녁 무렵, 미혼약에 취한 자신이 멀쩡하게 깨어났다. 누군가 도와준 사람이 있었을 것이다. 무심결에 이름을 불렀다.

"일도냐?"

“엉? 대장, 어떻게 저러는 걸 아셨습니까? 이제 정신이 드셨습니까?”

과연 일도의 목소리가 들려왔다.

안심이 되어 목풍아는 안도의 숨을 내쉬었다. 마루를 울리는 발자국 소리가 들리더니 눈앞에 일도가 서 있었다.

“대장, 조금만 늦었어도 큰일 날 뻔했습니다.”

“빌어먹을 놈.”

어찌 되었든 일도가 왔으니 이제 단추가 제대로 끼어졌다.

목풍아는 고개를 돌렸다.

탁자 바로 앞에 중늙은이와 비대한 여자가 무릎을 꿇고 다소곳이 앉아 있었다.

“빨리 와서 다행이다.”

“그러게 말입니다. 어머님께 사정을 말하고 발바닥에 불이 나도록 뛰어왔습지요. 그런데 대장이 미혼약에 당했을 줄이야 상상이나 했겠어요?”

목풍아는 자존심이 상했지만 사실임을 인정하듯이 뾰로통한 얼굴로 고개를 끄덕였다.

“내가 방심을 했어.”

일도가 늦은 탓도 있지만, 자신이 마가 부부의 꼬임에 빠져 넘어간 것이니 다른 이를 탓할 것도 아니다. 하지만 큰일을 하러 나가는 길에 어육이 될 뻔한 것을 생각하니 화가 치미는 것이다.

목풍아는 씹어 먹을 듯한 눈으로 마가 부부를 바라보았다.

“잘못했습니다, 도련님. 제가 사람을 몰라보고…….”

“도련님, 살려주세요. 저희가 승평현의 목몽룡 도련님인 줄 모르고 죽을죄를 지었습니다. 용서해 주십시오.”

족제비 같은 중늙은이 마가는 마룻바닥에 머리를 박고, 비대한 마누라가 손이 발이 되도록 빌면서 용서를 구하였다.

"이 마가 부부는 이곳에 자리잡은 지 일 년 반 되었는데, 예전에 저희가 도움을 준 적이 있지요. 남편은 마갑(馬甲)이라는 자로, 젊었을 적엔 산적 노릇을 하다 이곳에 자리를 잡았지요. 배운 것이 도둑질이라 수면제나 미혼약을 만들어 돈이 없을 때 하는 수 없이 도적질을 하며 근근히 살아가고 있습니다요."

목풍아는 바닥에 꿇어앉아 용서를 구하는 부부를 바라보았다. 살아온 인생이 그대로 얼굴에 묻어나 믿음감이 없는 얼굴의 남편과 피곤하고 무의미한 삶을 산 듯한 아낙의 모습이 부평초처럼 살아온 이 세대 인간 군상들의 얼굴을 대변하는 것 같았다. 이러한 자들을 벌한들 무엇하겠는가.

"나는 그렇게 좋은 사람은 아니지만 일도의 얼굴을 봐서 용서해 준다. 그런데 도대체 어떻게 한 거지?"

"아, 예. 간혹 도련님같이 의심을 하는 사람들이 있습지요. 그들에게는 약을 탄 술을 내놓기 전에 미리 손가락에 해독약을 발라놓은 다음 직접 술을 먹으면서 손가락을 빨아 해독약을 먹는 거죠."

목풍아는 마갑이 입맛을 다시면서 손가락을 빨았던 것을 생각하였다. 그때는 무심하게 보았던 것인데, 그러한 계교가 숨어 있다는 것을 깨닫자 목풍아는 무릎을 치며 웃었다.

"와하하하. 내가 보기 좋게 당했군. 좋아, 좋아."

"아이쿠, 도련님께서 그렇게 웃으시니 저희가 부끄럽습니다."

"아니야, 좋은 수법이야. 무예가 뛰어난 무림인들도 종종 당했겠군 그래."

"헤헤헤. 많이들 당했지요. 하지만 저희는 사람으로 만두를 만들지는 않습니다요. 돈만 빼앗고 죽여 버리지 인육 만두는 만들지 않습니다요. 믿어주세요."

“좋아, 좋아. 믿어주지. 힘이 없으면 계교라도 뛰어나야지. 하지만 사람을 죽이는 것은 좋지 않은 일이야.”

“오죽하면 저희가 그런 짓을 했겠습니까? 딴엔 저희도 인생에 도움이 안 되는 인간들을 가려가면서 그 짓을 하고 있습니다만, 도련님께서는 혼자이신데다 워낙 잘 차려 있으셔서……. 앞길이 창창한 도련님을 처음부터 죽일 마음은 없었습니다요.”

목풍아는 늙은이 둘이 머리를 조아리며 빌고 있는 모습을 보자 마음이 착잡하였다.

“자자, 그러고 있지만 말고 시장하니 음식을 내오너라.”

“네, 네, 알겠습니다, 도련님.”

마갑과 아낙은 큰절을 연신 해대다가 부산하게 주방으로 뛰어가 푸짐하게 음식을 내놓았다. 돼지고기 수육에 닭튀김, 삶은 달걀과 소채, 그리고 극락주라는 별칭이 있는 오디주까지 상다리가 부러질 정도로 푸짐하게 올려놓았다.

“기억나시지 않겠지만 대인께서 승평현의 도박장 앞에서 구걸을 하고 있는 저에게 무려 다섯 냥을 선뜻 내주셨지요.”

탁자에 턱을 기대고 있던 목풍아는 고개를 끄덕였다. 얼굴이 낯설지 않다 생각했는데 마갑의 말을 듣고 나니 문득 생각이 났다.

“이건 이상하군. 그때 나는 자네의 자식이 굶어 죽어간다고 하기에 선뜻 돈을 주었던 것인데…….”

마갑은 소매로 눈시울을 닦으며 말했다.

“도련님께서는 기억하고 계셨군요. 그때 저희에게는 아들이 하나 있었는데 정말로 먹지를 못해 사경을 헤매고 있었습니다. 대인께서 주신 돈으로 쌀을 사서 먹였지만 끝내 목숨을 잃고 말았답니다.”

“저런, 안됐군 그래.”

"괜찮습니다, 대인. 제 자식이 비록 허망하게 죽었지만 그렇게 소망하던 쌀밥에 고깃국을 죽기 전에 먹은 것이 어딥니까? 그렇게 행복해하던 아이의 얼굴을 생각하면 대인에게 진 은혜를 어떻게 갚을 수 있을지……. 그것도 모르고 저희가 큰 죄를 저지를 뻔하였으니 제 죄를 용서해 주십시오."

마갑의 아내 역시 죽은 아들 생각에 붉어진 눈망울을 소매로 닦고 미소를 지었다. 사람을 죽여 돈을 빼앗는 도적이지만 육친에 대한 사랑은 진짜였다. 지금쯤 자신을 생각하고 애를 태울 부모님을 생각하니 목풍아는 가슴이 찡하였다.

마갑이 가져온 음식을 입에 넣으면서도 그 맛이 느껴지지가 않았다. 노기충천한 아버님의 얼굴과 눈물을 흘리고 있을 어머님의 얼굴이 눈앞에 선해 맛있는 음식도 맛을 느낄 수 없었다.

'약해지지 말자. 약해지면 안 된다.'

목풍아는 자신의 꿈을 생각하고 마가 부부를 만난 것으로 귀중한 인생의 교훈 하나를 깨달았다 생각하였다.

'맹자는 시련은 큰 사람을 만드는 양약이라 하였다. 이제 시작이다. 약해지지 말자. 목풍아, 너에게는 꿈이 있나니. 인심이 험악해지는 것은 세상이 살기 어렵기 때문이다. 힘없고 불쌍한 사람들을 구제하여 천하를 태평스럽게 만들 의무가 나에게 있나니…….'

"자자, 인생은 일장춘몽(一場春夢). 잠을 깨면 모두 한때의 꿈인 게지. 그래도 살 수 있는 것은 세상이 살 만한 가치가 있기 때문 아니겠나? 자자, 모든 것을 잊고 놀아보자구. 와하하하!"

목풍아는 크게 웃으며 술잔을 들었다.

다음날 아침 일찍 목풍아는 일도와 함께 마가 부부의 배웅을 받으며 다점을 나왔다. 목풍아는 마가 부부에게 일백 냥짜리 지전(紙錢)을 주며 앞으로는 정상적인 다점 영업을 하도록 당부하고, 일도와 함께 길을 떠났다.

"마가 부부에게 죽을 뻔했으면서도 큰돈을 주어 은혜를 베푸시다니 정말 대장 배포는 대단한걸요?"

"그럼, 그럼. 나는 그릇이 다른걸. 나는 말이야, 이 세상을 더 좋게 만들기 위해 집을 나온 거란 말이야. 죄 많은 늙은 부부에게 은혜도 베풀고 죄없는 여행자들도 살리고, 이것이야말로 일석이조가 아니냔 말이냐. 큰 일은 작은 일로부터 시작되나니, 중원 전체에 나의 덕을 베풀어 배 두드리며 편안하게 사는 날이 도래할 것이다. 그때 너는 바로 이 목 대인을 측근에서 모신 심복이었노라 거드름을 피워도 좋다."

항상 엉뚱한 말 같아도 이치에서 벗어나지 않는 목풍아의 말이었다. 말고삐를 잡고 앞서 나가며 목풍아의 말을 듣고 있는 일도는 고개를 끄덕끄덕거렸다.

말을 타고 머리를 번쩍 든 목풍아의 얼굴은 밝았다. 먼 곳을 바라보는 그의 눈빛은 어린 나이가 무색할 정도로 크게만 보였다.

목풍아는 고삐를 잡고 앞서 나가는 일도를 보니 마음이 든든하였다. 일도는 승평현의 건달패들 중에 제법 주먹 실력이 있는 까닭에 이제는 어제 같은 낭패를 당할 염려를 하지 않아도 되었다. 남에게 얕잡아 보일 일도 없으니 이제 앞길은 순탄하리라.

정오 무렵이 되어 목풍아는 등줄기와 허리가 아프고 사타구니가 흔들릴 때마다 전신이 결려 할 수 없이 말에서 내릴 수밖에 없었다. 어제 오늘 잘 타지도 못하는 말을 탄 때문이었다.

말에서 내리니 그 걸음이 가관이었다. 사타구니에 밤송이를 끼워 넣은 것처럼 어기적거리며 걷는 모습이 우스꽝스럽기 그지없었다.

"진작 말 타는 것을 배워놓을 것을 그랬다."

"그러게 말입니다. 날도 덥고 배도 고픈데, 저 앞에 있는 객잔에서 하루 쉬어갈까요?"

일도가 가리키는 방향을 바라보니 과연 커다란 느티나무 옆에 객주가 하나 있는데 사람과 말이 많았다.

목풍아는 고삐를 잡고 어기적거리며 말에 올랐다.

"대장, 말에 타시게요?"

"그럼, 명색이 대장인데 너와 함께 걸어가야겠느냐? 어서 고삐나 잡아."

일도가 웃으며 고삐를 잡았다. 긴 해가 서산으로 기울기 시작하고 있었다. 마지막 열기를 뿜어내듯 태양은 대로를 뜨겁게 달구었다. 등줄기를 볶아대는 뜨거운 더위와 사타구니를 파고드는 통증 때문에 연신 얼굴을 찡그리는 목풍아였다.

"대장, 대장질 하기 힘들죠?"

"그걸 말이라고 하냐? 대장질이라는 것은 힘든 거야."

목풍아는 들고 있던 부채를 펴 태양을 가리며 말했다.

"어째서 힘든지 내가 이야기해 줄까?"

일도가 고개를 돌려 목풍아를 바라보았다. 일도는 목풍아의 찡그린 얼굴을 보고 웃자고 농담 삼아 한 말이었으나, 목풍아는 다가오는 객잔을 바라보며 정색을 하고 있었다.

"대장이란 말이야, 높은 데 있는 것 같지만 언제나 낮은 곳에 있는 사람이란 말이야. 졸개들이 두려워하고 있는 것 같지만 어느 때는 깔보는 자리, 좋아하는 것 같지만 미움받는 자리에 있는 것이 대장이란 말이야."

"그렇게 나쁜 자리에 있다면 대장 하지 않으면 될 것 아닙니까?"

"어쩔 수 없어. 나는 대장의 재목(材木)이니까 말이야. 나서지 않았다면 모르지만 나섰다면 대장밖에 할 수 없단 말이야. 아! 그것은 어쩔 수 없이 내가 대장의 재목이기 때문이지."

"대장, 대장의 재목이 뭡니까?"

"대장의 재목이라는 것은 집으로 말하자면 큰 기둥을 말하지. 목수로 말하자면 도편수라고나 할까? 기둥이 없다면 집이라는 것은 존재할 수 없고, 집을 만드는 데 필요한 모든 재목들이 소용없게 되는 것이지. 결론적으로 집이 만들어질 수 없다는 말이야."

"대장, 알 것도 같은데 잘 모르겠습니다."

일도가 머리를 갸웃거리자 목풍아가 물었다.

"도편수가 무엇인지 아는가?"

"그럼요, 대장. 도편수는 집을 짓는 목수의 우두머리 아닙니까?"

"잘 아는군. 도편수는 집을 지을 도면을 만드는 목수의 우두머리란 말이야. 도편수가 하는 일이 무엇인가? 먼저 재목을 배치하겠지. 곧고 옹이가 좋고 보기 좋은 재목은 눈에 띄는 입구 쪽 기둥으로 사용할 것이고, 조금 옹이가 있더라도 곧고 튼튼한 재목은 눈에 띄지 않는 장소의 기둥으로 사용하겠지. 그리고 다소 약하더라도 옹이가 없고 보기 좋은 재목은 문턱, 문, 미닫이 등에 사용할 것이고, 옹이가 있거나 약간 휘어졌더라도 도편수는 그 재목에 맞추어 용도를 마련하고 튼튼한 집을 만들겠지. 도편수가 목재의 용도에 맞추어 집을 짓는 것처럼 모든 부분의 용도에 맞게 부릴 수 있는 눈을 가진 사람이 대장의 재목이란 말이야."

"그럼 대장께서는 그런 눈을 가졌다는 말이군요."

"당연한 말. 너는 힘과 무예 솜씨가 제법이지만 많은 사람을 부릴 만한 재주가 없고, 풍계 역시 금전이나 사무에 관한 일이 뛰어나고, 부하를 다루는 재주 역시 조금은 있지만 나만 하지는 않지. 비유하자면 너와 풍계는 도편수의 명을 받는 목수 정도일까?"

"대장은 힘이 없지 않습니까?"

"제갈공명은 힘이 있어 조조(曹操)와 사마의(四馬懿)와 어깨를 겨루었느냐? 항우(項羽)가 힘이 없어 한신(韓信)에게 죽임을 당했던가? 한고조(漢高祖)는 날건달 출신이고, 명태조께서는……."

목풍아는 일개 도적 땡중 출신이라는 말을 하려다 재빨리 입을 다물었다.

"아무튼 대장은 모든 사람에게 의지가 되고 믿음을 주는 사람이어야 된단 말이야. 알겠나? 잘 생각해 보라구. 너는 너무 생각이 모자라. 그래서는 대장이 될 수 없어. 알겠나?"

일도가 가만히 생각해 보니 그런 것도 같았다. 주먹을 쓰는 일로는 우두머리가 될 수 있겠지만 대희루의 여러 가지 문제를 해결한다던가, 관원들을 상대한다던가 하는 문제에서는 번번이 벽을 만난 것 같은 기분이 들 때가 있었다. 더 생각해 보면 부하를 위해 물심양면으로 힘을 썼다던가, 부하가 자신을 위해 충성을 다할 정도로 복종하는지도 모를 일이었다.

두 사람은 커다란 느티나무가 옆에 있는 이 층의 객잔에 다다랐다. 객잔 앞 그늘에서는 활과 창을 든 무사 이십여 명이 차를 마시고 있었는데, 그 옆에 삼십여 기의 말이 매어져 있었다. 그 차림새를 보니 사냥을 나온 무리들 같았다.

"대장, 내리십시오."

객잔 앞에서 말을 세운 일도가 손을 깍지 끼우고 대기하자 목풍아가 얼굴을 찡그리며 일도의 손을 밟고 간신히 땅바닥에 내려앉았다.

허벅다리와 사타구니가 욱신거렸다.

"이런 것을 타고 다니는 사람들이 용하네."

목풍아가 어기적거리며 객잔의 계단을 올라갔다. 그때 별안간 종달새 같은 웃음소리가 허공에서 들려왔다.

"오호호호. 저것 봐. 사타구니에 밤송이를 끼웠나 봐. 호호호호."

맑은 목소리지만 자신의 모습을 흉하는 말이라 듣기 거북하였다. 목풍아가 고개를 들어 바라보니 이층 누각의 난간에 여자 하나가 손뼉을 치며 웃고 있었다.

고개를 들어 바라보니 생각보다 뛰어난 미녀이다. 커다란 까만 눈동자에, 입술은 앵두를 입에 문 듯 붉어 뽀얀 얼굴과 대비되어 한눈에 쏙 들어오는 미인이었다.

"대장, 괜찮으십니까?"

일도가 얼른 목풍아에게 물으니 목풍아가 손을 내저으며 말했다.

"놔둬라. 저깟 어린 계집년이 뭐라 지껄이든 무슨 상관이냐. 나는 그릇이 다른데……."

근엄하게 말을 하면서도 누각에서 웃고 있는 여인에게서 시선이 떠나지 않는다. 침이 꼴깍 넘어갈 정도의 미인이 틀림없었다.

"호호호. 생각보다 정말 미인이군."

어기적거리며 계단을 올라가는데 다시금 그 여인의 목소리가 들려왔다.

"오호호. 저, 저것 좀 봐. 골난 자라가 걸어가는 것 같아."

목풍아가 걸음을 멈추었다. 갑자기 씨익 미소를 짓던 목풍아는 계단으로 내려가 난간에 기대 웃고 있는 미녀에게 소리쳤다.

"이 갈보 년아, 내가 골난 자라 같다면 너는 바람난 앵무새가 아니고 무엇이냐?"

"뭐라구? 내가 갈보라고? 바람난 앵무새라구?"

미녀가 난간에서 벌떡 일어났다.

목풍아는 일단 입에서 말이 쏟아지자 혀를 낼름거리고 머리를 좌우로 흔들며 놀리듯이 소리쳤다.

"난간에 기대 지나가는 남자에게 추파를 던지는 것이 갈보가 아니고 무어야? 입은 앵무새같이 쉴 새 없이 조잘조잘. 너는 내가 마음에 들어 그랬겠지만 어림도 없는 일. 너같이 헤픈 갈보 년에게는 관심도 없으니 남의 외모에 감 놔라, 배 놔라 신경 꺼주서. 우하하하!"

한바탕 퍼붓고 두 손을 허리에 붙이고는 크게 웃은 목풍아는 옆에 있는 일도의 배를 툭 치며 유쾌하게 말했다.

"자자, 밥이나 먹으러 들어가자."

"대, 대장, 그냥 밥 먹을 분위기가 아닌데요?"

일도는 창백한 얼굴로 뻣뻣하게 주위의 눈치를 살피고 있었다. 목풍아가 주변을 둘러보니 느티나무 아래 있던 무사들이 험악한 얼굴로 주위를 둘러싸고 있었다. 엎친 데 덮친 격으로 객잔의 계단으로 쏟아지듯 십여 명의 무사가 시퍼렇게 날이 선 장검을 꺼내 들고 뛰어나왔다.

이층 난간 위에서 여인의 목소리가 들려왔다.

"그놈을 사로잡아 끌고 와라."

잠시 후 포박된 목풍아와 왼쪽 얼굴에 시퍼렇게 멍이 든 일도가 그 앞에 무릎이 꿇린 채 끌려왔다.

일도는 목풍아를 구하기 위해 무사들에게 대들었다가 비 오는 날 개 패듯이 매를 맞고 포박이 되었으며, 목풍아는 매는 맞지 않았지만 무공이 없는 관계로 맥없이 포박되고 말았다.

이때 목풍아는 일도의 무예가 쓸 만한 줄로만 알고 있다가 눈앞에 있는 계집의 무사 하나도 당해내지 못하는 것을 보고 허탈을 금치 못하였다.

목풍아가 천천히 고개를 드니 아미를 바짝 치켜세운 노한 얼굴의 미녀가 매서운 눈빛으로 노려보고 있었다.

"금방 뭐라 그랬지?"

소녀가 두 손으로 허리를 잡고 목풍아를 노려보았다. 나이는 자신과 비슷한 듯. 가까이서 보니 더욱 아름다운 미인이었다.

목풍아는 빙그레 웃으며 말했다.

"제가 뭐라 그랬습니까?"

소녀는 얼굴이 붉게 상기되어 소리쳤다.

"네가 나를 갈… 음, 수다스러운 앵무새라고 욕했잖아."

소녀는 참을 수 없었던지 목풍아의 뺨을 세차게 때리고 가슴을 힘껏 차버렸다. 목풍아는 맥없이 벌러덩 넘어져 버렸다. 뺨이 화끈거리고 가슴이 욱신거렸다. 화가 치솟았다. 먼저 시비를 건 것은 소녀가 아닌가. 시립한 무사들에게 겨드랑이를 잡혀 다시금 꿇어앉은 목풍아의 시야에 연(燕)이라고 써 있는 인장이 보였다. 순간 목풍아의 눈빛이 반짝거렸다. 목풍아는 갑자기 소녀를 바라보며 생글생글 웃기 시작하였다.

"하하하. 자라가 골이 나서 저도 모르게 한 말입니다요."

"뭐라고?"

"이 자라라는 놈은 미인에게 약해 미인만 보면 머리를 바짝바짝 내미는 습성이 있습지요."

소녀의 양볼이 빨개지며 웃음이 터져 나왔다. 남녀 간의 일을 알 나이인 소녀가 남녀의 사랑의 행위를 떠올리며 자신의 미모를 칭찬하는 말을 듣자 부끄러움과 달콤한 기분이 생겨났기 때문이다. 이러한 미묘한 사고의 순간을 놓치지 않고 목풍아는 한숨을 길게 내쉬며 말을 이었다.

"저는 정말 오늘 골난 자라처럼 성이 나고 말았습니다."

소녀는 돌연 한숨을 쉬는 목풍아를 보고 호기심이 가득한 얼굴로 물었다.

"왜? 내가 골난 자라라고 한 것 때문에?"

목풍아는 힘없이 고개를 내저었다.

"소생이 오늘날까지 살아왔지만 실로 그대 같은 미모를 가진 여인은 본 적이 없었습니다. 저는 그대가 나를 욕하였을 때도 그리 탓할 기분은 없었습니다."

소녀는 처음에 목풍아가 그냥 지나쳐 가려 했던 것을 보았으므로 고개를 끄덕였다.

"그런데 가만히 생각해 보니 정말 기분이 좋지 않았습니다."

"무엇 때문에?"

"그대 같은 경국지색의 미녀를 이 두 눈으로 보고 말았으니 이미 만사가 글러 버린 것이 아니겠습니까?"

"어째서?"

"생각해 보십시오. 제가 나중에 다른 여자와 혼인을 하더라도 이미 그대 같은 미녀를 보았으므로, 아무리 아름다운 여자라도 제 눈에 들어올 리 만무한 것이 아니겠습니까? 보지 않았다면 모르겠지만 이미 제 눈으로 그대를 보고 말았으니 이제 어찌 다른 여자가 눈에 들어오겠습니까? 아! 나의 혼인 생활은 끝이 나버리고 만 것입니다. 그러니 어찌 화가 나지 않겠습니까?"

소녀는 미소를 지었다. 뻔한 거짓말 같은 말이지만 기분은 무척이나 좋았다. 목풍아는 한숨을 길게 내쉬며 머리를 늘어뜨렸다.

"저는 이제 글렀습니다. 당신이 제 마음을 앗아가 버렸으므로 저는 죽기를 작정하고 당신에게 욕을 한 것입니다. 당신같이 지체 높은 분은 본래 좋은 곳으로 시집을 가실 몸이니 이 몸은 희망이 없습니다. 이제 살아도 산목숨이 아니니 이 참에 저를 죽여주십시오."

목풍아는 삶을 포기한 사람처럼 머리를 흔들었다.

일도는 목풍아의 돌연한 행동에 어이가 없어 멍하니 바라보고만 있었다.

이야기가 이상하게 변하여, 너무도 미인이기 때문에 목풍아는 화가 나 욕을 한 것이 되고 말았다. 순정 때문에 죽임을 당한다면 너무나도 억울하고 가엾은 일이 아닐 수 없다. 세상 사람들은 그렇게 생각할 것이 분명하였다.

소녀도 목풍아의 이야기를 듣고 보니 자신이 너무한 것 같기도 하였다. 자신은 걷는 모습이 너무나도 우스꽝스러워 놀린 것이었지만 상대방은 자신의 미모에 반하여 욕을 한 것이니, 여기서 이 소년을 처벌하거나 모욕을 준다면 체면이 서지 않을 것이라 생각하였다.

"듣고 보니 내가 너무한 것 같기도 하군."

소녀는 고개를 들어 호위무사들에게 말했다.

"이자들을 풀어주어라."

호위무사는 목을 늘어뜨리고 있는 목풍아를 보며 코웃음을 치고는 말했다.

"뻔한 거짓말입니다. 그냥 놓아줄 수 없습니다. 감히 군주님에게 그러한 무례를 범하고도 살아남은 자는 없습니다."

"그냥 놓아주라 하지 않았나? 내 말이 말같이 안 들려?"

소녀의 말에 호위무사는 당황한 듯 읍을 하곤 포박을 잡아끌고는 두 사람을 끌어내렸다.

"네놈의 세 치 혀 때문에 목숨을 구한 줄 알아라."

호위무사가 포박을 풀어주자 목풍아는 허리가 땅에 닿도록 읍을 하며 말했다.

"감사합니다. 이 호의는 잊지 않겠습니다. 부디 아가씨에게도 감사의 뜻을 전해주시길 바라겠습니다."

일도는 승평현에서는 허리가 뻣뻣하고 사나이답기만 하던 대장이 비열할 정도로 머리를 숙이는 것에 배알이 꼴려 인사를 하는 둥 마는 둥 고삐를 잡아끌고 앞서 뒤뚱거리며 뛰듯 걸어가는 목풍아의 뒤를 따랐다.

객잔이 안 보이는 곳에 이르렀을 때, 목풍아는 걸음을 멈추고 한숨을 내쉬었다.

"히유, 죽을 뻔했다."

"대장, 도대체 그게 뭡니까? 대장이면 대장답게 행동해야 할 것 아닙니까? 대장이 이렇게 비굴할 줄은 몰랐습니다."

일도가 무섭게 책하자 목풍아가 목청껏 웃으며 말했다.

"와하하하. 이것이 바로 대장의 행동이다."

"목숨을 구걸하려고 아첨을 하는 것이 대장의 행동입니까?"

"한때의 화를 참지 못하여 소인배들에게 대들었다가 개죽음당하는 것이 사나이의 행동이냐? 한신(韓信)은 비천할 때에 일개 불량배의 가랑이 사이를 기어다녔다. 그러나 사람들은 그를 소인배라 하지 않는다. 상황이 여의치 않으면 머리를 숙이는 것도 나쁜 것이 아니다. 한때의 분한 마음을 참아내는 인내도 대장이 가져야 할 덕목이다. 분한 것을 참지 못하면 사나이라는 소리는 들을지 몰라도 큰일을 해낼 수는 없다."

일도의 마음이 누그러졌다.

"대장은 말도 잘하셔. 하지만 일방적으로 당하고 나니 너무 분한데요?"

"힘이 없으니 어쩔 수 없지. 그렇지만 걱정 마라. 나도 사나이인데 이런 모욕을 받고 어떻게 복수를 생각하지 않겠느냐."

복수라는 말에 일도의 눈이 번쩍 떠졌다.

"대장은 복수를 생각하시고 계셨습니까?"

"그렇다. 그 계집년에게 죄없이 모욕을 당하고도 그냥 있으면 목풍아

가 아니지. 이미 복수의 방법까지 생각해 두었으니 너는 내 말이나 잘 따
라라.”
　“역시 대장이야.”
　일도는 엄지손가락을 치켜세웠다.
　“하지만 뭔지 모르게 찜찜한걸요?”
　“딴생각하지 말고 너는 내 말만 들어.”
　목풍아는 일도의 귓가에 뭔가 소곤거리기 시작하였다.

제 3 장
복수전(復讐戰)

일도는 그 길로 말을 타고 왔던 길을 되돌아가 잠시 만에 술병 하나를 들고 되돌아왔다.

"대장, 마갑에게 다녀왔습니다."

"그래, 약은 충분히 준비해 왔겠지?"

"그것이… 약도 다 떨어지고 남아 있는 것이라곤 약을 탄 오디주 하나밖에는 없다 합니다."

"뭐야?"

목풍아는 일도의 얼굴을 뚫어지게 바라보다 말했다. 마갑의 가게에 수면제와 미혼약이 떨어졌다는 말은 거짓이 분명하였다.

목풍아의 추궁하는 눈빛에 일도가 지레 입을 열었다.

"대, 대장, 저는 호위무사가 한 말이 귀에 걸립니다."

"뭐? 군주라는 것 말이야?"

"대장도 알고 있었습니까?"

“그 계집의 부하들이 지닌 인장(印章)에 연(燕)이라는 글자가 있고, 부하들이 군주라 부르는 것을 보면 십중팔구 연왕(燕王)의 딸이겠지.”

일도의 얼굴빛이 창백하게 변하였다.

“네? 여, 연왕 말입니까? 대장, 지금 연왕의 딸이라 하셨습니까?”

“그래, 연왕의 딸이라 했다.”

목풍아는 안색 하나 변하지 않고 고개를 끄덕였다.

“그, 그런… 미, 미친…….”

일도는 갑자기 얼굴이 새파랗게 질려 뒷걸음질을 쳤다. 일도가 놀라는 연왕(燕王)이 대관절 누구인가? 그는 명나라를 세운 주원장의 넷째 아들로 주원장이 명나라 초기에 막북으로 도망친 원나라의 잔존 세력을 막기 위해 연왕에 봉해놓은 실력자 중의 실력자였다. 듣기에 남경의 황제까지 연왕을 두려워하고 있다 한다.

근래에 연왕은 연일 군사들과 함께 사냥하는 것을 생활처럼 하고 있는데, 이는 남경을 치기 위한 것이라는 풍문을 들은 적이 있기에 일도는 자신이 서 있는 이 땅의 주인인 연왕의 딸을 납치하여 복수를 하겠다는 말을 듣고는 깜짝 놀라 목풍아를 바라보았다.

일도를 빤하게 보고 있던 목풍아가 갑자기 가슴을 펴고 크게 웃다가 말했다.

“뭐야. 그 정도로 놀라면 어떡하나? 겁없이 달려드는 것이 사나이라면서? 진짜 사나이라면 연왕의 딸 정도에는 가볍게 복수할 수 있어야지. 그렇지 않나, 일도? 와하하하.”

일도는 목풍아가 미친 사람처럼 생각되었다. 미친 사람이 아니라면 생각할 수도 없는 일이었다. 빤하게 눈 뜨고 사지로 달려드는 것을 어찌 그냥 보고만 있을 수 있는가.

“대장, 하지만 이것은 아닌 것 같습니다.”

“이봐, 일도. 겁먹었나?”

“생각해 보세요. 이건 미친 짓입니다. 우리는 목이 뎅강 날아가고 말 겁니다.”

“와하하하. 내가 꼬리를 내리는 것을 보고 대장답지 못하다 말할 때는 언제고 이제 와서 꽁무니를 빼자고?”

“그, 그건…… 제가 하늘 높은 줄 모르고…….”

“이봐, 일도야. 나는 고추가 달린 사내 대장부라고. 내가 비록 비열하게 도망쳐 왔지만, 이 목풍아는 이대로 물러설 사람이 아니야. 왜냐하면 이 대장은 대장부이기 때문이지. 너는 저따위 계집년에게 창피를 당하였는데 이 목풍아가 가만 놔두고 물러나도 좋단 말이냐?”

“대장, 대장이 사나이라는 것을 이제 알았습니다. 그러니 포기하시죠. 상대는 나는 새도 떨어뜨리는 연왕의 딸입니다. 애초부터 저희 상대가 아닙니다.”

“이 자식이 누굴 놀리는 거야? 언제는 대장답지 못하다더니 이제 와서 꽁무니를 빼자는 거야?”

“대장…….”

일도는 울먹이는 얼굴로 목풍아를 바라보았다.

“연왕의 딸에게 복수를 할 수 있어야 이 목풍아가 사나이라는 것을 증명할 수 있는 거라구. 아! 이건 정말 식은 죽 먹기지…….”

두 눈을 반짝거리며 싱글벙글 웃고 있는 목풍아의 얼굴을 보고 일도는 자신의 입을 때리고 싶었다. 어쩌자고 사내답지 못하다는 말을 했던가. 후회막급이었지만 대장이 마음을 굳힌 것 같으니 말릴 수도 없는 노릇이다. 그러나 황제도 두려워하는 연왕의 딸에게 어떻게 복수를 한단 말인가.

“대장, 이 오디주 한 병으로 삼십여 명이 넘는 무사를 어떻게 처리할 수 있단 말입니까?"

"그러니 약을 가져오라 하지 않더냐?"

"사람들의 눈이 있으니 약을 넣기도 어려울 텐데요?"

"이봐, 일도. 그만한 수완도 없이 내가 일을 시작할 것 같나? 마음에 내키지 않으면 너는 그대로 가도 좋다."

"못 돌아가겠습니다, 대장. 이건 불가능한 일입니다. 설사 대장께서 복수를 하였다 하더라도 반드시 밝혀져서 집안까지 개죽음당할 것이 뻔한데 어떻게 이 일을 할 수 있겠습니까? 그리고 저는 약이 든 오디주 한 병과 해독약 약간밖에는 가져오지 않았습니다. 대장, 아무리 생각해 보아도 불가능한 일이니 그냥 가던 길이나 갑시다."

"무슨 소리, 나는 사나이란 말이다. 그 계집에게 망신을 당하고 그냥 물러나며 목풍아가 아니란 말이야. 그뿐 아니라 이것은 일생일대의 기회란 말이다. 네가 다시 마갑의 주막에 다녀올 때는 저들도 떠나 버릴 것이니 기회는 없어. 나에게 찾아온 일생일대의 기회를 놓칠 수는 없지. 안 되겠다. 한 병으로 수를 내는 수밖에. 내키지 않는다면 너는 그대로 돌아가도 좋다."

반짝이는 눈망울을 이리저리 굴리며 작은 술병을 바라보는 목풍아의 머리 속에 이중삼중으로 무슨 생각인가 들어 있다는 것은 짐작할 수 있지만 자신의 머리로는 파악이 안 되는 일도였다. 분명이 무엇인가 깊이 계산한 일일 것이다. 일도가 그동안 겪어본 바에 비추어볼 때, 목풍아는 다소 엉뚱한 점은 있지만 승산없는 일은 벌이지 않는 사람이었다.

일도는 한숨을 내쉬며 고개를 내저었다.

"모두 내 탓이니 어쩔 수 없죠. 대장이 생각이 있다면 저도 대장을 돕겠습니다."

"좋아, 좋아. 너도 사나이였군. 약을 더 가져오지 않은 것은 안된 일이지만 어쩔 수 없는 일이지. 일도야, 분명히 말하지만 이것은 나에게 일생일대의 기회다. 그러니 나를 믿어보거라."

분명히 뭔가 생각이 있는 것이 분명하였다. 일도가 아는 목풍아는 빈말을 하는 사람이 아니었다. 목풍아의 한마디에 일도는 알 수는 없지만 자신의 미래에 대한 희망이 생겨났다. 이제까지 그가 벌였던 일에 실패란 없었으므로……

하루 종일 대지를 달구었던 해가 지평선에 걸려 보랏빛 노을이 장관을 이루었다. 목풍아는 일도에게 말고삐를 잡게 하여 어슬렁거리며 객잔으로 다시 돌아왔다. 객잔 앞에서 어기적거리며 걷는 모습과 이곳에서 한바탕 곤욕을 치른 탓에 무사들은 한번에 목풍아를 알아보고 노기 띤 얼굴로 자리에서 일어났다. 군주의 분노를 풀기 위해 역겨운 아첨을 해댄 것이 그들을 더욱 노하게 만든 까닭이다. 목풍아는 그들의 마음을 아는 듯 모르는 듯 연신 웃어대며 포권을 연발하였다.

"아! 안녕하시오. 안녕들 하시오. 편이들 쉬셨나요? 아! 아! 노기를 푸세요. 화를 내면 몸에 좋지 않답니다."

일도는 지레 몸이 굳어 어찌할 줄을 몰랐으나 태연하게 눈을 내리깔고 말을 몰았다.

무사들의 화난 얼굴을 지나쳐 목풍아는 말에서 내리기 무섭게 손뼉을 치며 큰 소리로 점소이를 불렀다.

"이봐, 점소이. 이리 와봐!"

객잔 안에 있던 점소이 하나가 부리나케 목풍아에게 달려왔다.

"나리, 무엇을 시키실 건가요?"

점소이의 말이 끝나기 무섭게 머리 위에서 낯익은 목소리가 들려왔다.

"이봐, 무엇 때문에 돌아왔지?"

목풍아는 머리를 들었다. 아리따운 미모의 소녀가 난간에 기댄 채 호기심 어린 눈망울로 바라보고 있었다.

"아름다운 미녀의 얼굴이 자꾸만 생각나서 그냥 갈 수 있어야지요. 마침 가던 길에 좋은 술을 팔기에 제가 사 가지고 돌아왔습니다."

목풍아는 씽긋 웃더니 주위를 둘러보며 무사들이 들으라는 듯 큰 소리로 말했다.

"이봐, 여기 계시는 모든 분들이 넉넉하게 요기할 수 있도록 가장 비싼 요리를 가져오도록. 푸짐하게 말이야. 알겠나?"

목풍아는 허리춤에서 지전을 꺼내어 점소이에게 주었다.

지전을 보던 점소이가 놀란 눈으로 목풍아에게 말했다.

"나리, 일백 냥짜린데요?"

"일백 냥어치를 가져와라. 아끼지 말고 가져오란 말이야."

재빨리 목풍아는 주머니에서 한 냥짜리 은전을 꺼내어 점소이에게 쥐어주며 말했다.

"이건 네 거다. 네가 열심히 내 시중을 잘 든다면 더 신경을 써줄 수 있다."

점소이의 입이 귀에 걸리며 머리가 땅바닥으로 절로 숙여졌다. 한 냥은 열 푼이니, 한 달을 꼬박 일해 세 냥 닷 푼을 받는 점소이에게 작은 돈이 아니다. 자연이 점소이의 행동이 달라졌다.

"대인, 이리로 오시지요."

목풍아가 어슬렁거리며 점소이가 안내하는 탁자에 앉았다. 누각에 앉은 무사들의 눈이 더욱 험악해졌다. 부잣집 도령의 철없는 돈 자랑을 보았으므로 배알이 꼴린 것이다. 목풍아를 똑바로 노려보다 바닥에 침을 뱉는 자도 있었다.

"어이, 모기가 있나?"

목풍아는 그들의 시선을 무시하며 부채를 펼쳐 바람을 부쳤다. 처참할 정도로 비굴한 행동을 한 까닭에 호위무사들의 경계가 풀어져 있었던 것이다.

일도는 의기소침한 모양으로 말 옆에 시립하여 목풍아를 흘깃흘깃 바라보았다.

목풍아는 점소이에게 물었다.

"그런데 이층으로 올라갈 수는 없나? 여긴 경치가 별로이니 말이야?"

"이층에 계신 분이 워낙 높은 분이셔서 올라오라는 명령없이는 누구도 올라갈 수 없습니다."

"오, 그래. 그럼 곧 올라갈 수 있겠군."

"예?"

점소이가 머리를 갸웃거리며 되물었을 때였다. 이층 누각과 연결된 층계로 여종 하나가 내려와 목풍아에게 말했다.

"저희 아가씨가 공자님을 뵙고 싶다 하는군요."

"아이쿠. 절세미인께서 불러주시니 아니 갈 수가 없는걸……."

목풍아는 점소이에게 눈을 깜빡거리고는 기다렸다는 듯이 자리에서 일어나 층계를 올라갔다. 계단을 따라 누각으로 올라가니 층계 바로 앞에서 험상궂은 무장들이 시퍼런 장검을 꺼내 든 채 엄중한 호위를 기울이고 있었다.

하녀의 뒤를 따라가며 목풍아는 슬금슬금 누각을 살폈다. 연왕의 딸이 잠시 쉬어가는 탓인지 이층에서도 일반인의 흔적은 찾아볼 수가 없었다. 사방의 탁자에 고수인 듯한 호위무사들이 장검을 탁자 위에 꺼내놓고 앉아 있었고, 경관이 좋은 난간의 탁자 바로 앞에 소녀가 앉아 있었다.

목풍아가 소녀에게 다가가니 소녀가 손짓으로 앉으라 하였다. 목풍아는 흘깃흘깃 호위무사들의 눈치를 살피며 의자에 앉아 헛기침을 몇 번

하다 들고 있던 부채를 쫙— 하고 펼쳤다.

소녀의 뒤편에 있던 무사들이 자리에서 벌떡 일어났다.

목풍아가 놀란 토끼마냥 탁자에 머리를 처박으며 소리쳤다.

"애구, 무서워라."

"호호호호."

소녀가 별안간 자지러지게 웃기 시작하였다. 시녀도 그 모습에 손을 입에 갖다 대고 마음껏 웃었다. 목풍아가 힐끔 고개를 들어 소녀를 보고 웃자 소녀는 정색을 하고 목풍아에게 말했다.

"너는 나에게 혼이 나고도 내가 무섭지 않느냐?"

"무섭지요. 저는 정말 미인이 무섭습니다."

"호호호. 너는 정말 웃기는 아이로구나."

"뭐가 웃기다는 말씀입니까?"

"미인이 뭐가 무섭다는 말이냐?"

"어허, 자고로 미인이 나라를 기울게 한다 하였으니, 나라와 백성을 망하게 하는 사람은 미인밖에 없는 줄로 압니다. 백만 대군도 못하는 일을 미인 한 사람이 할 수 있으니 어찌 미인이 무섭지 않겠습니까?"

소녀는 목풍아의 너스레가 밉지 않은지 손을 입에 대고 까르르 웃었다.

"그래, 네 이름이 무어냐?"

"제 이름은 목풍아라고 합니다."

"집은 어디냐?"

"바람에게 집이 있을 리 있겠습니까? 온 세상이 집이지요."

"재미있는 아이로구나."

"감사합니다."

목풍아는 포권을 취하곤 다시 자리에 앉았다.

"송구스러운 말씀입니다만 앞에 계시는 미인의 존성대명은 어찌 되는 지요?"

"난 주소천(朱小天)이라고 한다."

주소천은 연왕부에서 안성 공주라 불리지만 목풍아에게 정체를 밝히고 싶지 않아 그대로 자신의 이름을 밝혔다.

"아, 예. 그러시군요."

"그런데 무엇 때문에 다시 돌아온 게지?"

"그 말씀을 드리려면 이야기가 깁니다. 하지만 말씀을 드려야겠네요. 제가 객잔에서 혼이 나 발바닥에 불이 나도록 부랴부랴 돌아가던 중에 술장수 하나를 만났습니다. 날도 덥고 목이 말라 술 한잔을 달라 하니 그 술장수가 저에게 말하길 '이 술은 아무에게나 줄 수 없는 술이다' 하는 것이 아니겠습니까?"

주소천은 머리를 갸웃거리며 말했다.

"어째서?"

"저도 이유가 궁금해서 물었지요. 그 술장수가 말하길 '이 술은 멀리 고려국의 장백산이라는 곳에서 가져온 것인데, 귀하기가 이를 데 없어 아무에게나 줄 수 없다' 는 것이 아니겠습니다. '어째 귀한 술이냐?' 하고 물어보니 그 대답이 이러하더군요. 장백산 꼭대기에는 이슬처럼 맑고 깨끗한 호수가 있는데, 그 호수 가운데에 뽕나무 하나가 있다 하더군요. 옛날 사람들은 이 뽕나무에서 해가 떴다고 부상(扶桑)이라 불렀다 하더군요."

주소천은 고개를 끄덕였다. 고려 땅의 장백산은 몽고족들까지 신성시하는 산이고, 부상이라는 나무에서 해가 뜬다는 이야기는 들은 적이 있었기 때문이다.

"그 부상에는 일백 년마다 오디가 열리는데, 자기가 가진 술이 바로 그 오디로 담근 술이라는 겁니다. 그 때문에 극락주(極樂酒)라는 별칭이 붙었는데, 한 잔을 마시면 눈이 맑아지고, 두 잔을 마시면 피부가 고와지고, 세 잔을 마시면 몸속의 온갖 병이 사라져 오래오래 살 수 있는 술이라는 것이 아니겠습니까?"

"호호호. 거짓말."

"제가 호기심이 동해서 참을 수 있어야죠. 그래 돈은 얼마든 줄 테니 한 잔만 마셔보자 하였습니다. 그러니 한 잔 마시면 잠이 쏟아지듯 밀려오는 명현(明玄) 현상이 일어난다는 겁니다. 제가 호기심을 참을 수 없어 일백 냥을 주고 한 잔을 받아 마셨습니다."

"한 잔에 일백 냥이나?"

"저는 호기심을 참는 성격이 아니거든요."

"그래서?"

"정말로 한 잔을 마셨습니다. 장백산의 부상에서 따온 오디로 만든 술이라서 그런지 정말로 맛이 좋았습니다. 그런데 잠시 후에 갑자기 정신이 띵— 하고 하늘이 빙글빙글 도는 것이 아니겠습니까? 저는 그만 맥없이 잠이 들고 말았지요. 얼마나 있었을까? 번쩍 눈을 떠서 일어나 보니 그 술장수가 내 앞에 그대로 앉아 있더군요. 내가 가만히 일어나 이리저리 살펴보니 정신이 샘물처럼 맑아지고 눈앞이 밝아지는 것이 아니겠습니까? 날아가는 참새의 암수를 구별할 정도로 말입니다."

주소천이 크게 웃음을 터뜨렸다. 목풍아의 말에 귀 기울여 듣고 있던 하녀와 무사들까지 목풍아의 마지막 말을 듣고 웃음을 터뜨려 누각 안이 웃음바다가 되고 말았다.

목풍아가 웃으며 말했다.

"제 말을 믿지 못하시나 본데 눈이 밝아진 것은 농담이 약간 섞인 말이라 하더라도 머리가 정말 좋아지더군요. 사실 저는 조금 전까지만 해도 그리 머리가 좋은 사람이 아니었습니다. 그런데 그 술을 한 잔 마신 후 머리가 맑아지면서 그동안 읽은 책들이 모두 기억나는 것이 아니겠습니까? 정말입니다.”

“호호호. 그래? 그럼 한번 시험해 보지. 맹자(孟子) 진심편(眞心篇)을 한번 외워보거라.”

목풍아는 잔뜩 인상을 찌푸리곤 눈을 들어 천장을 바라보다 머리를 지끈 누르며 입을 열었다.

“맹자가 말하기를 자기의 마음을 다하는 자는 자기의 진심을 알게 되며, 자기의 근본 마음을 알게 되면 하늘을 알게 된다. 그 마음을…….”

듣고 있던 사람들의 눈이 커지고 입이 쩌억 벌어졌다. 목풍아는 한마디도 틀리지 않고 마치 눈앞에 책이 있는 사람처럼 줄줄 외우고 있는 것이었다. 호위하는 무사들의 대부분은 글을 많이 아는 사람들이 아니었지만 주소천은 학식이 높은 선생에게 배우고 있는 까닭에 어느 부분까지는 알고 있었다. 그런데 이렇게 정확하게 외우는 것을 본 적은 없었다.

‘이 소년의 말이 사실이 아닐까?’

‘진심편’을 끝까지 외우고 난 목풍아는 자신도 못 믿겠다는 듯이 소녀를 바라보며 말했다.

“오! 소저, 정말 제가 그것을 외웠습니까?”

주소천은 부럽다는 듯이 고개를 끄덕였다.

“어떻게 그것을 모두 외울 수가 있지?”

“그러게 말입니다. 책이 눈앞에 있는 것처럼 글자가 막 보입니다. 술 한 잔을 먹었을 뿐인데 말입니다.”

“그럼 한번 더 시험해 봐도 되겠나?”

“그럼요, 저는 소저의 시험을 더 받아보고 싶은걸요?”

“그렇다면 시경(詩經) 정풍(鄭風)편을 외워보겠나?”

“아! 그것은 하도 오래전에 딱 한 번 건성으로 읽어본 적이 있을 뿐이지만 한번 기억을 되돌려 보겠습니다.”

목풍아는 눈을 감고 머리를 짜내듯이 생각하다가 이윽고 입을 열었다.

“검은 옷이 잘도 어울리네, 해지면 내가 다시…….”

목풍아는 쉬지도 않고 시를 외우기 시작했다. 시경을 이미 여섯 살 때 달달 외우던 목풍아이기에 한 번도 멈추지 않고 시를 외워댔다.

주소천과 그 하녀, 그리고 둘러앉아 있는 호위무사들은 목풍아가 외우는 것을 보고 입을 다물 줄 몰랐다. 좋은 약술 덕이 아니라면 누구나 천재라고 인정할 만큼 목풍아의 실력은 일품이었다. 그러나 목풍아의 품행으로 보기에는 글만 공부한 천재라고는 볼 수 없기에, 주소천 군주와 이층 누각에 있는 사람들은 목풍아의 말을 믿어버리고 말았다.

‘정말인 모양이구나.’

주소천은 시경을 술술 외우는 목풍아의 재주를 부러워하며 말했다.

“나도 그 술을 한번 먹어보고 싶은걸?”

목풍아가 시경 외우던 것을 멈추고 밝게 웃었다.

“와하하하. 그렇지 않아도 제가 다시 온 이유가 그 때문입니다. 소저에게 극락주를 맛 보여주려고 말입니다. 천하에 이렇게 귀한 것을 맛볼 수 있는 것은 전생의 인연(因緣)이 있기 때문 아니겠습니까? 따지고 보면 오늘 이렇게 만난 것도 인연, 제가 우연하게 천하에 다시없는 극락주를 사게 된 것도 인연. 그리 보자면 세상에 인연이 아닌 것이 어디 있겠습니까.”

“그렇지, 세상은 인연인 게지. 그런데 그런 술이라면 가격이 참 비쌌겠군.”

“당연한 말씀입죠. 제가 가져온 술 한 병이 일천 냥입니다.”

“그렇게나 많이?”

"그만한 가치가 있으니 돈이 아까울 턱이 없지요. 이 술을 손에 넣으니 문득 소저가 생각났습니다. 저 혼자 먹기에는 너무나도 귀한 술이니만큼 태어나 처음 만나보는 아름다운 분과 함께 먹을 수 있다면 얼마나 좋을까 하고 말입니다."

주소천은 얼굴이 달아오르는 것을 느끼었다. 처음에는 간지러울 만큼 아부하는 것처럼 들리더니 자꾸만 듣게 되니 목풍아의 말이 진심에서 우러나오는 정말처럼 느껴지는 것이다.

목풍아는 크게 웃으며 소매 속을 뒤적거렸다. 넓은 소매 속에서 하얀 자기로 만든 작은 술병이 하나 나왔다.

사람들의 시선이 모두 그 하얀 자기에 집중되었다. 한 잔에 일백 냥, 한 병에 일천 냥짜리 희대의 명주에 사람들의 시선이 쏠릴 수밖에 없었다. 거짓이라 생각되지만 거짓이라도 한번 마셔보고 싶은 마음이 드는 것은 어쩔 수 없는 인심(人心)이었다.

자기를 바닥에 놓은 목풍아는 가만히 고개를 들어 바깥을 바라보았다. 푸짐한 요리가 탁자마다 상다리가 부러질 정도로 올라가고 있었는데, 아무도 음식을 먹는 사람이 없었다.

"아, 내 마음을 모른다니 정말 마음이 아프네요."

목풍아의 푸념에 주소천이 말했다.

"무슨 말이야?"

"제가 극락주를 가져온 것이 기뻐 일백 냥이나 들여 음식 주문을 해주었더니 아무도 입에 대지 않는군요. 제가 한 실수 때문에 밉게 보였다 하더라도 사람의 성의를 이렇게 무시할 수 있는 겁니까?"

주소천은 씽긋 웃으며 말했다.

"내 명령이라고 맛있게 먹으라고 해. 만약 맛있게 먹지 않는다면 목을 잘라 버리겠다고 전하라."

말이 떨어지기 무섭게 뒤편에 앉아 있던 무사 하나가 큰 소리로 말했
다.

"군주님의 명령이다. 상에 올라온 음식들을 맛있게 먹으랍신다. 그렇
지 않으면 목을 잘라 버리겠다 하셨다."

무사들이 얼굴을 찡그리면서도 상에 올라온 음식들을 먹기 시작하였
다. 목풍아의 눈빛이 반짝거렸다.

"이제 되었나?"

"가만 보니 뭔가 하나 빠진 것 같은걸요?"

"그게 뭔가요?"

목풍아는 술을 들며 말했다.

"술입니다."

목풍아는 점소이를 불렀다. 점소이가 부리나케 이층으로 올라오자 목
풍아가 말했다.

"이봐, 저들에게 술을 가져다주도록. 아리따운 군주님께서 내리는 술
이라고 말하고 말이야."

점소이는 고개를 꾸벅 숙이고는 재빨리 아래층으로 내려가 부산하게
술을 운반하였다. 군주의 명이라는 말에 무사들이 술잔을 들어 마시기
시작하였다. 일시에 객잔이 소란스럽게 변하기 시작하였다.

"에구, 그럼 저희도 한 잔씩 마셔야지요?"

목풍아는 술병의 마개를 뽑았다. 향긋한 내음이 흘러나왔다. 목풍아
는 술병을 기울여 주소천의 잔에 술을 따랐다. 검붉은 빛깔과 진한 향이
보기에도 먹음직스러운 오디주였다. 주소천의 잔이 차자 목풍아는 이번
에는 자신의 잔에 술을 따랐다.

지켜보는 사람들의 침 삼키는 소리가 들릴 정도였으니, 그 번들거리는
눈빛은 보지 않아도 알 정도였다.

“우혜혜혜. 그럼 한잔하십시오.”

주소천과 목풍아는 술잔을 들었다.

“그런데 잠깐.”

목풍아가 주소천의 술잔을 잡았다.

그 순간 호위무사들이 일제히 목풍아의 목에 칼날을 겨누었다. 순식간의 일이었다.

목풍아가 칼을 젓가락으로 살며시 건드리며 말했다.

“이 칼을 좀 치우라고 해주세요.”

주소천이 손을 내저었다. 그러자 호위무사들이 칼을 치웠다.

“휴~”

안도의 숨을 내쉰 목풍아가 술잔을 내려놓고 말했다.

“정말 호위무사들이 대단하군요. 이런 분들에게 좋은 술을 드리지 않을 수 없겠는걸요?”

“호호호. 좋지, 좋아.”

“그럼 명령을 내려주실 수 있겠습니까? 제가 권하는 술을 마시지 않으면 목을 잘라 버리겠다구요. 하하하.”

“호호호. 그거 좋은 생각이군. 아래층 무사들도 먹으라 하였으니 내 심복 무사들도 먹어야지.”

호위무사의 수장쯤 되는 사내가 입을 열었다.

“저희는 괜찮습니다.”

주소천이 도끼눈을 뜨고 소리쳤다.

“뭐라고? 설마 이 소년이 수작을 부린다고 생각하는 거야?”

“그건 아니지만……”

“그럼 내 명을 거역하겠다는 거야? 좋아. 만약 너희 중에 술을 한 잔이라도 먹지 않는다면 내 명을 거역하는 것이라 생각하고 목을 자르겠다. 내 성질을 잘 알고 있을 테니 알아서들 하라구.”

호위무사들이 서로의 얼굴을 바라보았다. 괴팍한 성질이 있는 군주님의 명령이니 거역할 수도 없는 일이었다.

목풍아가 빙그레 웃으며 잔을 들었다.

“자, 그럼 한잔하시죠.”

“좋아.”

두 사람이 일제히 술을 마셨다.

주소천이 오디주를 한입에 마신 후 잔을 탁자에 놓고 말했다.

“와! 정말 기가 막힌 맛이로군요.”

목풍아는 잔에 있는 한 방울까지 마시려는 사람처럼 손가락으로 오디주 방울을 닦아 그것을 빨면서 말했다.

“아! 정말 먹고 나면 아까운 생각이 드는 것은 무엇 때문일까요?”

“그, 그건…….”

말이 끝나기 무섭게 주소천 소저의 머리가 맥없이 탁자에 기울었다. 곁에 있던 하녀 하나와 무사들이 걱정스런 얼굴로 다가왔으나 목풍아를 의식하여 칼을 뽑아 들지는 않았다.

주연 군주는 정신을 잃었으나 함께 마신 목풍아는 괜찮았기 때문에 목풍아의 말이 사실임이 입증되었기 때문이다. 하긴 힘없는 어린 소년이 꿍꿍이가 있어 책략을 꾸민다고는 생각할 수도 없는 일이었다. 무사 하나가 다가와 목풍아에게 물었다.

“어떻게 된 거냐? 너는 어째서 괜찮은 거지?”

목풍아가 머리를 갸웃거리며 말했다.

“이상한걸요? 저는 미리 한 잔을 마신 다음이라 그런가?”

사람들은 극락주를 마시면 명현 현상이 시작되어 잠이 든다는 이야기를 들은 까닭에 두 사람의 상반된 현상을 보고 목풍아의 말이 사실이라

믿었다.

"아가씨가 명현 현상에 빠졌으니 깨어나려면 시간이 한참 걸릴 것이고, 나는 이제 한 잔만 먹으면 되는가?"

목풍아는 다시금 자기 병의 술을 술잔에 따랐다.

술을 따른 목풍아가 술잔을 들어 마시려다가 눈앞에 있는 무사들을 보고 손뼉을 치며 말했다.

"아, 그렇구나!"

목풍아는 술잔을 내려놓았다.

"이 좋은 것을 나 혼자 먹어서는 내가 너무 나쁜 사람이 될 것이니 나는 이대로 먹지 못할 것 같습니다. 대신 이층에 계신 분들께서 이 술을 나누어 드시면 어떨까요? 어차피 명령을 이행하셔야 할 텐데 이왕이면 제가 나누어 드리는 술을 딱 한 잔씩 하는 것이 어떨까요?"

사람들의 얼굴에 미소가 감돌았다. 좋은 것을 싫어할 사람이 어디 있으랴. 많이도 아니고 한 잔일 뿐이다. 그런데 이때 목풍아는 다시금 술잔을 들었다.

"그러나 한 잔으로 열 명이 먹을 수 없으니 아무래도 나 혼자 먹는 것이?"

목풍아의 말이 끝나기도 전에 계단 쪽에 있던 무사 하나가 손을 번쩍 치켜들었다.

"나에게 생각이 있소."

"무슨 생각입니까?"

"우리는 무사들이라 참새처럼 맛만 보지는 못하는 성격이오. 그러나 직업이 호위무사이니 그도 할 수 없단 말이오. 이왕 명령이 떨어졌으니 하는 수 없이 한 잔이라도 마셔야겠으니, 이왕이면 우리가 먹는 술병에 그것을 부어 섞어 마신다면 약효는 보지 못하더라도 좋은 술맛이라도 보았다는 기분은 나지 않겠소?"

목풍아는 자신이 생각했던 말을 대신해 준 무사에게 고마움을 느끼며 술잔을 탁자에 내려놓고 손뼉을 쳤다.

"내가 그 생각을 하지 못했습니다. 정말 좋은 생각입니다."

목풍아는 그 즉시 옆에 있는 탁자에 놓인 술병을 가져와 들고 있던 술잔의 술을 부었다.

'약효가 있을지 모르겠군.'

마음이 놓이지 않은 목풍아는 다시금 오디주가 담긴 술병을 기울여 한 잔을 더 담아 술병에 넣어 섞었다.

"한 잔을 부으면 매정하다는 소릴 들을 것 같아 일백 냥짜리 술 한 잔을 더 붓습니다."

약효가 더 있으라는 속뜻도 모르고 무사들은 목풍아의 도량에 감탄하여 저마다 엄지손가락을 치켜들었다.

목풍아는 자리에서 일어나 포권을 취하였다.

"오! 이렇게 좋아하시는데… 삼세 번이라고, 제 체면이 서지 않을 것 같습니다. 극락주를 한 잔 더 부어드리겠습니다. 두 잔을 넣은 것보다는 세 잔이 더욱 향이 우러나겠지요."

목풍아는 감동한 모양으로 다시금 술 한 잔을 더 따라 넣었다. 호위무사들이 더욱 좋아한 것은 말할 것도 없었다.

"자, 한 잔씩 받아 드시오."

목풍아는 잔을 들고 다가오는 무사들에게 술 한 잔씩을 따라주었다. 무사들은 수면제가 든 술인지도 모르고 조심조심 받아 훌쩍훌쩍 털어 넣었다. 열 사람 모두 따라준 후 목풍아는 주소천의 옆에 있는 하녀에게까지 술 한 잔을 따라주었다. 하녀가 목풍아의 친절에 고마워하면서 마신 것은 당연한 일이었다.

"아! 정말 좋은 술인 모양이로군. 약간 섞었을 뿐인데 머리가 띵한 걸."

"그러게. 정말 머리가 어질어질한데?"

무사들은 저마다 어지럽다고 중얼거리다 맥없이 탁자에 엎어져 잠이 들고 말았다. 주소천의 옆에 있던 하녀 역시 쏟아지는 졸음을 참지 못하고 탁자 위에 쓰러져 잠이 들었다.

목풍아는 자리에서 일어나 맥없이 곯아 떨어진 사람들을 바라보며 코웃음을 쳤다.

"바보 같은 놈들, 믿을 말을 믿어야지."

이내 목풍아는 탁자에 머리를 늘어뜨리고 잠이 든 주소천의 얼굴을 돌렸다. 잠에 빠진 주소천은 아기처럼 걱정없는 뽀얀 얼굴을 하고 있었다.

"이 갈보 같은 계집년아. 네 까짓게 힘이 있으면 어쩔 테냐? 이제 나의 복수다. 이 목풍아 어르신을 모욕한 대가를 치르게 해주지."

목풍아는 주소천을 엎고 이층 누각 회랑에 붙은 작은 방으로 데리고 들어갔다. 목풍아는 주소천을 침대에 누이고 두 팔과 다리를 침대 사방에 단단히 묶은 후, 소리를 지르지 못하도록 입에 재갈을 물렸다.

"이쯤 되면 반항할 수 없겠지?"

목풍아는 품속에서 작은 사기 병 하나를 꺼내 주소천의 입에 흘려 보내었다. 이내 주소천의 눈썹이 꿈틀거리더니 두 눈을 번쩍 떴다. 몸을 움직일 수 없는 처지임을 안 듯 묶인 팔다리를 바라보다가 까만 눈동자가 목풍아를 바라보았다. 그 눈동자에는 분노가 어려 있었다. 입에 재갈이 물려 말도 할 수 없는 처지임을 자각하고는 주소천은 노기 어린 눈빛으로 목풍아를 노려보았다.

목풍아는 두 손을 양 허리에 대고 호령하듯 말했다.

"네가 그렇게 쳐다보면 어쩔 테냐?"

목풍아는 손가락으로 주소천의 뺨을 살짝 들었다.

'이 죽일 놈.'

주소천은 머리를 세차게 흔들었다. 소리를 지르고 싶었지만 재갈 때문에 소리를 지를 수도 없었다.

"앙탈하는 게야. 우헤헤헤."

한바탕 웃던 목풍아가 다시 허리에 두 손을 대고 말했다.

"이 갈보 년아, 네년이 이 죄없는 목 대인을 망신 주고도 무사할 듯이 보였느냐? 이 목 대인은 말씀이야. 큰바람 같은 사람이란 말이다. 너 같은 갈보 년이 무시할 그런 사람이 아니란 말이다."

주소천은 기가 막히고 어이가 없었다. 태어나 이렇게 상대방에게 무시당하는 언사를 받은 일이 없었던 터라, 분하고 억울한 마음에 목풍아를 노려보는 눈가에 저도 모르게 눈물이 글썽거렸다.

"우헤헤헤. 어디서부터 손을 봐줄까?"

목풍아는 교활한 웃음을 지으며 두 손바닥을 비벼댔다. 목풍아의 두 눈이 주소천의 손가락부터 발가락까지 샅샅이 누비듯 지나가다 그 가슴에서 멈추었다.

"오, 여기가 좋겠군. 네년이 목 대인의 사타구니를 자라 같다고 흉보았으니 이 목 대인께서는 너의 솟아오른 젖부터 흉을 보아주마."

목풍아가 음흉한 웃음을 지으며 다가오니 주소천은 앙탈하듯 몸을 움직였다. 그러나 사지가 묶여 몸을 움직일 수도 없었다.

"자, 자, 살살 벗겨줄 테니 너무 보채지 말아라."

목풍아는 입맛을 다시며 붉은 비단 장포의 단추를 끌렀다. 목에서부터 오른편 가슴 아래로 길게 늘어진 윗단을 살짝 벗겨내니 눈부시게 희고 고운 가슴 가리개가 나타났다. 희고 투명한 가슴 가리개 위로 살짝 솟아나온 두 개의 언덕을 보고 목풍아가 손끝을 갖다 대어 튕겼다.

"이것이 무엇인고?"

놀란 주소천이 미친 듯 몸을 흔들었으나 소용없는 노릇이었다.

버젓이 호위무사들이 바깥에 진을 치고 있는데 이렇듯 대담하게 희롱할 줄은 꿈에도 몰랐던 주소천이었다.

'죽여 버리겠어. 죽여 버리겠어.'

주소천은 목풍아를 노려보았다.

"어? 이것 참 미인인걸?"

목풍아는 흐뭇한 미소를 지으며 가슴 가리개를 걷어내었다. 흰 비단처럼 뽀얀 피부에 탐스럽게 솟아난 두 개의 복숭아 같은 언덕이 눈부시게 드러났다. 그 언덕 가운데에 봉긋하게 솟아난 보랏빛 유두. 아무도 손댄 적이 없는 여체의 보고(寶庫)를 보며 목풍아는 손뼉을 치며 감탄하였다.

"오! 정말 이것은 복숭아인가? 만두인가? 이렇게 예쁜 가슴을 가진 계집의 심사가 너무 심술맞은데? 못된 계집년."

목풍아의 손끝이 주소천의 왼쪽 유두를 가볍게 꼬집었다.

주소천은 수치와 부끄러움이 교차하는 따가움에 눈을 감았다. 이상하게 가슴으로부터 알 수 없는 묘한 기분이 온몸을 짜릿하게 만들었다.

"정말로 예쁜 가슴을 가진 계집이로군."

목풍아는 왼쪽과 오른쪽 유두를 번갈아가며 손가락으로 튕겼다. 처음에는 수치심으로 어찌할 수 없었지만 차츰 알 수 없는 쾌락이 가슴 끝으로부터 온몸으로 번져 나가기 시작하였다. 목풍아는 오른쪽 유두를 꼬집으며 말했다.

"계집아, 그냥 놀기 심심하니 내가 노래 하나 불러줄까?"

말을 마치기 무섭게 목풍아는 짓궂은 아이마냥 천연덕스럽게 노래를 부르기 시작하였다.

목 대인께서 쌍화점(雙花店)에 갔더니
아리따운 만두가 두 개 있더라.
목 대인께서 만두는 아니 먹고
만두(雙花)를 요리조리 바라보다가
콕콕 찔러보고 먹지는 않누나.

주소천의 가슴에 있는 유방을 만두로 표현하여 기녀의 젖가슴을 희롱하는 것처럼 목풍아는 주소천의 유두를 콕콕 찔렀다. 주소천은 치욕스러워 죽고만 싶었지만, 이상하게도 가슴에서 퍼져 오는 야릇한 쾌감이 찌릿찌릿하게 온몸을 돌아가는 것이 부끄러웠다.
목풍아는 장난을 그치지 않고 유두를 꼬집기도 하고 비비기도 하면서 노래를 계속하였다.

이 소문이 이 점포 밖에 나며 들며 하면
소문을 들은 여인들이 목 대인을 찾아와
쌍화를 내밀면서 애원하겠지.
그러나 이 소문난 목 대인께서는
만두를 요리조리 바라보다가
콕콕 찔러보고 먹지는 않누나.

주소천의 보랏빛 유두를 번갈아 괴롭히던 목풍아는 노래와 함께 동작을 멈추었다. 주소천의 뺨이 보랏빛으로 물들어 있었으며, 유두가 단단해지며 봉긋 솟아 있었다.
목풍아는 단단하게 굳어버린 유두를 보고 껄껄거리며 웃다가 주소천을 노려보며 말했다.

"이 추악한 계집 같으니라구. 이런 부끄러운 꼴을 당했는데도 좋아하
다니……. 너는 갈보가 틀림없구나."

목풍아는 화가 난 듯 봉긋 솟아오른 유두 끝을 살짝 꼬집고는 가슴 가
리개로 주소천의 가슴을 덮었다. 이내 웃단을 덮어준 후에 목풍아는 바
닥에 침을 뱉었다.

"너 같은 계집년과 더 이상 놀고 싶지도 않다. 하지만 여기까지 왔으
니 이 목 대인께서 왔다 가셨다는 흔적은 남겨야 되겠지."

목풍아는 탁자 가운데 있는 필묵을 당겨 회칠을 해놓은 깨끗한 방 벽
에 글을 쓰기 시작하였다.

하늘바람 한번 놀다 가니 낙화가 눈물 흘리네[天風一逍淚落花].
그러나 바람은 노는 것에 뜻이 있지 않고, 하늘에 오르는 것을 돕는 것이
다[風志不戱助昇天].

일필휘지로 써 갈긴 후 목풍아는 낄낄 웃으며 다가와 주소천의 이마에
가볍게 입맞춤을 하고는 말했다.

"이 목풍 대인을 다시 만날 때는 고분고분하게 말 잘 들어야 한다. 알
겠지?"

목풍아는 코웃음을 치곤 소매를 털며 위풍당당하게 방문을 나섰다. 아
직도 이층 누각은 잠잠하였다. 수면제에서 깨어나지 못한 무사들이 탁자
에 널브러져 있는 것을 보고 목풍아는 유유히 계단을 내려갔다.

일층에서 기다리고 있던 일도는 목풍아를 발견하고는 애가 타는 사람
처럼 발을 동동 굴렀다.

"별일 없으셨지요?"

"별일이 있을 게 무어냐?"

'하긴 무사들이 이렇게 많은데 잔재주를 부렸으랴?'

일도는 마음이 놓여 객잔을 나가 말고삐를 풀었다.

이때 목풍아는 점소이를 불렀다.

점소이가 떡고물이라도 떨어질까 부리나케 달려오자 목풍아는 품속에서 백 냥짜리 지전 두 개를 꺼내어 말했다.

"이것은 바깥에 있는 무사들에 대한 내 성의라고 전하고, 각자 십 냥씩 용돈해 쓰란다고 전하거라."

"예, 예. 알겠습니다."

목풍아는 주머니에서 한 냥짜리 은화 하나를 꺼내 점소이에게 주는 친절도 잊지 않았다. 그리고는 일도와 함께 유유히 객잔을 빠져나왔다.

객잔이 보이지 않는 곳에 이르자 목풍아는 일도에게 말했다.

"일도야, 달리자. 도망이 상책이다."

"대, 대장 무슨 말씀입니까? 아무 일 없었다면서요?"

일도의 얼굴색이 창백하게 변하였다.

"아무 일 없이 성공했으니 별일없었다 한 것 아니냐?"

"그, 그럼……."

"내가 그 계집년의 옷을 벗겨 한껏 희롱해 주고 왔지. 그년이 나이는 어리지만 가슴은 제법 성숙하였던데?"

일도의 얼굴이 울상이 되었다. 미치고 팔짝 뛸 일이 아닐 수 없었다. 수완이 대단한 것은 둘째 치더라도 황제까지 두려워하는 연왕의 딸을 건드려 놓았으니 이제는 죽을 일만 남았다. 목풍아를 믿어보자 마음을 먹었지만 막상 닥치고 보니 눈앞이 깜깜하고, 정말 기가 막힐 노릇이었다. 하지만 그 모든 원인은 자신이 목풍아를 사내답지 못하다고 한 것에서 기인하는 것이니 뭐라 대꾸할 수도 없었다.

목풍아는 일도의 마음을 아는지 모르는지 팔을 휘저으며 말했다.

“일단 멀리멀리 도망쳐야겠다. 너는 내 뒤에 타서 말을 몰아라.”
“어디로 말을 몰란 말입니까?”
“연경으로…….”
“대장 미쳤습니까? 연경으로 말을 몰라니요.”
산 넘어 산이라더니 목풍아의 행동이 점입가경으로 치닫고 있었다. 연왕의 딸을 건드려 놓고 연왕부가 있는 연경으로 도망을 치자니 일도는 기가 막혀 헛웃음만 나올 따름이었다.

제 4 장

쫓는 자, 쫓기는 자

일도는 대로를 따라 무작정 말을 달렸다. 어찌 되었든 지금으로서는 도망치는 것밖에는 방법이 없었다. 수면제에서 깨어나는 즉시 무사들은 자신을 쫓아올 것이 분명하였다. 사냥을 하러 나온 연왕부의 무사들에게 사냥감 신세가 되었으니 일도는 처량한 마음이 들었다. 그나마 다행스러운 것은 날이 저물고 있다는 것이었다. 밤이 되면 추적의 손길이 늦춰지겠지만 다음날부터가 문제였다. 생각하면 할수록 불길한 생각밖에 들지 않는데, 등 뒤에 앉은 목풍아는 사타구니와 허리가 아픈지 간간이 비명을 지르고 있었다.

몇 시간을 달려왔을까. 일도는 말을 멈추었다. 목풍아가 사타구니가 아프다고 비명을 질렀기 때문이다. 일도는 말에서 내리자 객잔에서 미리 준비해 온 음식과 물을 목풍아에게 건네주었다. 목풍아는 목이 말랐던지 가죽 주머니 속에 든 물을 벌컥벌컥 잘도 마셨다.

"아! 이제 좀 살 것 같다. 앞으로는 말을 타는 연습을 자주 해야겠어."

바닥에 큰대 자로 누워 배를 쓰다듬는 목풍아를 보고 일도는 불만스러운 얼굴로 물었다.

"대장, 제가 알아들을 수 있게 이야기를 해주세요."

"뭘 말이야?"

"도대체 무슨 꿍꿍이로 연왕의 딸을 건드렸습니까?"

"무슨 꿍꿍이라니?"

"대장은 이 일도를 바보로 아십니까? 이대로는 한 발자국도 움직이지 않겠습니다. 대장의 꿍꿍이를 말씀해 주셔야 대장을 믿고 따를 것이 아닙니까?"

"와하하하. 네가 대장이 사내답지 못하다며?"

목풍아는 크게 소리쳐 웃었다.

일도가 울상이 되어 말했다.

"대장, 그 점에 대해서는 이 일도가 정말 후회하고 있습니다. 대장은 진짜 사나이고, 일도는 가짜 사나이라는 것 인정하겠습니다."

"하하하. 그럼 되었네."

"대장, 제가 아는 대장은 무작정 복수를 하는 사람이 아닙니다. 그러니 제 마음이 놓이도록 대장의 속마음을 속 시원하게 말씀해 주세요."

"그냥 모르는 게 낫지 않을까? 내가 말해도 너는 납득하지 못할 텐데?"

"어째서 제가 납득하지 못한다는 겁니까?"

"나는 천하를 바꾸기 위하여 연왕의 딸을 걸고 도박을 한 거였거든……."

"그럼, 금방 공주를 상대로 도박을 했단 말입니까?"

"그래, 인생이 걸린 도박 말이야. 나는 내 운을 시험해 보고 있는 거라구."

뜬금없는 소리에 일도는 더욱 기가 막힐 지경이었다. 천하를 바꾸는 것과 연왕의 딸을 희롱하는 것이 무슨 관계가 있단 말인가?

"대장, 이건… 너무 터무니없어요."

도대체 저놈의 머리 속에는 무엇이 들어 있나 생각하는 일도였다. 이 때 목풍아는 자리에서 벌떡 일어나 정색이 되어 일도의 눈을 똑바로 바라보았다.

"이봐, 일도. 내가 연왕의 딸을 건드린 것은 연왕이 인재를 알아보는 재주가 있기 때문이다."

"대장, 그게 말이 된다고 생각하십니까? 생각해 보십쇼. 자기 딸을 희롱한 자를 뽑아 기용한다니, 그게 말이나 될 소립니까?"

"하하하. 너는 아무리 생각해 봐도 이해할 수 없겠지. 하지만 천하를 생각하는 큰 자라면 이해할 것이다. 그것은 바둑 고수가 두는 한 수를 바둑의 고수가 이해하는 것과 같은 이야기니까 말이다."

목풍아가 이렇듯 자신있게 말하고 있었지만, 일도는 도무지 목풍아의 말을 이해할 수가 없었다. 목풍아의 재주가 뛰어난 것은 잘 알고 있지만 어느 미친 인간이 목풍아의 소행을 보고도 쓴단 말인가.

"대장, 저는 아무래도 마음이 놓이지 않아요."

"일도야, 나를 믿어라. 당당하게 관직을 얻으려면 과거를 보면 되지만 다른 사람들처럼 평범해서는 천하를 바꿔놓을 수 없다. 양수(楊修) 같은 이는 글자 한 자만 가지고 조조(曹操)의 의도를 한번에 알아낼 정도로 뛰어난 인물이었지만, 말단 주부(主簿) 벼슬을 하다 덧없이 살해당하였다. 이백이나 도연명 같은 이들은 또 어떤가. 당파에 시달리고 흔들려 속절없이 사라져 간 수많은 인재들을 나는 역사를 통해 배웠다. 음모와 계략이 난무하는 관계(官界)에서 떳떳하게 자신의 뜻을 펼쳐 세상을 바꾸어 놓은 사람은 아무도 없었다. 나는 하염없이 때를 기다리는 사람이 되지

않으련다. 나는 때를 만들어가는 사람. 결코 평범해서는 안 돼. 일도야,
너는 내 마음을 알겠느냐?"

"너무 잘 알고 있으니 그런 거죠, 대장. 대장을 믿지만 저는 겁이 납니
다. 저는 아무래도 대장만큼 담력이 없나 봐요."

"와하하하. 내가 공주와 그렇고 그런 관계가 된 것은 모두 생각이 있
기 때문이다. 나를 너무 작게만 보지 말아라. 고난을 이겨내지 않고서는
크게 될 수 없는 것. 너는 걱정하지 말아라. 더구나 내가 짐작하는 연왕
은 야망이 있는 사람. 결코 작은 그릇이 아니야. 며칠만 잠자코 숨어 있
으면 연왕이 틀림없이 나를 부를 것이다. 우리 도박의 승패는 시간에 달
려 있어. 그러니 나를 계속 믿어보라구."

목풍아는 싱글벙글 웃으며 가슴을 쳤다.

그때 목풍아의 머리 뒤에서 횃불 한 무리가 빠르게 다가오고 있는 것
이 일도의 눈에 들어왔다. 상대가 누구인지는 보지 않아도 알 수 있는 것
이었다.

일도는 목풍아를 바라보았다.

'대장이 일부러 공주를 건드렸다. 그리고 연왕에게 중용이 된다. 이거
일이 이상하게 되었는데……. 만약 대장이 부마가 되면 어떡하지?

일도는 목풍아가 부마가 된 모습을 상상하다 얼른 말에 올랐다.

"이봐, 일도. 왜 그러는 거냐?"

일도는 목풍아의 얼굴을 뚫어지게 바라보며 말했다.

"대장, 추격병들이 벌써 따라오고 있습니다. 이왕 이렇게 된 것 할 수
없죠. 따지고 보면 이런 일이 일어난 것은 모두 제 탓이니 제가 추격병들
을 따돌리겠습니다. 그동안 대장은 어디에라도 숨어 계세요."

목풍아가 고개를 돌려 횃불들이 빠르게 다가오는 것을 보곤 다시금 일
도를 바라보았다.

"대장, 저는 대장을 믿습니다. 이 도박에서 대장이 이길 거라고 말이에요. 그때 저를 모른 체하시면 안 됩니다. 이 일도는 대장의 심복이라구요."

일도는 말을 마치기 무섭게 고삐를 당겨 말을 달리기 시작하였다. 말은 대로를 미끄러지듯 화살처럼 빠르게 달려나갔다. 텁텁한 흙먼지가 자욱하게 솟아났다. 목풍아는 가슴이 찡하여 멍하니 일도가 사라진 어둠을 응시하다 횃불이 가까이 다가오는 것을 확인하곤, 먹을 것을 싼 보자기를 들고 수풀 속으로 몸을 숨기었다. 잠시 후 요란한 말발굽 소리가 들리더니 십여 기의 말이 쏜살같이 대로를 지나갔다.

일도가 운이 좋아 그들에게 잡히지 않더라도 내일부터 검문과 순찰이 심해질 것은 보지 않아도 뻔한 일이었다. 목풍아는 한숨을 내쉬다가 뻐꾸기 우는 소리를 듣고 고개를 들었다. 무수한 별이 내려앉은 하늘 아래 우뚝하게 솟아난 산 하나가 정좌한 도인처럼 앉아 있었다.

목풍아는 그날 밤을 산중에 있는 커다란 나무 아래에서 보내고 다음날 아침 일찍 의기양양하게 마을로 들어갔다. 빠르면 오후, 늦어도 저녁 무렵에는 인상착의가 실린 방문이 걸릴 터이니 미리미리 옷을 바꾸어 입으려는 속셈이었다.

어제저녁 한바탕 수색하느라 마을에 난리라 났으리라. 그러나 인상착의를 모르니 애꿎은 목풍아 나이 또래의 부잣집 아이들이 수난을 당했을 것이다.

마을 입구의 나무 뒤편에서 요리조리 마을을 살피던 목풍아는 농가 마당에 걸린 푸른색 바지와 저고리를 발견하였다.

논일을 나갔는지 집 안에 사람이 없음을 확인한 목풍아는 재빨리 사립문을 열고 들어가 옹기 항아리 뒤에 몸을 숨기었다. 그때였다. 집 안에서 키 작은 사나이가 뛰어나왔다. 목풍아가 항아리 뒤에 몸을 숨기지 않았다면 단번에 들켜 버렸을 것이다.

"큰일 났네. 큰일 났네."

그 사내는 급한 사람처럼 사립문 바깥으로 뛰어나가 버리고 말았다. 목풍아가 머리를 갸웃거리고 있으려니 집 안에서 여인의 비명 소리가 들려왔다.

"살인이 일어났나?"

뛰어나간 사내가 고을 안으로 사라지는 것을 확인하고 가만히 집 안을 들여다보니 만삭의 여인이 침상 가운데에서 비명을 지르고 있었다.

목풍아는 사나이가 급하게 뛰어나간 이유를 깨닫고 여유있게 마당에 걸린 옷가지를 챙겨 집 밖으로 나왔다.

"일이 잘 풀리려나?"

목풍아는 수풀 뒤에서 옷을 갈아입었다. 야숙을 한 터라 얼굴이 꼬질꼬질한데, 허름한 농부의 옷을 입으니 영락없는 초동이었다.

"이 정도면 아무도 나를 몰라보겠지?"

배가 고파왔다. 따뜻한 음식이 먹고 싶어 목풍아는 마을 한가운데로 걸어 들어갔다. 숨어 지내려면 건량도 푸짐하게 필요할 것이니 이참에 미리 준비해 둘 요량이었다.

그런데 마을 한가운데로 들어간 목풍아의 두 눈이 휘둥그레졌다. 벌써 마을의 담벼락에 목풍아의 인상착의가 걸린 방문이 붙은 것이다. 방문 앞에는 관원들이 신원을 확인하고 있었으며, 가까운 객점에서도 말을 탄 무사들이 사람들을 검문하고 있었다.

'이렇게나 빨리?'

생각지 못했던 터라 목풍아는 재빨리 몸을 돌려 마을 밖을 향해 달리기 시작하였다.

“야, 거기 서. 거기 서라.”

방문 앞에서 사람들을 검문하던 사내 하나가 목풍아를 발견하고 소리쳐 불렀다.

“제길.”

목풍아는 달리기 시작하였다.

“저, 저놈 잡아라!”

등 뒤에서 소리치는 소리가 들리더니 말발굽 소리가 들려왔다.

‘잡히면 안 돼.’

목풍아는 죽을힘을 다해 달렸으나 말은 어느덧 목풍아를 앞질러 멈추어 섰다.

“이놈, 서라는 소리가 들리지 않느냐?”

목풍아는 그 기세에 달리던 걸음을 멈추었다. 날도 더운데 뛰기까지 하였으니 땀이 비 오듯 흘러내렸다.

말을 탄 사내가 한바탕 호통을 치고 인상착의가 든 종이를 들고 말에서 내리려는 찰라, 목풍아는 갑자기 울음을 터뜨렸다.

“우앙~ 우리 엄마가 아기를 낳으려 해요.”

“뭐라구?”

“우리 엄마가 아기를 낳으려 하는데 빨리 산파를 데려가야 한단 말이에요. 급하단 말이에요. 우왕~”

목풍아는 소매로 눈가를 닦으며 소리쳐 울었다.

사나이는 잠시 당황하여 목풍아에게 되물었다.

“어디에 사는 아이냐?”

목풍아는 자신이 왔던 길을 손가락질하며 울었다.

“우리 엄마가 아기를 낳으려 한단 말이에요. 빨리 산파를 데려가지 않으면 우리 엄마 죽을지도 몰라요.”

사내는 머리를 갸웃거리다가 의심을 하였던지 손을 내밀었다.

"그럼 나와 함께 가자."

"산파를 데리고 가야 한다고요."

"아이는 내가 받을 수 있으니 너는 어서 안내하거라."

목풍아는 울음을 멈추고 사내를 바라보았다. 목풍아의 얼굴은 먼지와 땀으로 꼬질꼬질해 있었다.

"어서 가자니까?"

의심을 하고 있는 것이다.

"정말 우리 엄마를 살려줄 수 있는 거죠?"

"그래. 내가 살려줄 수 있으니 너는 어서 타기나 해."

목풍아는 사내의 손을 잡고 말 등에 올라탔다. 사내는 목풍아를 자신의 앞에 앉히고는 목풍아가 가리키는 방향으로 말을 몰기 시작하였다.

잠시 후 목풍아는 옷을 훔쳤던 농가에 당도하였다. 산통이 극에 달했는지 마당까지 여인의 비명 소리가 들리고 있었다. 그제야 사내는 의심이 풀린 듯 말에서 내려 사립문에 고삐를 걸어놓은 후 목풍아의 머리를 쓰다듬으며 말했다.

"착한 아이구나. 내가 네 어머니를 구해줄 테니 너는 염려하지 말고 마당에서 기다리고 있으려무나."

"아저씨가 아이를 어떻게 받을 수 있어요?"

"전쟁터에서 피난하는 아낙의 아이를 몇 번 받은 적이 있단다."

사내는 성큼성큼 걸음을 옮겨 마당으로 들어가다가 걸음을 멈추었다. 그리고 고개를 돌려 목풍아를 바라보며 말했다.

"착한 아이야, 네 이름이 뭐냐?"

"아저씨가 제 동생을 받아오시면 말해 드릴게요."

그때 집 안에서 비명 소리가 들려왔다.

"그럼 잠시 후에 보자꾸나."

사내가 집 안으로 들어가자 목풍아는 재빨리 고삐를 끌어 말에 올랐다. 도망치는 수밖에 길이 없었다.

잠시 잠잠하다 다시금 비명 소리가 들려오기 시작하였다. 목풍아는 조심스레 말을 몰아 대로로 달리기 시작하였다. 말 등에 걸린 종이의 목풍아와 일도의 인상착의가 눈에 들어왔다. 계란 같은 얼굴에 초롱초롱한 눈매가 자신과 비슷하게 생겼다. 일도는 얼굴에 칼자국이 두드러져 한눈에 알아볼 수 있었다.

"정말 잘 그렸는걸? 일도는 인상착의가 정확해서 금방 잡힐 것 같은데 어쩌나? 하하하."

목풍아는 크게 웃으며 눈앞에 보이는 높은 산으로 말을 달렸다.

한편 아이를 받으러 들어간 사내가 목풍아의 이름을 알게 된 것은 아이를 받고 마당으로 나왔을 때였다. 말과 함께 아이가 없어진 것을 이상하게 생각한 사내가 뒤늦게 산파를 데리고 달려온 아낙의 남편에게 목풍아의 인상착의를 물었을 때, 남편은 머리를 좌우로 돌릴 뿐이었다.

"나리가 받으신 아이가 첫애인걸요?"

뒤늦게 속은 것을 깨달은 사내가 이를 갈았지만 이때에는 어디에서도 목풍아의 흔적을 발견할 수 없었다.

검문을 하는 사내에게 말을 빼앗아 도망쳤던 목풍아는 숨겨두었던 짐을 들고 산으로 올라가기 시작하였다.

어제저녁 무렵에 일을 벌였는데 다음날 아침 방이 걸리고 수색대가 검문을 시작하였다는 것은, 연왕의 대처 능력이 뛰어나다는 것을 반증하는 것이었다. 막북으로 물러간 원(元)의 잔존 세력을 막기 위한 울타리로, 평생을 전방의 싸움터에서 살아온 군인다운 기민한 행동이 아닐 수 없었다. 사방의 대로는 검문하는 병력으로 막혀 있으며, 마을마다 병사들이 투입될 것이니 이렇게 된다면 더 이상 도망칠 곳도 없다. 목풍아는 말 엉덩이를 찔러 도망치게 한 후 숨을 곳을 찾으러 산으로 올라온 것이다.

목풍아의 생각으로는 어차피 잡히게 되어 있는 결과였다. 그러나 일개 잡병들에게 잡혀 죄인처럼 끌려가는 것보다 당당하게 연왕의 궁궐 정문에서 큰소리를 땅땅 치며 잡히는 것이 기왕이면 좋겠다 생각하는 목풍아였다.

연왕이 사람 보는 재주가 있다 익히 들은 터. 대희루의 도박판에서 들은 이야기를 종합해 보면 연왕은 죽음과 삶, 둘 중 하나를 선택할 기로에 놓여 있었다.

일 년 전 명나라를 세운 홍무제가 타계하자 황태자 주윤문이 건문제로 즉위하였다. 건문제가 즉위한 지 삼 개월 후 주왕(周王) 주숙(朱橚)가 체포되어 운남으로 유배되더니, 올해 사월에 제왕(齊王) 주부(朱傳)와 대왕 주계(朱桂)가 폐서인되고 말았다. 이에 불안을 느낀 상왕 주백(朱柏)은 절망하여 분신자살하고 민왕 주편(朱楩)은 장주로 유배되었다. 각지의 번왕들이 왕호를 박탈당하고 종신 금고 혹은 폐서인이 되었다가 사형을 당하는 상황은 목풍아에게 시대가 전한(前漢) 초기의 상황으로 되돌아갔음을 말해 주는 것이었다. 전한 초기에 수많은 번왕들이 차례로 죽임을 당하였다.

토사구팽(兎死狗烹)은 홍무제 때에도 수없이 일어났던 일이지만 아직도 권력의 집중이 완벽하게 정해지지 않았기에 또 다른 토사구팽이 반복되고 있는 것이다. 그렇다면 다음번에 황제가 노리는 사냥감은 연왕 주체. 선택의 여지는 없다. 연왕은 스스로 죽지 않으면 황제를 죽일 수밖에 없는 상황에 이른 것이다.

민감하게 변하는 시대상을 목풍아는 도박장에 앉아 예의 주시하고 있었다. 아버지의 말마따나 시대는 난세였다. 명이 세워진 지는 오래지만 이 정권이 얼마나 오래갈지는 누구도 장담할 수 없었다.

목풍아가 가출을 결심한 것은 아버지에 대한 반항 때문만은 아니었다. 누구보다 시대의 바람을 읽는 눈이 뛰어났기 때문이다.

> 구슬은 하나, 용은 두 마리.
> 바람은 한 마리의 용을 선택하였네.
> 용은 바람을 타지 않고 구슬을 잡을 수 없다니,
> 그 바람이 누구인가? 바로 목풍아라네.

목풍아는 태평스럽게 노래를 부르며 한낮의 더위가 푹푹 찌는 산길을 올라가고 있었다.

산길을 올라가며 생각해 보니 처음에 일도가 수면제를 넉넉하게 준비하였다면 연왕부 앞에서 멋지게 잡히겠다는 목풍아의 계획은 보기 좋게 이루어졌을 터인데, 계획이 틀어져 며칠 동안 이 산에서 너구리처럼 숨어 지내야 하는 처지가 되었으니 심사가 편치만은 않았다.

여러 가지 꼬이는 일들이 많았던 것은 그 역시 어쩔 수 없는 일이었지만, 그것을 목풍아는 자신의 운이라 생각하고 걱정없는 사람처럼 휘파람을 불며 산 위로 올라갔다. 이제 목풍아는 꼼짝없이 이 산에 갇힌 몸이 되었으나, 그는 자신의 처지보다 연왕의 인물됨에 감탄하였다.

"확실히 연왕도 보통 인물은 아니군. 좋아, 좋아. 그 정도는 되어야지. 와하하하."

나뭇꾼이 다니던 작은 길도 얼마 가지 않아 끊기고 목풍아는 얼마간 쉴 곳을 찾기 위해 잡목과 수풀을 이리저리 피하며 산으로 올라갔다. 무더운 여름이라 오랫동안 산을 헤매었더니 숨이 탁탁 막히었다. 땀이 등줄기를 타고 내렸고 목이 막히었다. 푹푹 찌는 듯한 더위였다. 목풍아는 얼른 들고 있던 먹거리 짐을 내려놓았다. 어제 객잔에 갔을 때 피신을 예상하고 일도에게 부탁해 놓은 음식들이었다.

건량과 육포. 무더운 더위에 대비하여 객잔에서 사 들고 온 음식이었다. 술도 세 병 정도 있었으나 이 더위에 술을 먹으면 갈증만 더할 뿐이다. 마을에 갔을 때 검문만 없었다면 만두며, 닭이며 좋은 음식들도 사 올 수 있었을 텐데, 아쉬운 마음에 목풍아는 육포를 입에 넣고 씹었다.

"젠장, 젠장."

물이 먹고 싶은데 물이 없다. 육포를 씹을 때 나오는 침도 한계가 있어 목구멍으로 시원한 물 한 잔이 절실하였다. 이대로는 말라 죽기 십상이라 솔잎이라도 씹어 먹어야겠다 생각하던 찰라에 목풍아의 귀에 찰찰거리는 물소리가 들려왔다.

"사람이 죽으라는 법은 없구나."

목풍아는 자리에서 벌떡 일어나 짐을 지고 물소리가 들리는 곳을 향해 걸음을 옮겼다. 길도 없는 수풀을 헤치며 얼마가 갔을까? 미끈하게 솟아나 커다란 바위 벼랑 아래로 맑은 물이 흘러내려 오는 작은 도랑을 발견할 수 있었다.

목풍아는 도랑에 엎어져 벌컥벌컥 물을 들이켰다. 목이 말라서였는지 물맛이 달디달았다.

"히유~ 살았다."

고개를 들어 안도의 한숨을 쉬고 바라보니 물은 벼랑 아래 너구리가 들어갈 만한 굴 속에서 흘러나오고 있었다.

"고맙기도 하지. 이 목풍아가 하늘의 뜻으로 목숨을 구하였구나. 역시 이 목풍아의 운은 질기고 질기단 말이야."

저 혼자 자화자찬을 하며 주위를 살펴보는데, 수풀 사이로 건물 하나가 눈에 들어왔다.

"길도 없는 이런 산중에 집이 있나?"

목풍아가 고개를 갸웃거리며 다가가 보니 수풀이 무성한 벼랑 옆에 비라도 내리면 무너져 내릴 것 같은 작은 묘당이 하나 있었다. 묘당 앞에는 이끼 낀 나무 표석이 하나 있었는데, 조악한 글귀 몇 줄이 이끼 속에 모습을 드러내고 있었다.

목풍아는 이끼를 드러내었다. 비를 맞고 이끼에 잠식당해 훼손된 글자가 많았지만, 전체적인 내용을 이해하는 데 어려움은 없었다.

표석에는 명초 마지막까지 저항하던 백련교(白蓮敎)의 잔당이 막북(漠北)으로 도망가던 끝에 이곳 묘탑산(杳塔山)에서 공격을 받아 수없이 죽었으며, 그때 죽은 사람들의 혼을 기리기 위해 비문을 만들었노라는 글이 쓰여 있었다.

나무껍질로 너와를 이어 만든 작은 묘당은 목풍아가 쉬기에는 안성맞춤이었다. 등 뒤를 벼랑이 막아주어 아득하고, 가까운 곳에 물이 있어 며칠을 숨어 지내는 데는 이곳처럼 좋을 수가 없었다.

한동안 어지러운 묘당 안을 청소하고 나자 제법 아늑한 장소가 되었다. 너와 군데군데가 썩어 밝은 빛이 새어 들어왔지만 그래도 좋았다. 육포와 술 한 병을 꺼내 들고 시원한 묘당 안에서 먹고 마셨다. 취기가 동하니 노래가 절로 나왔다.

구슬은 하나, 용은 두 마리.
바람은 한 마리의 용을 선택하였네.
용은 바람을 타지 않고 구슬을 잡을 수 없다니,
그 바람이 누구인가? 바로 목풍아라네.

"와하하하!"

한동안 크게 웃다가 목풍아는 길게 하품을 하였다. 취기 때문인지 나른하게 졸음이 밀려왔다. 어젯밤 나무 아래에서 이슬을 맞으며 제대로 잠을 못 잔 탓에 긴장이 풀리며 졸음이 쏟아진 것이다. 목풍아는 술병을 든 채 스르르 잠이 들고 말았다.

뀌릭— 뀌릭— 뀌릭— 꾸르르르—

목풍아는 눈을 번쩍 떴다. 뭔가 이상한 소리가 들려오고 있었다. 천천히 몸을 일으켜 주변을 살펴보니 아무것도 없다. 그러나 그 기괴한 소리는 계속해서 들려오고 있었다. 비둘기 울음소리 같기도 하고, 개구리 우는 소리 같기도 하고, 짐승이 우는 소리 같은, 아니, 세 가지 소리를 합쳐 놓은 듯한 그 소리를 인적도 없는 산중에서 가만히 듣고 있으려니 등줄기에서 소름이 끼쳤다.

한참을 멀거니 듣고 있자니 낙엽을 가르는 소리가 들렸다. 목풍아는 예민해져 있던 차라 자리에서 벌떡 일어났다.

"이것이 무슨 소리지?"

불길한 마음에 좌우를 두리번거리는데 소리가 흘러나오는 곳을 알 수가 없다. 수색을 나온 병사들의 소리도 아닌 것 같고, 그렇다고 짐승의 소리는 더욱 아닌 것 같았다.

"이상한 일이군?"

묘당을 나와 이곳저곳을 기웃거려 보아도 그 소리가 들려오는 곳을 도무지 찾을 수가 없었다.

"술이 덜 깨어 헛것을 들은 건가?"

염천의 태양 아래 목도 말랐다. 천천히 샘물이 있는 곳으로 다가가 물을 마시기 위해 머리를 기울였을 때였다.

꿔릭— 꿔릭— 꿔릭— 꾸르르르— 꾸꾸끅— 꾸르르르르—

귓가에 이상한 소리가 들려왔다. 하던 동작을 멈추고 가만히 소리가 나는 곳으로 돌아보니 벼랑 아래 물이 흘러나오는 작은 구멍이 보였다. 목풍아는 멍하니 바라보다 천천히 걸음을 옮겼다. 어렸을 때부터 호기심을 참지 못하는 목풍아였다.

벼랑 아래 물이 흘러나오는 작은 구멍을 바라보다 몸을 숙여 귀를 기울였다.

꿔릭— 꿔릭— 꿔릭— 꾸르르르—

이상한 소리는 이곳에서 시작되고 있었다. 참으로 이상한 소리였다. 비둘기 소리와 개구리 소리를 섞어놓은 듯한, 가만히 듣고 있으면 너무 웃겨 웃음이 나올 것 같은 기이한 소리였다.

"바람 소리는 아닌 것 같은데……."

시커먼 바위 구멍 안을 들여다보다 머리를 긁적거리며 일어났다. 샘물 구멍 입구는 벼랑에서 자연적으로 굴러 떨어진 모양으로 커다란 바윗덩어리들이 얽히고 설켜 있었는데, 그 바위틈으로 샘물이 흘러나오고 있는 것이다. 이런 바윗덩어리에 굴이 있다고는 생각되지 않았으나 안에서 들리는 소리는 인위적으로 누군가가 내고 있는 것처럼 느껴지는 것이었다.

가만히 벼랑의 형태와 바위들의 윤곽을 살펴보던 목풍아는 머리를 갸웃거리다 샘물 구멍의 입구에 있는 얼굴 크기 정도 되는 돌덩어리를 들어 옆으로 날랐다. 돌 몇 개를 치워내고 나니 바위틈으로 빼꼼한 구멍이 생겨났다. 고개를 숙여 구멍 안을 들여다보니 먹장처럼 깜깜한데 뒤편에 넓은 동굴이 있는 것 같았다. 그런데 이때에는 조금 전까지 들렸던 이상한 소리는 더 이상 들려오지 않았다.

"이상한 일이네. 바람 소린가?"

목풍아는 구멍에서 목을 빼고 머리를 갸웃거리다가 샘물을 마시고는 묘당을 향해 걸었다.

연왕이 어떻게 행동할까, 그 행동에 어떻게 대처해야 할까를 생각해야 하니 신경 쓸 일도 많은데, 쓸데없는 호기심으로 시간을 낭비했다 생각하였다.

묘당에 걸어놓은 건량을 씹다 목풍아는 산 위로 올라가 보자 생각하였다. 마시던 술병의 술을 버리고 샘물로 가득 채운 후 목풍아는 벼랑을 타고 산으로 올라갔다.

해가 높이 떠 세상을 뜨겁게 달구고 있었다. 바위도 뜨거운 여름 햇볕을 받아 후끈후끈한 아지랑이를 쉼없이 내뿜고 있었다. 목풍아는 쉼없이 땀을 흘리다가 바위 언저리에 앉아 쉬었다. 벼랑을 스쳐 가는 바람이 흘린 땀을 식혀주었다.

목풍아는 숲 아래 망망한 대지를 바라보았다. 뜨거운 염천의 태양이 솟아 뿌연 안개 같은 젖빛 대지가 눈 아래 아스라이 펼쳐져 있었다. 목풍아는 자신의 뜻을 펼칠 대지를 바라보며 깊게 숨을 들이쉬었다. 맑은 공기가 콧구멍을 타고 가슴 가득 들어왔다.

"화살이 멀리 나가려면 시위도 크게 당겨야 되는 것. 뜻을 이루기 위해서는 인고(忍苦)의 시간은 당연한 것이 아닌가."

대희루를 손에 넣기 위해 이 년의 시간을 허비한 것에 비하면 이번 일은 속성이었다. 그만큼 위험 부담이 컸다는 것을 생각할 때 목풍아의 걱정은 일도에게까지 미치었다.

"잡히지 않았으면 좋으련만……."

후속 수단을 써놓긴 하였지만 연왕에게서 목숨을 구할 수 있을지가 걱정이었다.

이때 연왕부의 내실에서는 일도가 잡혀왔다는 보고를 들은 연왕과 환관 하나가 밀담을 나누고 있었다. 사방에 책이 가득한 방 안에서 붉은 장삼을 입은 키가 큰 연왕 주체가 서신을 읽다 소리쳐 웃으며 말했다.

"맹랑한 놈이군. 담대하게 내 딸을 희롱하고 시를 적어놓다니……. 시의 내용을 보니 이놈이 나를 시험하고 있군. 그렇지 않나, 정화(鄭和)?"

차를 따르던 삼십대 초반의 정화라는 환관이 읍을 하며 말했다.

"담대한 녀석 같습니다. 공주님을 시켜 호위무사들을 속인 기지도 그렇고, 시로써 대왕님을 시험하는 배포도 그렇고……."

연왕이 정화를 날카롭게 바라보며 말했다.

"괜찮아. 마음에 있는 말을 다 해도 좋다."

정화가 읍을 하며 말했다.

"목풍아가 벽에 남긴 시를 살펴보면 승천(昇天)을 도울 뜻이 있다 하였습니다. 이놈은 대왕께서 황제가 되실 것으로 보고 힘을 실어드리겠다 말하는 것 같습니다."

"그러니 맹랑한 놈이라는 것 아니냐."

연왕은 싫지 않은 듯 씽긋 웃으며 탐스럽게 난 수염을 쓸었다.

"인재가 필요한 때입니다. 사소한 은원보다 대왕께서는 먼 곳을 바라보셔야 합니다."

"알고 있어. 하지만 너무 맹랑한 놈이란 말이야. 다른 사람도 아닌 나를 시험하다니……."

한동안 수염을 쓸던 연왕이 정화를 바라보았다. 이때 환관 하나가 급하게 들어와 무릎을 꿇고 말했다.

"전하, 목풍아의 부하를 사로잡아 방금 왕부로 데리고 들어왔다는 전갈이 왔습니다."

"목풍아는?"

"회풍(回風) 마을에서 놓쳤다는 보고가 들어왔습니다."

"놓쳤다고?"

"그놈의 계교에 속아 말을 빼앗기고 놓쳤는데, 얼마 후에 검문을 하던 병사가 말을 발견했습니다. 말 등에 있는 수배지에 시 한 수가 쓰여 있어 가져왔습니다."

환관이 품속에서 종이를 꺼내 정화에게 올렸다. 정화가 수배지를 다시금 연왕에게 건네었다. 연왕이 목풍아의 수배지에 두 줄로 쓰인 시를 물끄러미 바라보았다.

복희씨(伏羲氏), 헌원씨(軒轅氏)의 태평한 상고시대(上古時代)는 멀다. 슬픔이 어찌 끝이 있으랴[義軒遠矣悲何極].

큰바람을 보지 못하니 마음 스스로 상하는구나[太風不見心自傷].

목풍아의 웃는 얼굴 앞에 쓰여진 시를 보던 연왕은 씁쓸한 표정으로 정화에게 시를 건네었다.

"맹랑한 놈이군. 자신을 모셔가면 태평한 상고시대를 열 수 있는데, 내가 이 맹랑한 놈의 마음을 알아주지 않아 슬프다니. 볼수록 기가 막히는 놈이군. 이놈은 이 연왕이 소열제(昭烈帝 : 유비)가 제갈량에게 그랬던 것처럼 자기를 모시러 오기를 바라는 것인가? 도망자 주제에 도리어 나를 협박하다니…….."

정화가 시를 물끄러미 바라보다가 웃으며 입을 열었다.

"전하, 정말 맹랑한 놈입니다. 그 시를 보자면 전하께서 그놈을 알아주지 못하면 도리어 죄인이 되게 생겼습니다."

정화는 바닥에 부복해 있는 환관을 물러가도록 하고 연왕에게 말했다.

"옛말에 하나를 보면 열을 안다 하였습니다. 그놈의 행적과 이 시를 보면 쓸 만한 인재가 틀림없습니다. 아무래도 전하께서 수배를 푸시고, 연왕부로 올라오라는 방문을 다시 써서 돌리는 것이 상책이라 생각됩니다."

"무슨 소리? 그 맹랑한 놈이 하라는 대로 하는 꼭두각시가 되란 말이냐?"

"소열제는 인재를 만나면 몸을 숙이는 수고를 아끼지 않았습니다. 지금은 전하께서 고집을 부릴 시기가 아닙니다. 몸을 숙여 인재를 포용하실 때입니다."

연왕은 고개를 내저었다.

"나는 소열제가 아니야. 그놈 역시 제갈량이 아니란 말이야. 또 이 연왕의 체면상 그렇게는 못해. 내가 사랑하는 딸을 희롱하고도 모자라서 나까지 우습게 보는 놈을 내가 용서할 것 같은가? 아니, 나는 그렇게 치욕스럽게까지 해서 인재를 가지고 싶지는 않아. 내 뜻을 알겠나, 마삼?"

정화는 자신을 바라보는 연왕의 얼굴을 보곤 고개를 숙여 길게 읍하였다. 정화는 이제 자신까지 시험에 빠졌다 생각하였다. 연왕이 마삼이라 할 때는 자신에게 그것을 일임한다는 의미였다.

정화의 본 이름은 마삼화(馬三和)로 홍무 4년(1371년) 운남의 곤양(昆陽)에서 태어났다. 명의 운남 토벌군에 의해 열두 살에 거세당하여 전리품으로 연왕 주체에게 헌상된 인물이었다. 정화는 연왕이 지어준 이름으로 인물과 재능이 뛰어나 환관의 우두머리로, 최측근에서 연왕을 보필하는 수뇌부이며 오른팔이라 할 수 있었다.

이십여 년간 함께 동고동락하였던 연왕은 정화를 신임하였는데, 곤란한 일을 당하면 정화에게 일을 맡기곤 하였다. 그럴 때면 언제나 마삼이라는 옛 이름을 부르는 것이다. 연왕은 정화에게 두 사람의 중재 역할을 하도록 명한 것이다. 정화는 연왕의 체면을 다치게 하지 않으면서 목풍아의 체면을 살려주는 계책을 생각할 수밖에 없었다.

"그럼, 저는 물러가 보겠습니다."

"마삼, 목풍아 문제는 네게 일임하겠다. 고분고분한 강아지로 만들어서 데리고 와라."

"네."

정화는 내실에서 물러나오기 무섭게 금부의 역리들을 불러들였다. 생각해 보면 연왕에게 한고조같이 너그러운 마음을 기대하기는 힘들었다. 출생부터 한고조와 달랐으며, 기질이 거세 남의 비위를 맞추거나 남의 밑에 들어가는 것을 싫어하였다.

연왕이 목풍아에게 할 수 있는 가장 급한 일은 최대한 빨리 군사를 풀어 목풍아의 움직임을 막는 일이었다. 마에 하나 목풍아가 연왕에게서 돌아서 황제에게로 가는 것을 가정했을 때, 그것은 정말로 큰일이 아닐 수 없었다. 급한 대로 연왕이 맡고 있는 순천부는 완전히 봉쇄되었으니 목풍아는 도망칠 수도 없다. 아니, 도망가기보다는 연왕이 모셔가길 기다리는 상황에서 연왕의 체면을 살리면서 그를 달래 데리고 오는 것이 정화의 임무였다. 그것은 당연히 밟을 수밖에 없는 필연적인 수순인지도 몰랐다. 그 시점에서 연왕은 정확하게 목풍아의 일을 정화에게 맡기었으니, 연왕이야말로 실로 무서운 인물이라 생각하는 정화였다.

잠시 후 금부 관원들이 들어오자 정화는 전후 사정을 들은 후 지도를 펼쳤다.

연왕이 맡고 있는 순천부가 그려진 지도를 바라보던 정화는 회풍현을 가리켰다.

"이곳에서 목풍아를 마지막으로 보았다 하였지?"

"그렇습니다."

"빼앗긴 말이 발견된 지점은?"

"오십 리 밖에 있는 상목현(桑木縣)입니다. 고을마다 철통같은 경계를 취하고 있기 때문에 개미 새끼 한 마리도 빠져나갈 수 없습니다."

"그렇다면 이곳이군."

정화는 회풍현과 상목현 가운데 있는 묘탑산을 가리켰다.

"그렇지 않아도 묘탑산 사방의 마을에 세 배나 되는 군사를 풀어놓았고, 묘탑산은 이중삼중으로 물샐틈없이 경계하고 있습니다. 반드시 사로잡으라고 일러두었습니다."

"좋아. 상처 하나 내서는 안 돼. 이놈은 만만찮은 놈이니까 일반 병사를 데려가지 말고 무공이 뛰어난 무사들을 데리고 가도록……. 나도 함께 갈 테니 만반의 준비를 하라고 일러라."

"예."

"그런데 목풍아의 부하라는 놈은 어떡할까요?"

정화는 피식 웃으며 말했다.

"놔둬라. 그놈을 죽이면 후환이 두렵다."

"예?"

놀란 눈으로, 혹은 이유를 알 수 없다는 듯 머리를 갸웃거리며 바라보는 금부 관원을 향해 정화는 웃음을 지을 따름이었다. 천자가 될지 모르는 천하의 고집쟁이 호걸과 승상이 될지 모르는 천하의 망나니 같은 천재의 만남. 생각만 해도 웃음이 나오는 정화였다.

환관 정화는 물샐틈없는 포위망에 갇힌 묘탑산까지 직접 군사들을 이끌고 찾아왔다. 직접 찾아와 보니 그리 높지 않은 작은 산이다. 탑과 같은 봉우리가 이곳저곳에 솟아나 묘탑산이라 부르는지도 몰랐다.

정화는 깊게 패인 눈으로 금부 관원이 가져온 지도를 바라보면서 생각에 잠기었다. 이곳에서 그를 정중하게 부르면 당장 어슬렁거리며 웃는 모습으로 나타날지도 모른다. 그러나 연왕이 원하는 것은 고분고분한 강아지. 앞으로 연왕의 측근에서 일을 하려면 처음에 그 기를 꺾어놓을 필요가 있었다. 연왕은 정화에게 그것을 요구한 것이다. 연왕이 한번 몸을 굽히면 쉬운 일이지만, 일이 이렇게 되었으니 정화로서도 번뜩 떠오르는 절충안을 낼 수가 없었다. 앞으로 연왕을 보좌하며 부딪치게 될 것을 감안하더라도 사나운 말을 길들이기 위해서는 강수를 두는 수밖에 없었다.

"음. 할 수 없는 일이지. 고분고분 말을 듣게 하려면 겁을 주는 수밖에……"

정화는 데려온 부장들을 막사로 집결시켰다. 파견된 군사들의 우두머리들이 속속들이 막사로 들어오자 정화는 명령을 내렸다.

"오늘 나는 전하의 명을 받고 한 사람을 사냥하러 이곳에 왔다. 그놈은 맹랑하게도 군주님을 희롱하고 전하를 욕되게 한 놈이다. 분명 이 산에 숨어 있을 것이 확실하다. 제군들은 일렬로 열을 지어 흩어지지 말고 풀뿌리 하나 돌멩이 하나까지 샅샅이 수색하도록. 사냥을 하는 것이니 동물들을 사냥하는 것은 허용한다. 그러나 사람이라면 반드시 사로잡도록……. 오늘은 사냥하러 나온 것임을 명심하도록……"

명령이 떨어지자 군사들이 산 아래에서 대열을 이루어 호각을 부르고 징을 치며 묘탑산을 올라오기 시작하였다.

와아아~

이만 명이 일제히 소리를 지르자 산이 쩌렁쩌렁 울리었다. 새가 놀라고 노루가 뛰었다. 토끼, 오소리, 승냥이, 여우, 멧돼지 할 것 없이 묘탑산의 풀숲이며 바위 아래 숨어 있던 온갖 짐승들이 놀라 뜀을 뛰며 어쩔 줄을 모르고 허둥거렸다.

사냥이라는 단서를 정하였으니 날뛰던 동물들은 군사들의 손에 차례로 사냥감이 되었다. 목풍아 한 사람 덕에 묘탑산의 짐승들이 수난을 당하고 있는 것이다. 도망칠 길이 없는 짐승들은 살기 위해 산 위로 뛰어올랐다.

묘당의 그늘에서 늘어져 있던 목풍아도 이 소리에 놀라 자리에서 벌떡 일어났다. 놀란 짐승들이 앞 다투어 산 위로 뛰고 뒤를 따라 올라오는 함성 소리와 호각 소리에 목풍아도 정신이 번쩍 들었다.

"정말 무식하기 짝이 없는 연왕이구나. 이 목풍아를 사냥감으로 생각했단 말이냐?"

연왕이 어느 정도 예의는 갖추어 부를 것이라는 예상은 완전히 빗나가고 때 아닌 사냥 놀음에 목풍아는 갇힌 동물마냥 먹을 것을 싸 들고 벌떡 일어났다.

이대로 사로잡힌다면 그야말로 사로잡힌 사냥감 신세를 면치 못한다. 이것은 연왕과의 도박이었다. 기와 기의 기세 싸움이었다. 이렇게 사로잡히게 된다면 연왕에게 휘둘리는 신세를 면치 못한다. 그것은 목풍아가 바라던 바가 아니었다.

산 아래에서 수풀이 움직이고 있었다. 일렬로 대오를 맞춘 군사들이 창으로 수풀을 휘저으며 올라오고 있는 것이다.

"사면초가(四面楚歌)가 따로 없구나."

좀 전에 산에 올라갔을 때 몸을 숨길 만한 곳을 찾아보았던 목풍아였다. 그러나 위로 올라갈수록 바위산이라 목풍아가 몸을 숨길 만한 곳은 찾을 수가 없었다. 사람들이 웅성거리는 소리가 들려왔다. 목풍아를 찾는 군사들일 것이다.

"아! 이대로 목풍아가 연왕의 허수아비가 되는 것인가?"

눈앞이 암담하여 목풍아는 바닥에 털썩 주저앉았다.

한편 한바탕 요란하게 묘탑산을 구석구석 수색했던 군사들이 한나절을 허비한 후 내려와 정화에게 사람이 없노라 보고하였다.

"뭐라고? 산에 사람이 없다고?"

"그… 그것이… 흔적은 있었습니다."

"자세히 말해 보라."

"묘탑산의 벼랑 아래 허물어져 가는 작은 묘당이 하나 있었습니다. 그곳에서 사람의 흔적을 발견하기는 하였습니다만 주위에 사람이라곤 찾아볼 수 없었습니다. 기둥에 글이 하나 적혀 있어 베껴가지고 왔습니다."

금부 관원이 품속에서 종이를 꺼내어 정화에게 건네었다.

산의 남쪽 만 리가 곧 남경이라[山南萬里卽南京].
큰바람 그곳에 가서 돌아오지 않으리[大風朝天去不歸].

"이런, 내가 속았구나. 그 교활한 놈이 일부러 회풍현으로 말을 보낸 거야."

정화는 고개를 돌려 금부 관원에게 말했다.

"그놈이 주군에게 등을 돌렸다. 어서 파발을 보내 순천부의 모든 길목을 철통같이 순찰하라고 일러라. 우리는 순천부로 돌아간다."

금부 관원이 고개를 숙여 읍하고 바깥으로 나가니 군사들이 술렁거렸다. 정화가 급하게 막사를 나와 말을 타고 순천부를 향해 가다가 갑자기 고개를 갸웃거렸다.

'이상하군. 이상한데?'

이내 정화는 자신의 머리를 때렸다.

"역시 속았어. 그 교활한 놈의 술수에 속아 넘어가고 말았다."

정화는 달리는 말의 방향을 바꾸어 다시금 묘탑산 아래로 돌아왔다. 막사에 있던 금부 관원들이 정화가 돌아오자 허둥지둥 시립하였다.

"나리, 무슨 일이십니까?"

정화는 말없이 말에서 내려 막사로 들어갔다. 금부 관원들과 시위내시들이 그 뒤를 따랐다.

"왜 그러십니까?"

금부 관원이 막사에 놓인 교의에 앉은 정화에게 물었다.

정화는 탁자에 놓인 지도를 바라보았다.

"아무래도 이상해. 모든 길은 막히었으니 그가 갈 곳은 없다."

그는 이번에는 목풍아가 남긴 시를 꺼내 물끄러미 바라보다가 고개를 젖혀 크게 웃었다.

"하하하하. 하마터면 그의 잔꾀에 속아 넘어갈 뻔했다. 그는 이 산에 있다."

"네? 이 산에 있다고요? 이만이나 되는 병력이 샅샅이 뒤졌는데도 찾을 수 없었습니다."

"어딘가에 숨어 있을 것이다. 반드시 이 산에 있다. 그곳을 찾아라. 이제는 되돌릴 수도 없다. 그를 놓치게 된다면 모든 것이 끝이다. 몇 번이라도 뒤져라. 반드시 찾아야 한다."

"예."

"군사들에게 자진해서 항복하고 자수하라고 소리치게 하여라. 그래도 반응이 없을 때는 불을 질러도 좋다."

"불을 말입니까?"

"묘탑산을 모조리 태워도 좋다. 후후, 묘탑산이 잿더미가 되도록 나오지 않는다면 그놈이 이미 도망갔다는 말이겠지."

"예. 명을 받들겠습니다."

금부 관원이 머리를 갸웃거리며 막사를 나갔다. 이내 막사 바같이 시끄러워지더니 다시 수색에 들어가는지 호각 소리와 징 소리가 요란하게 들렸다.

정화는 순천부로 되돌아가려다 목풍아의 행동 반경을 떠올리고는 그가 반드시 묘탑산을 벗어나지 못했을 것이라 확신하였다. 그 이유로 도망을 갔노라는 시가 묘당 기둥에 있었다는 것이다. 순찰과 검문이 강화되어 오도 가도 못하게 된 목풍아가 갈 곳은 이 산밖에 없었다.

정화는 다시 한 번 목풍아가 남긴 시를 바라보았다. 꾀 많은 목풍아가 군사들을 속일 셈으로 남경으로 발을 돌렸다는 시를 남긴 것이 틀림없었다. 일단 남경으로 간다는 것은 연왕의 대우에 불만을 품고 있다는 뜻이다. 언제라도 연왕에게 등을 돌릴 수 있으니 너무 핍박하지 말라는 의미가 그 시에 내포되어 있었던 것이다.

정화가 사냥을 명하였으니 모든 책임은 정화에게 있다. 정중하게 부르는 시기는 이미 놓쳤으니 다시 시도하여 융숭하게 목풍아를 데려간다면, 연왕에게도 그렇지만 목풍아에게 자신의 체면이 두고두고 짓밟힐 것이다. 그렇다고 목풍아 같은 인재를 남경의 황제에게 빼앗길 수도 없는 노릇이었다. 그가 황제의 신하가 된다면 호랑이가 날개를 달고 용이 여의주를 문 것처럼, 수없는 책모와 계략으로 연왕을 핍박하며 괴롭힐 것이 분명하였다. 그렇게 되면 연왕 역시 다른 번왕과 같이 쇠락의 길을 가야할지도 모를 일이었다.

목풍아는 그렇게 되기 전에 제대로 예의를 갖추어 부르라는 내용의 시를 적어 보낸 것이다. 그러나 한번 시작한 정화로서는 이제는 되돌릴 수도 없는 일이 되었다. 반드시 목풍아를 사로잡아 연왕 앞에 무릎을 꿇리는 일만이 자신과 연왕의 체면을 살리는 일이라 생각하는 정화였다.

"실로 제갈량이 살아 돌아온 것처럼 지모가 돋보인다. 쫓기는 주제에 협박을 하다니, 정말 대단한 놈이야. 그러나 너는 상대를 잘못 만났다.”

정화는 중얼거리며 탁자 위에 놓인 시가 적힌 쪽지를 바라보며 웃었다. 바라지는 않는 일이지만 만에 하나 목풍아가 고집을 부리다가 불에 타 죽었다 하더라도 연왕의 앞에 목풍아의 시를 내놓으면 정화로서는 책임질 일이 없다. 연왕에게 등을 돌렸으므로 하는 수 없이 죽인 것이 되는 것이니, 정화로서는 연왕의 질책을 들을 일도 없었다. 잘못은 인재를 보지 못한 연왕에게 있는 것이니까. 정화를 협박하던 목풍아의 시는 정화의 머리 속에서 도리어 목풍아의 목줄을 누르는 포승줄이 되어버렸다.

그런데 이때 정화는 이 문제를 목풍아와 자신의 기세 싸움이라고 생각하였다. 연왕의 측근에 자신과 같은 사람이 있다는 것을 목풍아가 알게 된다면 그가 천방지축 날뛸 수는 없을 것이다. 목풍아를 제어할 사람이 있다는 것. 그것으로도 연왕의 체면은 세워지게 되는 것이다.

“그런데 이 쥐새끼가 도대체 어디로 숨은 걸까?”

이만이나 되는 병력들이 이 잡듯이 뒤지고 있는데도 불구하고 목풍아의 행방이 묘연하자, 도대체 어디로 숨었는지 궁금한 마음이 생겨나는 것은 어찌할 수 없었다.

그렇다면 목풍아는 어디로 숨은 것일까? 목풍아는 산 아래에서 병사들이 올라오자 순간 물이 흘러나오던 바위 구멍을 떠올렸다. 돌을 치우면 자신의 몸은 숨길 수 있으리라 생각하였던 것이다. 목풍아는 도망치기 전에 재빨리 허리춤에서 붓과 대나무로 만든 먹통을 꺼내어 묘당의 기둥에 쓰곤 샘물이 흘러나오는 절벽으로 뛰어갔다.

얼마 전에 얼굴 크기의 구멍이 생겼던 터라 조심스럽게 돌을 치우니 가슴이 들어갈 만한 구멍이 생겼다.

바로 아래에서 병사들의 고함 소리가 들려왔다. 목풍아는 얼른 자신의 몸을 구멍 속으로 넣고 식량을 담은 포대를 구멍 안으로 잡아당겼다. 바닥에 물이 흘러 옷이 흠뻑 젖었지만 애벌레가 된 것처럼 뒤로 살살 몸을 내밀었다. 간신히 몸이 기어들어 갈 정도의 구멍이었는데, 조금 가다 보니 생각보다 넓었다.

조금 더 기어가다 걸리는 것이 없어 고개를 들어보니 한 사람 정도가 일어설 수 있는 제법 큰 동굴이었다. 예전에는 동굴이 있던 것이 바위가 무너져 입구를 막으면서 동굴이 사라지고, 샘물이 흐르면서 생겨난 조그만 구멍만 남았던 것이다.

"하늘이 무너져도 솟아날 구멍은 있다더니, 하늘이 나를 도왔다. 이렇듯 위급한 순간에 도망칠 곳이 생기다니. 이 목풍아의 운은 정말 질기다니까."

목풍아는 습기가 없는 동굴 바닥에 드러누웠다. 작은 입구에서 나오는 빛 때문에 동굴의 천장이 희뿌옇게 보였다.

지금쯤 군사들이 어리둥절한 모습으로 산 아래로 내려갈 것을 생각하며 목풍아는 낄낄거리며 웃었다. 기둥에 남긴 시를 본 군사들이 허둥지둥 연경으로 달려갈 것을 생각하면 통쾌한 기분이 들었다. 한편으로 인재를 알아보지 못하는 연왕이 얄미워졌다.

'내가 그렇게 신호를 보내었건만 나를 이렇게까지 몰다니. 이렇게 되면 나는 연왕에게 갈 수 없으니 황제의 편이 될 수밖에 없다. 이 무슨 기막힌 일인고…….'

목풍아는 한숨을 내쉬었다. 홍무제의 뒤를 이어 황제가 된 건문제 주윤손은 연약한 인물이었다. 아직도 명나라의 기틀이 잡히지 아니한 시기에 학자들의 손아귀에서 힘을 펴지 못하는 황제는 목풍아가 바라는 이상적인 사람이 아니었다.

목풍아는 제갈량이 소열제를 만나지 않고, 스스로 조조를 만나러 갔다면 천하통일의 위업을 이룰 수 있었으리라 생각하였다. 빈천한 소열제의 정에 끌려 천하의 기재가 허무하게 생을 마감한 것을 생각하면, 스스로의 운은 스스로가 개척해야 한다 생각하는 목풍아였다.

그런 목풍아가 주군으로 삼을 사람으로 연왕을 선택하였다. 그러나 연왕은 목풍아를 사냥감으로밖에 생각하지 않고 있음이 이번 일로 확연하게 드러난 셈이었다. 이제 목풍아의 선택은 하나다. 연왕이 황제에 오르기 전에 건문제 편에 들어 연왕을 제거하는 것이다. 그것은 연왕 스스로가 그렇게 만든 것이므로 그것 역시 연왕의 어리석음이 만들어낸 운이라 생각하는 목풍아였다. 이때였다.

한동안 생각에 잠겨 있던 목풍아의 귓가에 이상한 소리가 들려왔다.

꿰릭— 꿰릭— 꿰릭— 꾸르르르—

깜깜한 어둠 저편에서 들려오는 이상한 소리에 목풍아는 소름이 끼쳤다. 눈앞이 보이지 않는 어둠 속에서 몇천 년을 살아온 괴물이라도 있다면 큰일이 아닌가. 목풍아는 겁이 덜컥 나서 입구 쪽으로 다시금 기어가기 시작하였다.

밝은 입구가 나타났다. 조심스레 구멍 바깥으로 고개를 내밀어보니 찰찰거리는 물소리만 들려올 뿐 인적은 없다. 멀리에서 자수하라는 소리가 들려오고 있었다. 산 아래 있는 군사들이 소리치는 목소리가 메아리처럼 묘탑산을 울리었다.

"우헤헤헤. 예의도 없이 이 목 대인을 사냥감 취급하였겠다."

목풍아는 코웃음을 치며 웃다가 구멍 속에서 몸을 빼었다.

여전히 동굴 속에서는 기분 나쁜 소리가 들려오고 있었다. 소름이 끼쳐 저도 모르게 몸을 떨었다. 이때 자수를 권유하던 목소리가 뚝 그치더니 목풍아의 코에 뭔가 이상한 냄새가 느껴졌다.

"뭐가 타는 냄새인데?"

코를 킁킁거리던 목풍아의 시야에 뿌연 연기가 하늘거리며 올라오는 것이 보였다. 놀란 토끼들과 노루, 멧돼지가 비명을 지르며 달음질치고 있었다. 매캐한 연기가 바람을 타고 올라오고 있었는데, 산 아래에서 후끈한 열기가 솟구쳐 목풍아는 얼굴색이 창백하게 변하였다.

"이놈들이 나를 죽이려고 작정을 하였구나. 누구인지는 모르지만 나와 싸움을 하겠다는 것 같은데……. 오냐, 어디 누가 이기는지 한번 두고 보자."

목풍아는 이를 으드득 갈면서 구멍 속으로 들어가려다가 묘당 안으로 뛰어들어 가 마른 나무를 한 짐 뜯어가지고 기분 나쁜 소리가 들려오는 동굴의 구멍 속으로 다시 기어들어 가기 시작하였다.

제 5 장
두 명의 괴인(怪人)

두 명의 괴인(怪人)

동굴 속으로 기어들어 간 목풍아는 돌덩이들로 입구를 막아 얼굴 크기 만한 구멍을 남겨두었다. 혹시 바깥에서 구멍을 들여다보더라도 사람이 들어갈 공간이 없다는 것을 인식시키기 위해서였다.

굴 안에서는 더 이상 아무런 소리가 들려오지 않았다. 음습한 습기가 동굴에 가득하지만 굴 속이라 그런지 바람이 시원해 좋았다. 조그만 구멍으로 흘러나오는 빛에 의존하여 목풍아는 주머니에서 화섭자를 꺼내었다. 준비해 온 나무들을 동굴 바닥에 포개어놓은 후 화섭자를 당겼다.

작은 불씨가 나무에 옮겨 붙으며 동굴 안이 환해졌다. 불빛이 흔들거렸다. 동굴 안 깊은 곳에 바람이 통하는 곳이 있는 것이다.

'빠져나갈 길이 있을지도 모른다.'

퍼뜩 정신이 들었다. 목풍아는 장포 자락을 잘라 가져온 나무 가운데에 제법 둥치가 굵은 나무에 친친 감고 불을 붙였다.

"이 정도면 한두 시진쯤은 문제없겠지?"

시커먼 아가리를 벌린 괴물 같은 동굴 속을 바라보았다.

'괴물이 있을지도 모른다.'

머리를 설레설레 내저었다.

'괴물이 있을 리 없다. 그건 단순히 바람 소리인지도 모른다. 바람이 동굴 속을 빠르게 지나면서 생겨나는 소리일 거다. 바람이 있다면 반드시 다른 쪽으로 통하는 출구가 있을지도 몰라.'

목풍아는 자신의 운을 시험하기로 마음먹었다. 어차피 이곳에서 빠져나간다 해도 남경까지는 현실적으로 가기 힘든 것이 사실이다. 그렇다고 연왕에게 목숨을 구걸하기에는 목풍아의 자존심이 허락하지 않았다. 자존심을 버려가면서 연왕의 비위를 맞추는 일은 대장감이라고 큰소리를 치던 목풍아가 바라던 바가 아니다.

"내 몸이 바람이라면 얼마나 좋을까……."

목풍아는 바람이 되어 한달음에 연왕부에 도착한 자신을 상상하였다. 연왕의 궁전 앞에서 떵떵거리며 소리치는 자신을 생각하곤 머리를 내저었다.

"마음이 약해지니 별 생각이 다 나네."

목풍아는 고개를 젖혀 크게 웃었다.

"와하하하. 나는 아직 도박에서 진 것이 아니야. 운수가 약간 사나왔을 뿐이지. 이 목풍아라는 밑천이 건재한 이상 연왕과의 한판 승부는 끝난 것이 아니야. 와하하하."

도박판에서는 누구나 푼돈을 딸 수는 있으나 큰돈은 아무나 만지는 것이 아니다. 운이 따르는 자가 만질 수 있는 것이다. 목풍아는 패를 모두 외우고 패가 돌아가는 상황을 주의 깊게 살피며 도박꾼들의 심리를 파악하였기 때문에 손쉽게 푼돈을 벌 수 있었지만, 큰돈은 언제나 운에 좌우된다는 것을 잘 알고 있었다. 그렇기 때문에 밑천이 조금이라도 남아 있는 한 희망의 끈을 놓치 않았다. 그 결과는 대희루를 손에 넣은 것으로 나타났다.

아직 모든 것이 끝이 난 것이 아니므로 목풍아는 앞일을 걱정하지 않았다. 걱정이 없으므로 근심이 없었다. 목풍아는 위풍도 당당하게 노래를 부르며 동굴 안으로 걸어 들어갔다.

큰 비 내리고 험한 바람
세상을 휩쓴 후에야
무지개 뜨고 맑은 날이 찾아온다.
목풍아의 운은
쇠 심줄 같아서
밑천이 떨어지기 전엔 끝을 알 수 없다네.

동굴 속은 깊숙이 들어갈수록 점점 넓어지고 깊어졌다. 똑— 똑— 떨어지는 물방울 소리가 동굴 벽을 울리었다. 울퉁불퉁한 동굴 바닥을 조심스럽게 들어가다 보니 뭔가가 발에 차였다. 불빛을 비춰보니 새하얀 백골 하나가 뒹굴고 있었다. 모골이 송연하고 등줄기에 소름이 끼쳤다. 횃불을 기울여 바닥을 살펴보니 임자 없는 인골들이 무더기로 널려 있다. 머리가 부서진 백골들, 갈비뼈가 산산이 부서진 백골들이 바닥에 어지럽게 흩어져 있었다.

'이 백골들은 도대체 무엇이란 말인가? 동굴 속에 사람을 잡아먹는 괴물이라도 있단 말인가.'

마른침을 꿀꺽 삼키며 마음을 진정시켰다. 백골 사이사이에 시꺼멓게 녹이 슨 칼과 창이 떨어져 있었다. 문득 묘당 앞에 있던 나무 비문의 글귀가 떠올랐다.

'이들은 백련교의 사람들이로구나. 그들이 아니라면 강호의 사람이거나 관군일지도 모르지. 이렇게 어두운 동굴 속에 갇힌 채 죽어서 백골만 남았구나.'

깜깜한 어둠 속에서 발견한 백골들을 보고 숙연한 마음이 들었다. 인생이란 무엇인가. 무엇을 찾으러 왔다가 무엇을 찾아가는 것인가.

마음속에 품은 뜻은 누구에게나 있으련만 인적조차 없는 외진 동굴에서 뜻을 이루지 못한 채 외롭게 죽어간 백골들을 바라보니 목풍아는 무서운 마음보다 불쌍한 마음이 앞섰다. 그때 목풍아의 머리 속을 스쳐 지나가는 것이 있었다.

'출구가 없다.'

그것은 출구가 없다는 공포였다. 동굴이 무너지면서 살아남은 사람들은 목풍아처럼 출구를 찾아 헤매었을 것이다. 출구를 찾지 못한 사람들은 주림과 고독 속에서 하나둘 죽어갔을 것이다. 어쩌면 이미 죽은 시신의 살을 씹어 먹으면서 살길을 찾아 헤매었을지도 모를 일이다. 절망이 가슴 가득 밀려들었다. 일말의 희망을 가지고 있던 목풍아에게 그것은 사는 것 이상의 절망이었다. 온몸에 힘이 빠져 다리를 지탱할 수 없었다.

목풍아는 백골들 사이에 털썩 주저앉았다. 그때였다.

꾀릭— 꾀릭— 꾀릭— 꾸르르르— 꾸르르륵— 꾸륵— 꾸륵—

동굴을 발견할 때 들었던 바로 그 소리가 다시금 들려오고 있었다. 숨을 죽이고 귀를 기울여 보니 그것은 동굴 깊숙한 곳에서 들려오고 있었다.

'도대체 저 깊은 곳에 무엇이 있단 말인가? 바람 소리인가? 그렇다. 바람 소리인지도 모른다. 명이 건국된 지 삼십여 년이 지났다. 지형의 변화가 일어났을 수 있다. 내가 이 동굴 속으로 들어올 수 있었지 않은가.'

다시금 희망이 솟아났다. 어차피 갈 곳도 없었다. 다시 돌아간다면 연왕의 손아귀에서 놀아나는 사냥개가 될 따름이다.

'마지막이다. 나는 여기에 모든 것을 걸었다.'

목풍아는 입을 질끈 다물고 자리에서 일어나 다시금 깊은 동굴 속으로 걸어 들어갔다. 괴이한 소리를 따라 동굴 속을 얼마나 걸어갔을까. 동굴이 다시금 좁아지더니 목을 기울여 들어갈 만한 작은 굴이 나타났다. 괴상한 소리는 그곳에서 들려오고 있었다. 목풍아는 횃불을 기울이고 몸을 숙여 작은 굴로 몸을 내밀었다.

"여긴?"

목풍아는 탄성을 질렀다. 천장이 보이지 않을 만큼 커다란 공간이 나타났기 때문이다. 끝을 알 수 없이 깜깜한 동굴의 천장을 바라보고 있을 때, 갑자기 바람이 일어나며 뭔가가 목풍아의 허리를 덥석 잡았다.

그와 동시에 목풍아의 몸이 허공으로 떠올랐다.

"내 거다."

커다란 음성과 함께 시뻘건 불빛 두 개가 따라붙었다. 갑자기 허공에서 쾅― 하는 폭발음이 들리며 목풍아의 몸이 바닥으로 내려앉았다. 목풍아의 허리가 풀리며 바람이 휙 하고 지나갔다. 깜깜한 허공 가운데에 다시금 폭발하는 소리가 들리며 무서운 경풍이 지나가더니 걸걸한 음성이 들려왔다.

"네놈에게 내놓을 수 없다."

목풍아가 바라보니 그 푸른 불빛 두 개가 어둠 속에서 번뜩이고 있었다.

"좋아. 그렇다면 싸워보자."

반대편에 있던 붉은 불빛에서 날카로운 소리가 들리더니 두 개의 불빛들이 빠른 속도로 움직이는 것이었다. 가까운 바위 뒤에 몸을 숨기고 고개를 들어 횃불이 있는 곳을 바라보니, 까마득하게 높은 절벽 위에 횃불이 걸려 있다. 누군가에 의해 한 번에 저렇게 높은 곳에서 내려온 것이다. 햇불에 어스름이 보이는 것은 바람처럼 빠른 그림자 같은 것이었는데, 짐승의 눈빛 같은 안광을 번쩍이며 험한 바위 이곳저곳을 엉켜 뛰어다니다가 허공으로 솟구쳐 무서운 장력을 격출하고 있었다.

쾅—

장력이 부딪치는 소리가 동굴 벽을 크게 울리었다. 두 그림자가 한데 어울리며 큰바람이 일었다. 차가운 바람이 맹렬하게 몰아쳤다. 목풍아는 깜짝 놀라 바위에 몸을 붙였다. 눈앞을 분간할 수 없는 어둠 속에서 휙휙 바람 소리를 일으키며 푸르고 붉은 안광이 번개처럼 동굴 안을 움직이고 있었다. 알 수 없는 괴인들에게 붙잡히는 날에는 어떻게 될지 목풍아로서도 짐작할 수 없었기에, 바닥에 몸을 붙인 채 상황을 판단하려고 열심히 두 눈을 굴렸다.

펑—

또다시 강력한 폭발음이 일어났다. 검은 두 개의 그림자가 마주칠 때는 언제나 무서운 굉음과 함께 차가운 바람이 매섭게 불었는데, 바위 뒤에 숨어 있는데도 살갗이 따끔따끔할 정도였다.

햇불 빛이 어둡지만 말하는 것이나 싸우는 광경을 보더라도 두 사람이 분명하였다. 너무 빨라 동작이 그림자처럼 보이지만 눈에서 나오는 안광이 반딧불이의 빛처럼 어둠 속에서 선명하게 드러났다.

'말을 하는 것으로 보아 사람이 분명한데, 이 깊은 동굴 속에 사람이 살고 있었다니 믿어지지 않는데? 사람이 있는 것으로 봐서는 바깥으로 통하는 출구가 있을 것이다.'

만약 삼십여 년 전에 동굴 속에 갇힌 사람이라면 식량이 없으니 아직까지 살아 있을 수는 없을 것이다. 불빛이 없으면 눈앞을 분간할 수 없는 어둠. 이런 어둠 속에서 살아남을 수 있는 사람은 없다고 목풍아는 생각했다. 그렇다면 두 사람은 다른 출구로 들어온 사람이 분명할 것이니 이곳에 나가는 출구가 있다는 말이었다.

목풍아는 희망이 생겨나 무섭게 싸우는 광경을 보면서도 얼굴에는 미소가 피어올랐다.

매서운 장력을 종횡으로 휘몰아치며 치열하게 싸우던 두 개의 그림자가 맞은편 동굴 벽으로 물러났다. 한동안 움직임이 없는 것으로 보아 싸움을 멈춘 것 같았다. 그때 동굴 끝에서 붉은 안광이 번쩍거리며 날카로운 음성이 들려왔다.

"네놈은 누구냐? 어떻게 들어왔느냐?"

목풍아는 바위에서 몸을 일으켜 붉은 안광을 향해 포권을 취하며 말했다.

"헤헤헤. 저는 목풍아라 하는데, 운수 사납게도 군사들에게 쫓기어 이곳까지 왔습니다."

"그럼, 너도 백련교의 교도냐?"

목풍아는 머리를 갸웃거렸다. 백련교가 사라진 지는 삼십여 년 전이다. 하남(河南)에서 비밀리에 백련교의 남은 세력이 잔존하고는 있지만 그 세력이 너무도 미약하여 없는 것이나 다름없었다. 아니, 명맥이 완전히 끊겼다 해도 과언이 아니었다.

목풍아는 붉은 안광의 물음에 뭔가 이상하다 생각하며 대답했다.

"아닙니다. 백련교는 벌써 사라진 지 오랜걸요?"

"뭐라고?"

맞은편 절벽에서 웃음이 터져 나왔다. 귀청을 울리는 커다란 웃음소리에 목풍아는 고막이 터질 것 같아 귀를 막았다. 바라보니 맞은편 어둠 속에서 푸른 안광이 빛을 내고 있었다.

"하하하하. 그럴 줄 알았어. 마교(魔敎)는 결국 망하고 말았다."

"뭐라고, 이 자식아?"

다시금 어둠 속으로 두 개의 안광이 빠르게 움직이기 시작하였다. 검은 그림자가 휙휙 지나가고 한데 모이더니 무서운 장력이 부딪치는 소리가 동굴 속을 휘몰아쳤다.

"오늘은 반드시 네놈을 죽여 버리고 말겠다. 네놈을 죽여 심장을 도려내고 간을 씹어 먹으리라."

"흥. 그럴 수 있을까. 네놈의 간을 뜯어 먹고 싶은 건 바로 나다. 좋다. 오늘은 승부를 내보자."

말하는 것을 들어보면 식인을 하는 인간들이 틀림없었다. 붉은 안광은 백련교의 교도가 틀림없어 보였다. 백련교를 마교라 칭하는 푸른 안광은 강호의 인물일 것이다. 그렇다면 이들은 삼십여 년 동안 동굴 속에 갇힌 채 살아왔단 말이 된다. 도무지 믿을 수가 없었다. 불빛이 없다면 눈앞조차 분간할 수 없는 어둠 속에서 어떻게 삼십여 년이나 살아올 수 있단 말인가. 무엇을 먹고 살았단 말인가. 순간 목풍아는 동굴 바닥에서 보았던 백골들을 떠올렸다.

'그들은 이 괴물들의 먹이가 된 것인가?'

등줄기에 소름이 돋아났다. 이대로라면 자신 역시 이들의 먹이가 틀림없었다. 아마도 이들은 자신을 먹이로 생각하고 서로 빼앗기 위해 싸우고 있는 것인지도 몰랐다. 생각이 여기까지 미치니 눈앞이 빙글빙글 돌았다.

어찌 되었든 빠져나가는 것이 급선무였다. 이 동굴 속에서 괴물들의 먹잇감으로 죽게 된다면 차라리 연왕의 개가 되어 사는 것만 못하다. 목풍아는 반짝이는 두 눈을 굴리며 도망갈 계책을 생각하다가 가만히 고개를 들어 시커먼 동굴 안에서 무섭게 싸우고 있는 두 사람을 바라보았다.

'저들의 무공이 아깝다. 당세에 저런 사람을 만나볼 수 있을까? 저들의 재능을 이용하는 방법이 없을까?

위급한 상황에서도 다른 방식으로 머리를 굴리는 목풍아였다.

한동안 무섭게 싸우던 두 사람은 마침내 싸움을 멈추고 물러났다. 붉은 안광은 맞은편 동굴에서, 푸른 안광은 가까운 곳에 위치해 움직이지 않는 것을 보니 아무래도 결과가 난 것 같지는 않았다.

"헤헤헤. 누가 이겼는가요?"

목풍아의 물음에 푸른 안광이 대답했다.

"당연히 내가 이겼지."

재빨리 붉은 안광의 목소리가 끼어들었다.

"흥. 내가 이겼다."

"뭐야? 또 한 번 싸워볼 테냐?

"좋다. 다시 한 번 싸워보자."

또다시 두 개의 안광이 동굴 가운데로 움직이며 무서운 장력이 폭발하는 소리가 들렸다. 장력이 폭발할 때면 매서운 바람이 몰아쳐 마치 바람이 바깥에서 불어오는 것 같았다. 바위에 몸을 숨기고 생각해 보니 두 사람 다 매우 단순한 것처럼 보였다.

목풍아는 바위에 머리를 내밀고 소리쳤다.

"이제 그만 하세요. 이제 그만 하세요."

목풍아의 말이 들리지 않은 듯 한참을 치열하게 싸우던 두 사람이 마침내 절벽 맞은편으로 물러나는 것이었다.

목풍아가 이때를 놓치지 않고 입을 열었다.

"헤헤헤. 두 분의 존성대명이 어찌 되시는지요?"

붉은 안광이 재빨리 말했다.

"나는 백련교의 흑면독왕(黑面毒王) 석달개(石達開)다."

그러자 푸른 안광이 지지 않고 말했다.

"나는 무당파 이대제자인 벽허 진인(碧虛眞人) 홍화수(洪禾水)다. 장삼풍 스승님의 막내제자이지."

목풍아는 무림의 일에 대해서는 알지 못하여 흑면독왕(黑面毒王) 석달개(石達開)가 무림에서 백여 명이 넘는 고수들을 살해하여 그 악행을 떨친 마두인지도 모르고, 벽허 진인 홍화수 역시 장삼풍의 막내제자로 무림에서 이름이 크게 알려진 사람인지 알지 못했다. 하지만 천하에 무당 조사 장삼풍의 이름이 널리 알려져 있었으므로 장삼풍의 제자라는 말에 적이 안심이 되었다. 무당파의 제자는 높은 무공과 더불어 공명정대한 의협심으로 명성이 높기 때문에 인육을 먹지 않을 것이며, 적어도 석달개가 자신을 잡아먹는 것은 막아줄 것이 확실했기 때문이다.

"너는 혹시 장삼풍 사부님의 소식을 아느냐?"

"들리는 말로는 그분이 돌아가신 지가 몇십 년 전이라고 들었습니다."

"뭐라고? 며, 몇십 년? 아! 사부님께서 돌아가셨구나."

한동안 홍화수는 눈물을 흘리는 듯 말이 없었다. 이때 맞은편 벼랑에서 석달개의 목소리가 들려왔다.

"지금 이 나라의 황제가 누구냐? 원나라는 어떻게 되었느냐?"

목풍아는 석달개의 물음으로 이들이 삼십여 년 전에 이곳에 갇혀 버린 사람들이라는 것을 확실하게 알게 되었다.

"원나라는 망했습니다. 원나라가 망하고 명나라가 건국된 지가 벌써 삼십여 년이 넘었는걸요."

"뭐라고? 그럼 원나라가 망했단 말이냐?"

"예. 원나라가 망하고 홍무제인 주원장이 명나라를 세웠는걸요."

"뭐라고? 그 건달 녀석이 명나라를 건국했단 말이냐? 그렇다면 백련교는 어찌 되었느냐? 소명왕 한림아는?"

"백련교도 멸망한 지 오래입니다. 한림아도 죽은 지 오래구요."

석달개 역시 한동안 말이 없었다.

암흑 속에서 세월의 흐름과 단절된 탓인지 시간이 얼마나 흘렀는지 모르는 것 같았다. 목풍아가 물었다.

"두 분은 언제 이곳에 들어오셨습니까?"

홍화수의 차분한 목소리가 들려왔다.

"우리는 지정(至正) 이십사 년, 갑진(甲辰:1364년)해에 이곳에 갇혔단다. 아이야, 그렇다면 얼마나 시간이 흐른 것이냐?"

"지금이 건문(建文) 일 년, 기묘(己卯:1399년)해이니 삼십오 년이 지났습니다."

"아! 벌써 삼십오 년이 지났단 말인가? 깜깜한 어둠 속에서 지낸 시간이 삼십오 년이란 말인가?"

홍화수는 어둠 속에서 덧없이 보내 버린 시간이 한스러운지 길게 한숨을 내쉬었다. 석달개가 앉은 곳에서도 긴 한숨 소리가 들려 나왔다.

한동안 목풍아는 그들의 눈치를 살피다가 입을 열었다.

"세상이 어떻게 바뀌었는지 궁금하지 않으십니까? 저와 함께 세상에 나가시지 않겠습니까?"

"안 돼."

홍화수의 목소리였다.

"왜 안 돼? 나는 나가고 싶다."

석달개의 목소리였다.

목풍아는 고개를 갸웃거렸다. 삼십오 년을 어둠 속에 갇혀 산 사람이 세상에 나가려는 것을 거부하다니 도무지 이해할 수 없었다.

"홍 선배님, 무슨 이유가 있습니까?"

목풍아의 물음에 석달개의 비웃는 듯한 웃음소리가 들려왔다.

"흐흐흐. 홍가 놈은 장삼풍이 나를 맡으라는 명을 지키고 있는 거야?"

"뭐라고요?"

"흐흐흐. 저 홍가 놈은 내가 세상에 나가 살인과 악행을 저지를까 싶어 나가고 싶지 않다 하는 게지. 바보 같은 놈. 이미 장삼풍은 죽었어. 그리고 삼십오 년이나 흘렀다. 홍가 놈아, 너도 나가고 싶지 않은가?"

"흥. 나는 나가고 싶지 않아. 혹 모르지, 네놈이 죽는다면 몰라도……."

"고집쟁이 같으니라고……."

석달개의 붉은 안광이 목풍아를 바라보았다.

"아이야, 네가 들어왔던 동굴을 무너뜨린 자가 바로 저 홍가 놈이다. 삼십오 년 전 이 산에서 강호무림의 수많은 방파가 연합하여 우리 백련교를 공격하였지. 수없는 교도들이 강호인들의 손에 죽었고, 나 역시 셀 수 없이 많은 사람들을 죽였지. 그때 무림인들이 나를 두려워하여 나와 홍가 놈이 동굴 속에 들어간 틈을 타 바위를 무너뜨려 동굴 속에 가두어 버린 것이지. 비겁한 무림인들……."

"흥. 그건 모두 내가 시킨 일이야. 무림인들을 욕할 것은 없어. 따지고 보면 네가 뿌린 씨를 네가 거두었을 뿐이야."

"미친놈."

"그래, 나는 미친놈이다. 그래서 너는 밖으로 한 발자국도 나갈 수 없다."

"흥. 그럼 너를 죽이고 나가야 되겠군."

"얼마든지 환영하는 바이다. 나 역시 네놈을 죽이고 싶으니까."

잠시 침묵이 흐르다가 이윽고 석달개의 목소리가 들려왔다.

"오늘은 평소보다 많이 싸웠더니 배가 고프다. 든든하게 먹고 다시 한 번 싸워보자."

"좋다. 나 역시 바라는바."

말이 끝나기 무섭게 두 사람이 위치한 양쪽 벽에서 기이한 소리가 들리기 시작하였다.

뀌릭— 뀌릭— 뀌릭— 꾸르르르—

석달개가 있는 곳에서 들려오는 소리였다.

꾸르르르— 꾸꾸꺽— 꾸르르르르— 뿌각— 뿌각— 뿌끼끽— 끼끽—

홍화수가 있는 곳에서 들려오는 목소리는 더욱 기가 막혔다. 목구멍을 떨면서 내는 소리에 망연자실 듣고 있던 목풍아는 기괴한 소리의 정체를 알게 되자 웃음이 나오는 것을 참을 수 없었다. 마치 두 사람이 합창을 하듯 기괴한 소리가 어우러지니 세상에 다시 듣기 어려운 웃기는 음악이 탄생하였다.

터져 나오는 웃음을 꾹 참다 보니 절벽 끝에 걸린 횃불이 꺼져 가는 듯 아슬아슬하다. 재빨리 화섭자를 꺼내고 허리춤에 매달아놓은 나무를 빼어 불을 붙였다. 찢어놓은 장포에 불이 붙어 횃불이 타기 시작하자 넓은 동굴의 공간이 환하게 눈에 들어왔다.

횃불을 머리에 들고 석달개와 홍화수가 있는 곳을 바라보니 두 사람이 뭔가를 짭짭거리며 먹고 있다가 한 손으로 눈을 가렸다.

손에 무엇인가 한 줌 매달려 있는데 시꺼먼 것이 꿈틀꿈틀거리는 것 같았다.

"그, 그것이 무엇입니까?"

말이 떨어지기 무섭게 석달개 방향에서 뭔가가 날아와 얼굴에 툭 부딪치곤 바닥으로 떨어졌다. 목풍아가 횃불을 비쳐 바라보니 엄지손가락만 한 지네들이 꿈틀거리며 바위틈으로 숨어들어 가고 있었다.

"헉."

놀란 목풍아가 바위 위로 기어올라 갔다.

"으허허허."

석달개의 웃음소리가 들려왔다.

"으허허허."

홍화수의 웃음소리가 뒤따랐다.

동굴 안에 두 사람의 웃음소리가 울림이 되어 그치지 않았다.

'이런 제길…….'

목풍아는 창백한 얼굴로 두 사람이 앉아 있는 곳을 번갈아 바라보았다. 불빛에 반사된 두 사람의 눈동자가 밝은 별빛처럼 번쩍거렸다.

'그럼 동굴 안에서 독충을 먹으며 삼십오 년간을 살았다는 말인가?'

참으로 독한 인간들이 틀림없었다. 홍화수는 장삼풍의 명으로 삼십오 년간을 이렇게 석달개를 지키며 짐승 같은 생활을 하면서도 아무런 불평조차 없었다. 석달개 역시 삼십오 년간 이런 생활을 지속하면서 끈질기게 삶을 이어나가고 있었다니, 목풍아는 인간의 집념과 고집이 놀라울 따름이었다. 이들 앞에서 목풍아는 연왕에게 쫓긴 것에 상심하여 순간적으로 마음이 흔들렸던 자신이 부끄러울 따름이었다.

한동안 짭짭거리며 맛있게 독충을 먹던 석달개가 배를 두드리며 말했다.

"아, 이제 배가 부르군. 힘이 난다. 그런데 시간이 어느새 삼십오 년이 지났다니 정말로 놀라울 따름이군. 나는 길어야 오 년 정도 지났으리라 생각했는데 말이야."

"그러게 말이야. 시간이 화살처럼 지나간다 하더니……. 어둠 속에서 싸우는 사이에 우리도 모르게 삼십오 년이 훌쩍 지나 버렸어."

홍화수의 말을 듣고 목풍아가 재빨리 물었다.

"그럼 두 분은 이 동굴에서 매일 매일 싸움만 하셨습니까?"

"따로 할 일이 있어야지. 저 홍가 놈을 죽여야 밖으로 나갈 수 있으니 배가 부르면 죽으라고 싸움만 하는 거지."

“흥, 내가 할 소리를 네가 하는군.”

“뭐야? 이 자식이 따라 하지 말라 하지 않더냐?”

“내가 할 말을 먼저 하지 말라고 그랬잖아.”

서로의 언성이 높아지더니 또다시 동굴 가운데에서 치고 받는 싸움이 시작되었다. 목풍아는 재빨리 바위 뒤로 숨어 생각하였다. 어둠 속에서 살았으니 밤낮의 구별도 없었을 것이다. 석달개는 흑면독왕이라 불렸으니 독물을 잘 다루었을 것이다. 먹을 것이 없을 때 기괴한 소리로 독물들을 불러내어 먹는 것을 보고 홍화수도 따라 하다가 두 사람이 비슷하게 되었을 것이다. 두 사람이 먹을 때만 빼고 매일 싸웠으니 시간 가는 줄도 몰랐을 것이다. 무당사조인 장삼풍의 직계제자와 백련교의 수뇌급 인물이 삼십오 년 동안 줄기차게 싸움만 했다면, 그들의 무공은 상상을 초월할 것이 틀림없었다.

‘앞으로 큰일을 하기 위해서는 무공이 뛰어난 부하들이 필요한데…….’

바위 위로 빼꼼히 고개를 내민 목풍아의 눈빛이 반짝거리며 미소가 피어올랐다. 둘 중 하나라도 데리고 나갈 수 있다면 목풍아는 천군만마를 얻은 것이나 다름없었다. 늦은 밤 높은 벼랑을 한 번에 뛰어내리고 올라갈 수 있는 훌륭한 경신술이 있다면 연왕부로 잠입하는 것은 눈 감고도 할 수 있는 일이다. 이렇게 되면 상황은 완전히 역전이 되어 연왕의 코를 납작하게 만들면서 처음의 계획대로 밀고 갈 수 있는 것이다.

한동안 머리를 굴리던 목풍아는 두 사람의 싸움이 멈추기를 기다려 소리쳤다.

“두 분 선배님, 잠시 제 말을 들어보세요.”

석달개와 홍화수가 목풍아를 돌아보았다.

“이렇게 만나게 된 것도 인연인데 제가 두 분을 위해 드릴 것이 있습니다.”

“뭐냐?”

석달개가 물었다.

“헤헤헤. 저에게 약간의 술과 먹을 것이 있습니다. 오랫동안 독충만 먹고 사셨을 텐데, 이 후배가 가져다 드리겠습니다.”

“그걸 왜 진작 말하지 않았나?”

석달개의 신형이 목풍아 앞에서 멈추었다. 그와 동시에 등 뒤로 서늘한 바람이 한줄기 지나갔다. 고개를 돌려보니 산발한 괴인이 서 있는 것이었다.

“헉.”

목풍아는 비명이 목구멍으로 나오는 것을 입을 다물어 굳게 참았다.

“나를 보고도 비명을 지르지 않는 것을 보니 제법 담력이 있는 녀석이군. 나는 홍화수다.”

산발괴인이 손을 내저으며 말했다.

횃불을 들어 바라보니 길게 늘어뜨린 헝클어진 머리카락 사이로 불길 같은 안광이 번쩍거리는데, 양쪽으로 툭 튀어나온 광대뼈와 커다란 눈과 뾰족한 콧날에 시커멓게 늘어뜨린 헝클어진 수염과 시커먼 얼굴이 괴기스럽기까지 하였다.

고개를 돌려보니 머리가 벗겨진 통통하고 귀엽게만 보이는 늙은이가 웃으며 말했다.

“으허허. 간이 큰 아이로군. 나는 흑면독왕 석달개다.”

석달개는 머리카락도, 눈썹도, 수염도 없고 피부가 뽀얗고 통통하여 사찰의 탱화에서 만날 수 있는 포대화상처럼 생겼다.

목풍아가 두 사람을 번갈아 바라보니 무당제자 홍화수가 흑면독왕처럼 생각되었고, 백련교도 석달개가 무당제자 홍화수 같아 보였다.

횃불 앞에서 눈살을 찌푸리던 두 사람도 점점 불빛에 익숙해졌는지 서로의 얼굴을 멍하니 바라보다 웃음을 터뜨렸다.

"크하하하. 흑면독왕(黑面毒王)이 아니라 백면덕왕(白面德王) 같구나. 아니야, 아니야. 머리도 없고, 수염도 없고, 눈썹도 없으니 무모백면포대화상(無毛白面布袋和尙)이 어울린다. 크하하하!"

홍화수가 배를 잡고 웃음을 터뜨리자 멍하니 얼굴을 쓰다듬어 보던 석달개가 지지 않고 웃으며 말했다.

"으허허허. 너야말로 기괴한 괴물 같구나. 벽허 진인이 아니라 흑면괴인(黑面怪人)이라고 불러야겠다. 아니, 그것도 별로야. 무쌍발모흑면귀인(無雙髮毛黑面鬼人)이라 불러야겠다. 으허허허!"

홍화수가 자신의 얼굴을 만져 보는데, 석달개가 목풍아의 횃불을 확하니 빼앗아 동굴 북쪽으로 뛰어가기 시작하였다. 홍화수가 그 뒤를 따랐다.

두 사람은 동굴 북쪽 벽 앞에 멈추어 서서 아래를 내려다보았다. 북쪽 벽면에는 석면을 타고 흘러내리는 물이 고여 있었는데, 그곳에 비친 자신들의 얼굴을 보고 있는 것 같았다.

잠시 동안 자신들의 얼굴을 바라보던 두 사람이 별안간 괴성을 질렀다.

"크아악. 내, 내 얼굴이 왜 이렇게 되었지?"

"악~ 안~ 돼~ 내, 내가 왜 이렇게 된 거야. 내 얼굴을 돌리도~"

목풍아는 동굴을 울리는 천둥 같은 고함 소리에 고막이 터질 것 같아 재빨리 귀를 막았다.

석달개가 횃불을 확 던지며 소리쳤다.

"이럴 수 없어. 내 얼굴이 바뀌었어. 내 잘생긴 얼굴이……. 이건 모두 너 때문이야."

"아냐. 이건 모두 너 때문이야. 이 사악한 놈. 죽여 버리겠다."

"이 자식, 오늘은 사생결단이다."

또다시 두 사람이 어울려 싸우기 시작하였다. 펑펑거리는 장력이 교차하여 무서운 경풍이 휘몰아치고 비명 소리와 욕설이 난무하였다. 목풍아가 이 동굴에 온 지 얼마 되지 않은 것 같은데, 벌써 다섯 번째 싸우는 것이다. 사소한 일에 시비가 붙어 티격태격 싸우는 것이다.

삼십오 년간을 한 공간에서 싸웠을 것이니 이미 상대방에 대해 알 것은 다 알고 있을 것이다.

'승부가 나지 않는 무의미한 싸움을 하고 있군.'

그렇게 생각하니 무시무시한 싸움이 무섭게 느껴지지 않았다. 동굴 속에서 삼십오 년간 갇혀 살면서 싸움만 하다 보니 사람이 단순하게 바뀌어 버린 것 같았다.

목풍아는 바윗턱에 턱을 기대고 욕설을 퍼부으며 싸우는 두 사람의 모습을 바라보다 생각에 잠기었다. 두 사람의 말이나 행동을 보면 서로를 증오하고 있는 것 같지만 그렇지도 않은 것 같았다.

'미운 정도 정이라더니 미운 정이 들었나?'

목풍아는 씽긋 웃으며 두 사람의 싸움이 끝나기만을 기다렸다.

한동안 싸우던 두 사람이 마침내 싸움을 멈추고 물러났다. 역시 무승부였다. 예상하고 있던 터라 목풍아가 소리쳤다.

"한바탕 싸움이 끝났으니 두 분 모두 배가 고프시겠네요. 저를 저 절벽의 동굴 입구로 올려주시면 먹을 것을 가져오겠습니다."

석달개의 목소리가 들렸다.

"네가 가져갈 것이 뭐 있어. 나와 함께 가면 되지."

말이 끝나기 무섭게 석달개가 눈앞에 있었다. 등줄기에 한줄기 바람을 느끼고 목풍아는 뒤편에 어느새 홍화수가 와 있음을 알았다.

“이 아이는 나와 함께 갈 테니 너는 여기 있어라. 네 속을 어떻게 알고 너를 보낸단 말이냐?”

“흥, 그러는 네 속은 어떻게 알고⋯⋯. 겉 다르고 속 다른 명문정파 놈아.”

“뭐라구? 이 사악한 마두가 말 다한 게냐?”

“뭐얏? 네놈의 얼굴을 봐. 네놈이 마두지 내가 마두처럼 보이느냐? 왓하하하.”

석달개가 통쾌한 듯이 웃었다.

“이 자식이 내 손에 죽고 싶은 게냐?”

“오냐. 바라던 바다. 오늘은 반드시 사생결단을 내보자.”

“이 자식, 좋아, 오늘은 반드시 승부를 내보자.”

“간다, 받아라.”

또다시 두 사람의 신형이 번개처럼 동굴 안을 휘돌며 싸우기 시작하였다. 목풍아는 머리가 지끈거렸다.

‘무식한 것은 약도 없다더니만 이 두 사람이 그렇구나.’

마치 싸움을 즐기는 것이 아닌가 싶을 정도로 두 사람은 틈만 나면 쉴 새 없이 치고 받으며 싸움을 하고 있었다. 평생을 무공을 연마하였고, 고수인 두 사람이 삼십오 년간 싸움만 하고 지내었으니 당대 최고 가는 무인들이 틀림없었다.

그러나 목풍아가 보아온 사람들 중에 가장 말이 통하지 않고 제멋대로인, 짧은 시간 같이 있었을 뿐이지만 정말로 지긋지긋하고 대책없는 인간들이 아닐 수 없었다. 목풍아는 답답하고 기가 막혀 가슴을 두드리다가 두 사람의 억지스러운 무식함에 혀를 내두르며 머리를 설레설레 내저었다. 먹을 것을 가지러 나가는 것도 이렇게 어려운데, 앞으로 동굴 밖을 나가 자신의 편으로 만들 생각을 하면 머리가 지끈지끈거리는 목풍아였다.

목풍아가 두 사람과 함께 동굴 입구까지 온 것은 두 사람이 싸움을 하고 그만두길 몇 차례, 시장기를 한껏 느꼈을 때였다. 먹는 것 빼고는 싸움질만 하는 두 사람에게 목풍아도 기가 질려 반드시 무슨 수를 써야겠다 생각하였다.

뚫어놓은 구멍에서 새어 들어오는 빛이 약해진 것으로 보아 저녁 무렵이 된 것 같았다. 여름은 해가 늦게 기울기 때문에 아직까지 미약하게 빛이 남아 있는 것이지만 빛이 약해 동굴은 여전히 어두웠다. 도막이 남아 있는 횃불은 시름시름한 불꽃을 일렁거리며 동굴 안을 약하게 밝혀주었다.

홍화수는 일찌감치 달려와 동굴 앞을 막아서고 앉았고, 석달평은 목풍아와 함께 동굴 입구로 와서 투덜거리며 앉았다. 목풍아는 주머니 속에서 건량을 꺼내 두 사람에게 나누어주었다.

"헤헤헤. 많이 드십시오."

건량과 육포를 건네기 무섭게 두 사람은 미친 듯이 씹어 먹었다. 삼십여 년을 지네 같은 독충만 먹고 살아온 사람들이라 간만에 먹어보는 사람이 먹는 음식에 반해 버린 듯 석달개는 맛을 음미하기까지 하였다.

"아! 이건 정말 맛있구나. 소금기가 있다. 짭짤한 이 맛. 아! 너무 좋구나."

"헤헤헤. 바깥에 나가면 이것보다 맛있는 것을 더 많이 먹을 수 있답니다."

목풍아의 말이 끝나기 무섭게 홍화수가 입을 열었다.

"쓸데없는 소리 하지 마라. 내가 죽기 전엔 석달개는 나갈 수 없다."

석달개가 소리쳤다.

“나는 나가야겠다. 나가서 내가 하고 싶은 대로 하며 살 거야.”

“누구 맘대로?”

“내 맘대로⋯⋯.”

또다시 싸움이 시작될 것 같아 목풍아가 재빨리 품속에서 자기로 만든 술병을 꺼내었다.

“선배님들, 이게 무엇일까요?”

둥그런 자기 술병을 보고 두 사람이 동시에 대답했다.

“술이다.”

“우헤헤헤. 그런데 어쩝니까? 이 술병에 술이 얼마 남아 있지 않으니 말입니다.”

석달개가 말했다.

“얼마나 남아 있는데?”

목풍아는 한 손가락을 폈다.

“한 사람이 마실 정도가 남았습니다.”

석달개가 껄껄거리며 웃었다.

“그럼 당연히 내가 마셔야지.”

홍화수가 지지 않고 가슴을 두드렸다.

“무슨 소리, 내가 마셔야지.”

석달개의 두 눈이 번쩍거렸다.

“홍가야, 네놈 나이가 몇이냐?”

“네놈의 나이는 몇이냐?”

“내가 먼저 물었잖아.”

“네가 말해 주면 내가 말해 주지.”

“그렇게는 못하겠다.”

“못하겠다면 어쩔 테냐?”

“싸워볼 테냐?”

화들짝 놀란 목풍아가 재빨리 끼어들었다.

“하하하. 두 분이 그렇게 싸우신다면 제 체면이 뭐가 되겠습니까. 두 분이 싸우시는 모습은 보기 싫으니 제가 마실까요?”

석달개와 홍화수는 입을 다물었다. 술병을 바라보는 눈빛이 반짝거리며 목구멍으로 침이 넘어가는 소리가 목풍아의 귀에까지 들릴 정도였다.

“제가 공평한 제의를 하겠습니다.”

“어떤 제의?”

목풍아는 주머니 속에서 주사위 하나를 꺼내었다.

“내기를 하시죠.”

“내기?”

“내기에서 이긴 사람이 이 술을 마시는 것이 어떻겠습니까?”

“좋아, 하자구.”

먼저 승낙을 한 것은 석달개였다.

“흥. 내가 네놈 따위에 질 줄 알구.”

뒤따라 찬성을 한 홍화수였다.

본래는 두 사람 모두 명석한 두뇌를 가진 사람들임에 틀림없었을 것이다. 그러나 세상과 단절되면서 두 사람 사이에서 만들어진 경쟁 심리가 두 사람을 어리숙하게 바꾸어놓은 것 같았다.

목풍아는 두 손 사이에 주사위를 넣고 말했다.

“확률은 반반입니다. 짝수를 하시겠습니까? 홀수를 하시겠습니까?”

“홀수.”

먼저 말한 것은 석달개였다.

“내가 먼저 말하려고 했는데…….”

말끝을 흐리며 홍화수가 짝수를 선택하였다.

“자, 그럼 이긴 사람이 먹는 것입니다.”

목풍아는 손을 마구 흔들다가 바닥에 주사위를 툭 떨어뜨렸다. 주사위가 바닥에 빙글빙글 돌다가 멈추었다. 여섯 개의 점이 선명하게 드러났다.

홍화수가 고개를 젖혀 목청껏 웃었다.

“그럼 그렇지. 내가 이겼다. 크하하하.”

웃음이 채 끝나기도 전에 목풍아의 손에 있던 술병이 홍화수에게 가 있었다. 마개를 빼 향을 맡아보던 홍화수가 석달개에게 보란 듯이 한입에 꼴깍거리며 술을 털어 마시고는 웃으며 말했다.

“와! 이것 정말 맛있는 술이군. 도대체 무엇으로 만든 술이냐?”

목풍아가 웃으며 말했다.

“그것은 오디로 만든 술입니다.”

“오디로 만들었다고? 정말 맛이 있구나. 그런데 왜 이렇게 어지럽지? 내가 벌써 취했나?”

바닥에 술병이 툭— 떨어졌다.

눈을 껌뻑거리다 동굴 벽에 등을 기대기 무섭게 홍화수의 두 눈이 스르르 감기었다. 침을 꼴깍 삼키면서 부러운 눈으로 바라보던 석달개는 어찌 된 영문인지 몰라 멍하니 홍화수를 바라보다 목풍아에게 물었다.

“이, 이게 어떻게 된 거지?”

“아차, 제가 미리 말한다는 것을 깜빡했습니다.”

“뭘 말이야? 어서 말해 봐.”

“그 술은 장백산 꼭대기에 있는 부상이라는 뽕나무에서 일백 년마다 열리는 열매로 만든 술이라 한 잔만 마셔도 취해 버린다는 것을 말입니다.”

“홍화수가 그렇게 귀한 술을 마셨단 말이야?”

석달개는 멍하니 홍화수를 바라보다가 침을 꿀깍 삼키었다. 슬쩍 몸이 움직였나 싶더니 홍화수의 손에 있는 오디주가 어느새 석달개의 손에 와 있었다.

"한 방울이라도 남아 있으면 좋을 텐데……."

떨어지는 오디주를 받아먹으려는 석달개를 보니 목풍아는 망연자실하여 말도 나오지 않았다. 이렇게 어리석을 수 있을까? 그토록 죽이고 싶어하는 홍화수가 수면제가 든 오디주를 먹고 잠이 들었는데, 봉사 먼산 바라보듯 홍화수를 죽이는 것보다 오디주에 관심이 있는 석달개였다.

목풍아가 석달개에게 말했다.

"이런, 참으로 천재일우의 기회가 찾아왔군요."

"뭐가 천재일우의 기회란 말이야?"

"홍 선배님이 술에 취해 쓰러져 있는 이때 처단하신다면 석 선배님께서는 자유롭게 바깥으로 나가실 수 있잖아요."

석달개가 빙그레 웃더니 잠든 홍화수의 모습을 보곤 시큰둥한 얼굴로 고개를 내저었다.

"나는 저 홍가 놈을 죽일 수 없어."

"어째서요?"

"모르겠어. 이 손으로 사람을 무수하게 죽였는데, 이상하게 저놈만은 죽일 수 없을 것 같다."

"두 분이 싸우실 때는 반드시 죽일 것 같이 말씀하시더니……. 석 선배님 세상에 나가시려면 지금이 기회입니다."

석달개는 퉁퉁한 얼굴을 두 손으로 눌러 얼굴을 일그러뜨리며 홍화수를 노려보았다.

"저 홍가 놈을 죽여야 하는데…… 죽여야 하는데……."

마음을 다그치는 모양이었다. 석달개의 눈에서 살기가 뿜어져 나왔다.

그러나 그것도 잠시 석달개의 눈빛에서 붉은 살기가 사라지며 풀 죽은 사람처럼 허리를 구부리며 맥없이 한숨을 내쉬었다.

"죽일 수가 없어. 죽일 수가……. 세상에 나가고는 싶은데, 홍가 놈을 죽일 수가 없어……."

매일 매일 상대를 죽이겠노라고 욕설을 퍼부으며 싸우고 있었지만 막상 기회가 나자 그것을 실행에 옮길 수 없는 석달개였다. 삼십오 년간 어둠 속에서 의지하며 시간 가는 줄도 모르고 싸워왔던 미운 정 때문인지도 몰랐다. 정 때문에 소열제에게 제갈량이 돌아선 것처럼, 인간의 정이란 알 수 없는 힘을 가진 것이 분명하였다. 이때였다. 잠들었던 홍화수가 눈을 번쩍 떴다. 머리털이 곤두서며 목풍아를 노려보는 눈에 붉은 살기가 감돌았다.

목풍아는 강력한 수면제가 반 병이나 담긴 오디주를 마시고 금세 깨어날 줄은 상상도 하지 못하였던 터라 털컥 겁이 나 눈치를 살피며 슬금슬금 석달개의 옆으로 움직였다. 홍화수는 내공이 심후하여 잠시 잠에 취하였을 뿐 의식은 그대로 살아 있었던 것이다.

홍화수는 목풍아가 석달개를 꾀이는 것을 듣고는 순간적으로 목풍아에게 속았다 생각하였으나 석달개의 말을 듣고는 가슴이 찡하게 저며오는 것을 느끼었다. 세월은 모르는 사이에 두 사람을 적이 아닌, 서로 의지할 수밖에 없는 다른 무엇으로 만들어놓았던 것이다. 돌이켜 생각하면 자신 역시 석달개를 죽일 수 없을 것 같았다. 아니, 죽일 수가 없다. 한 사람이 죽어버린다면 인생이 너무나 허무해질 것만 같았다. 그만큼 두 사람이 함께 보낸 시간은 많았다.

홍화수는 풀이 죽은 석달개를 바라보다 그 옆에 있는 목풍아를 보고 길게 한숨을 내쉬었다.

"어린 네가 우리를 시험하였더냐?"

목풍아가 한숨을 내쉬며 말했다.

"네. 두 분의 모습이 하도 딱해 제가 수면제가 든 술로 두 분의 마음을 떠보았습니다. 제가 보기에는 두 분은 서로를 죽일 수 없습니다. 서로 죽일 수가 없다면 평생토록 이 습한 어둠 속에서 짐승처럼 독충만 먹고 살아야 할 것이 아닙니까? 세상은 사나이가 한번 살아볼 만한 가치가 있는 곳입니다. 동굴 바깥에 그런 세상이 펼쳐져 있는데 어째서 자신을 속박하며 살아가시려는 겁니까?"

홍화수가 소리쳤다.

"안 돼. 나는 사부님과 약속을 하였어. 그 약속을 지켜야 한단 말이야."

석달개가 벌떡 일어나 소리쳤다.

"젠장. 그놈의 사부 소리 집어치워. 내 나이 벌써 여든다섯이 되었다. 내가 너 때문에 내 남은 인생을 동굴 속에서 허비해야 되겠느냐? 장삼풍은 이미 죽었잖아. 너도 할 만큼 했으니 제발 고집 좀 부리지 마라. 제길. 이럴 줄 알았으면 아까 잠시 네놈이 잠들었을 때 죽여 버릴 걸……."

홍화수는 물끄러미 석달개를 바라보았다. 사부님의 명령으로 삼십여 년을 넘게 석달개를 가둬놓았다. 석달개의 반평생을 자신이 망쳐 버렸다 생각하니 가슴이 아팠다.

"미안하다, 석달개."

나지막한 목소리가 목풍아의 가슴까지 찡하게 울리었다. 석달개도 고집을 부리던 홍화수의 진심을 듣고는 멍하니 바라보았다. 홍화수의 두 눈에 물기가 어려 있었다. 사부님의 명으로 삼십오 년을 동굴 속에 가두어놓았던 미안함을 참회하는 눈물인지도 몰랐다.

홍화수는 가만히 눈을 감고 등을 돌렸다.

"내 나이도 어느덧 여든여섯. 나도 살 만큼 살았다. 나는 이미 죽은 것이니 너를 막지는 않겠다. 바깥으로 나가 네 마음대로 살아라."

석달개는 가슴이 뭉클하며 코끝이 찡해오더니 눈가가 뜨거워졌다. 눈물이 저도 모르게 나오는 것을 인상을 쓰고 천장을 노려보며 참아보았지만 끝내 눈물은 뺨을 타고 흘러내리기 시작하였다. 눈물이 말라 버렸다 생각할 정도로 눈물을 흘린 적이 없었던 석달개는 뺨으로 흐르는 뜨거운 눈물의 느낌에 당황하며 두툼한 손등으로 눈시울을 슥 닦곤 홍화수에게 물었다.

"너는?"

"나는 이곳에 뼈를 묻겠다."

여전히 홍화수는 몸을 돌리지 않고 있었다.

석달개가 그런 홍화수를 노려보다 팔짱을 끼고 자리에 털썩 주저앉았다.

"그럼 나도 이곳에 남겠다."

"뭐라구?"

홍화수가 등을 돌려 석달개를 노려보았다.

석달개가 근엄하게 말했다.

"생각해 보면 암흑 속에 갇혀 있던 시간이 나쁘지만은 않았다. 홍가 너 같은 괴물과 시간 가는 줄 모르고 싸울 수 있었으니까."

"흥."

홍화수는 콧방귀를 뀌며 외면하였지만 석달개의 말이 기분 나쁘지는 않았다.

"네가 감히 나의 호의를 거절하겠다는 것이냐?"

"그렇다면 어쩔 테냐?"

"승부다."

"좋다. 바라던 바다."

　두 사람이 또다시 자리에서 벌떡 일어났다. 다음 순서는 말할 것도 없이 또다시 맹렬한 싸움이 시작될 것이 뻔했다. 이번에는 기분이 좋아서 두 사람 모두 더욱 사나운 싸움을 벌일 것이 분명하였다.

　두 사람의 우정에 숙연해 있던 목풍아는 때 아닌 싸움이 다시금 일어나려 하자 미칠 것만 같아 머리를 쥐어뜯으며 소리쳤다.

　"이 미친 늙은이들아, 이제 그만. 이제 그만."

　싸움을 시작하려던 두 괴인들이 목풍아의 고함에 동작을 멈추고 멍하니 바라보았다. 누구도 자신들에게 그렇게 말한 사람이 없었다. 홍화수는 명망 높은 무당파 장삼풍의 제자로 사람들에게 추앙을 받았으며, 석달개 역시 흑면독왕의 신분으로 백련교도들의 추앙을 받던 사람이었다.

　"네놈이 나를 미친 늙은이라고 했느냐?"

　목풍아는 두 사람을 노려보며 되려 소리쳤다.

　"흥, 미친 늙은이들을 미친 늙은이라고 하지 올바른 늙은이라고 해야 하나?"

　미친 것으로 따지자면 목풍아가 미쳤다고 해야 옳았다.

　홍화수는 어이가 없다는 듯 멍하게 목풍아를 바라보다가 바닥에 천천히 앉으며 말했다.

　"어째서 우리가 미친 늙은이들인가? 합당한 이유를 대지 않으면 너를 죽여 버리겠다."

　석달개가 고개를 끄덕거리며 홍화수의 옆에 앉아 말했다.

　"나는 너를 그냥 죽이지 않고 내 먹잇감으로 삼아 두고두고 맛있게 먹겠다."

　목풍아는 지지 않고 두 괴인을 노려보다가 입을 열었다.

　"너희는 인생을 무엇이라 생각하는가?"

　"인생?"

홍화수와 석달개가 멍하니 서로의 얼굴을 바라보았다.

"인생이라니?"

"만물은 이 세상에 태어나면 태어난 값어치를 하게 마련인데, 너희 두 늙은이는 도대체 무슨 값어치를 하고 살았냐는 말이다."

"우리가 무슨 값어치가 있었냐고?"

두 사람은 생각에 잠기었다. 홍화수가 생각해 보니 어릴 적에는 분명 큰 꿈이 있었다. 무명을 떨쳐 연약한 백성들을 돕는 협사가 되기로 말이다. 청년기와 장년기에 그 꿈을 이루기 위해 부단히도 열심히 노력하였고, 그 결과 무당파의 막내제자로 무림에서 명성도 날리고 백성들에게 의협을 행하기도 하였다. 그러나 묘탑산의 마지막 싸움에서 석달개를 만난 후부터는 무엇을 하고 살았는지 막막하였다.

석달개 역시 마찬가지였다. 백련교의 교도로 들어와 도탄받는 백성들에게 평등하고 살기 좋은 세상을 만들어주기 위해 무공을 연마하였고, 흑면독왕의 자리에까지 올랐다. 그러나 그 역시 묘탑산의 동굴에 갇힌 후부터는 어떻게 살아왔는지 아리송하기만 하다.

목풍아는 가슴을 치며 말했다.

"내 나이 이제 열여섯. 나는 네놈들보다 나이는 어리지만 마음속에 가진 뜻은 네놈들보다 크다. 그러므로 나는 네놈들을 후레자식으로 생각하고 막말을 하겠다. 네놈들은 싸움에 미쳐 꿈을 잃고 짐승처럼 사는 것을 마다하지 않지만 나는 그렇지 않아. 나는 이곳에서 나가 보다 더 큰 세상에서 만백성에게 살기 좋은 세상을 만들 사람이란 말이다. 우연히 이 동굴에 숨어들어 왔다가 너희 두 늙은이의 무공이 뛰어난 것을 보고 함께 세상에 나가 그 꿈을 펼치려 하였더니 내 실수다. 너희 두 늙은이는 싸움에 미친 짐승에 지나지 않아. 나는 너희 두 사람 미친 늙은이가 꼴도 보기 싫으니 죽을 때까지 싸우든지 말든지 너희 마음대로 해라."

목풍아는 말을 마치고는 벌러덩 자리에 누웠다. 두 사람이 하는 짓을 보니 참고 있던 울화가 치밀어 마음에 있던 말을 마구 퍼부었던 것이다. 할 말을 다해 속이 시원하기는 한데, 저 미친 늙은이들이 생각없이 자신을 죽여 버리지나 않을까 겁이 덜컥 났다. 그때였다.

"으흐흐흐."

홍화수의 웃음소리였다.

"으허허허허."

석달개의 웃음이 뒤따라 들리었다.

두 사람이 한동안 크게 웃다가 일제히 웃음을 멈추었다.

"어린 녀석이 제법이군. 좋아. 네가 정말 그럴 능력이 되는지 볼까?"

"그래, 내 생각도 그래. 저 녀석이 말한 것이 허풍이라면 당장 죽여 버리자구."

"좋아. 이봐, 허풍인지 뭔지 하는 녀석아. 일어나 봐. 우리와 이야기를 하자."

목풍아는 희망의 빛을 발견하였다. 이제 두 괴인과 자신의 기세 싸움이다. 기세에서 진다면 부하로 삼을 수 없을 것이요, 그들에게 끌려다닐 수도 있으므로 여기서 마음 약하게 물러날 수 없다. 목풍아는 그 자리에서 소리쳤다.

"뭐야? 할 말이 있으면 하라구. 귀찮게 하지 말구……. 그리고 내 이름은 목풍아라구."

석달개와 홍화수는 서로의 얼굴을 바라보았다. 반말을 마구 해대는 녀석이지만 밉지는 않았다. 두려움을 모르고 기세 당당한 것이 일단은 마음에 들었기 때문이다.

"이봐, 목풍아. 우리와 이야기를 하자."

목풍아는 몸을 일으켜 앉아 팔짱을 낀 채로 말했다.

"무슨 말? 아직도 나와 용건이 있나?"

홍화수가 말했다.

"우리가 너와 함께 나가서 네 일을 도와주마. 어떠냐?"

옆에 있던 석달개가 고개를 끄덕거리며 거들었다.

"그래, 그래. 만약 네놈 말이 거짓이라면 내가 찢어 죽여 버릴 거야."

목풍아가 손을 내저었다.

"이미 이야기는 끝이 났는데 왜 이러시나? 배는 떠나갔으니 나는 네놈들과 일없어."

홍화수는 무당파 장삼풍의 제자이다. 그 역시 동굴 밖으로 나가고 싶은 마음은 굴뚝같으나 명분이 없다. 목풍아는 천하 백성에 뜻을 둔 사람이니, 이 아이를 도와주면서 남은 여생을 인간같이 보낼 수 있다면 그것으로 만족이다. 그는 목풍아를 감시하는 역할을 자처하며 석달개와 함께 세상에 나가려 하였으나, 이번에는 목풍아가 거절을 하니 난감하기 이를 데 없었다.

홍화수의 머리 꼭대기에 앉은 목풍아가 호락호락 그의 의도대로 되게 할 리 만무하였다. 석달개는 세상 밖으로 나가고 싶어 안달이 난 사람. 홍화수를 잡으면 석달개까지 손에 들어오는 기회인데 이를 놓칠 리 없었다.

"이봐, 목풍아. 다시 생각해 보라구."

목풍아는 이마에 손을 가져다 대고 멀리 바라보는 사람 시늉을 하였다.

"아이쿠, 배가 벌써 저렇게 갔나? 멀리도 갔네."

화가 머리끝까지 치솟은 석달개가 벌떡 일어나 소리쳤다.

"이 자식, 죽여 버리겠다."

이미 이들과의 도박은 시작되었다. 석달개는 목풍아에게 겁을 줘 승복

시키려 하는 것이다. 그러나 유리한 패를 손에 들고 판에서 물러나는 목풍아가 아니다.

목풍아는 자라처럼 목을 내밀며 말했다.

"자, 죽여라. 네놈들 같은 짐승들에게 죽는 것이 억울하지만 이것도 내 운이니 어쩔 수 없지."

홍화수가 얼른 석달개를 말렸다. 세상 생각을 하기 시작하니 무당파는 어떻게 변했으면 사형제들은 어떻게 살고 있는지 궁금한 마음이 끝없이 솟아 나왔다.

"이봐, 목풍아라고 했지? 우리에게 원하는 것이 있나?"

"원하는 것 없어."

목풍아는 손을 내저었다.

석달개가 콧바람을 일으키며 소리쳤다.

"저 자식, 우리를 가지고 놀려고 한다. 감히 나 석달개를 가지고 놀려 하다니. 내가 한 손에 찢어 죽여 버릴 테다. 저 자식을 죽여 버리고 함께 나가자구."

홍화수는 손을 저어 석달개를 말렸다. 만약 홍화수가 석달개를 데리고 나간다면 스승의 명령에 불복하는 것이 된다. 하지만 천하 백성들을 행복하게 해준다는 대의명분을 가지고, 석달개와 함께 의협을 행하면 이야기는 달라지는 것이다. 홍화수는 석달개와 함께 세상에 나가더라도 그와 사소한 일로 다투게 된다면 의협을 행하기는커녕 아무도 없는 동굴 안에서 사는 것이나 다를 바가 없다는 것을 직감하였다.

세상은 바뀌었고, 세상에 적응하기에는 너무 나이가 들었다. 방법은 오직 하나. 어린 목풍아를 구슬려서 세상 밖으로 나가 석달개를 제어하며 남은 인생 동안 의와 협을 행해 무당파 제자의 이름을 부끄럽지 않게 하는 것이었다.

"그러지 말고 원하는 것을 말해라. 나는 그동안 헛되이 살아온 내 인생을 보람있게 살고 싶을 따름이다. 네가 원하는 것은 무엇이든 들어주마."

홍화수는 석달개를 돌아보며 고개를 끄덕였다. 석달개 역시 홍화수가 나가야만 자신도 마음 놓고 나갈 수 있음을 알기에 구시렁거리면서 말했다.

"허풍아, 뭐든 들어줄 테니 원하는 것을 말해 봐."

목풍아가 고개를 들어 홍화수와 석달개를 노려보다 입을 열었다.

"나를 대장이라 부르고 내 말에 고분고분 잘 따른다면 함께 동굴 밖으로 나가겠다."

홍화수와 석달개는 서로의 얼굴을 멍하게 바라보았다. 석달개는 소명왕 한림아 이외에는 누군가를 윗전으로 모셔본 적이 없는 사람이다. 그런데 얼굴을 마주친 지 얼마 되지 않는 애송이에게 대장이라 부르고, 그의 말에 고분고분 따르라니…… 기가 막혀 온몸이 부들부들 떨리며 이가 갈리었다.

이때 목풍아가 홍화수를 바라보며 말했다.

"그 이유는 무당제자가 더 잘 알 것 같은데…… 싫다면 관두지."

목풍아가 팔짱을 끼고 홱— 돌아앉았다.

홍화수는 목풍아의 말뜻을 알 것 같았다. 지금 석달개를 제어할 수 있는 사람은 자신밖에 없다. 만약 사소한 일로 싸움이 일어난다면 석달개의 무공에 얼마나 많은 사람이 죽어갈 것인가. 목풍아는 그러한 일이 일어나면 안 되므로 자신의 말에 따라야 한다는 단서를 두었던 것이다.

'부끄러울 것도 없다. 맞는 말이니 할 수 없다.'

홍화수는 석달개를 돌아보며 정색이 되어 말했다.

"석달개, 세상 밖으로 나가고 싶나?"

"그래, 사무치게 나가고 싶다."

"그럼 나를 죽이고 나가라."

"그럴 수는 없다."

"그럼 내 말에 따라다오."

"무슨 말이냐?"

"나는 너와 함께 세상 밖으로 나가기 위해 목풍아를 대장으로 모실 작정이다."

"뭐라고? 홍가야, 너 미쳤느냐?"

홍화수는 머리를 설레설레 내저었다.

"나는 단지 내 남은 인생을 보람있게 살고 싶을 뿐이다. 너는 그렇지 않느냐?"

"나도 그렇기는 하지만 이건 내 체면을 보아서도 아니다."

"체면 같은 건 버리자. 우린 평생을 동굴 속에서 짐승처럼 살았다. 동굴이 무너져 내린 날부터 이미 체면이란 건 우리에게 없었다. 나는 우리가 이 세상에 살았다는 흔적을 남기고 싶다. 체면 같은 것, 그 거추장스러운 건 이 동굴 속에 버려 버리자. 그리고 우리 새롭게 태어나자."

홍화수를 바라보던 석달개는 결심을 한 듯 크게 고개를 끄덕였다.

"좋아. 네가 그렇게 결심하였다면 나도 좋다."

홍화수는 몸을 돌려 목풍아에게 말했다.

"우리는 결정하였다."

목풍아가 몸을 돌렸다.

"무인들은 한 번 한 약속은 끝까지 실행한다 들었다. 믿어도 좋겠는가?"

"우린 자긍심이 있는 무인이다. 한 번 한 약속은 반드시 지킨다."

"그럼 좋다."

“그런데 대장이라 부르기 전에 한 가지 부탁이 있다.”

“뭐냐?”

“네가 반드시 세상을 바꾸어 백성들을 편안하게 하겠다는 다짐을 우리에게 할 수 있나?”

“할 수 있다. 내가 만약 그렇게 못한다면 너희가 나를 수십 조각으로 찢어 죽여도 좋다. 내가 너희에게 약속한다.”

상대방에게 확고한 의지가 있다. 그것이 일시적인 미봉책이나 얕은 술수가 아님을 홍화수는 상대방의 눈빛을 보고 알 수 있었다. 그렇다면 선택은 없다. 어쩌면 동굴 속에 갇힌 것이 저 버릇없는 녀석을 만나려고 운명 지어진 것은 아니었나 생각되었다. 그렇게 생각하니 마음이 한결 홀가분해졌다. 남은 인생을 보람있게 살 수 있다면 그것으로 족했다. 어린아이에게 복종하는 것은 문제가 아니었다. 종심소욕(從心所欲)이라 하였던가. 이미 겉치레는 버릴 나이에 와 있었던 것이다.

홍화수는 몸을 천천히 구부려 무릎을 꿇었다.

“대장, 홍화수가 대장에게 인사드립니다.”

뒤따라 석달개가 무릎을 구부리며 인사하였다.

“대장, 흑면독왕 석달개가 대장에게 인사드립니다.”

목풍아는 두 사람을 물끄러미 바라보다 입을 열었다.

“나와 함께 세상으로 나가게 되면 너희 두 사람의 과거는 모두 동굴 속에 버리고 가야 한다. 무당제자도 아니고, 백련교도도 아닌 나, 철저하게 목풍아의 부하가 되어야 한다. 내 명령을 따를 수 있는가?”

홍화수가 말했다.

“따를 수 있습니다. 대장이 약속을 지킨다면 말이오.”

“그건 염려 마라. 석달개는 약속을 지키겠나? 내 명령에 따르겠나?”

석달개는 홍화수를 흘깃 바라보다 입을 열었다.

"쳇. 할 수 없지. 약속을 지키겠소, 대장."

목풍아의 입가에 미소가 번졌다. 생각보다 이번 판은 간단하게 승리하였다. 하지만 상대방이 자신의 패를 읽고 져준 것 같다는 인상 때문에 찝찝하기도 하였다. 그리해도 목풍아는 뜻한 바를 이루었으니 그것으로 좋았다. 상대방은 이 지긋지긋한 어둠 속에서 벗어날 수 있는 것이 좋으리라. 나도 좋고 상대방도 좋은 일석이조(一石二鳥)의 효과. 이것은 목풍아가 바라던 바다.

목풍아는 껄껄거리며 웃다가 그들에게 말했다.

"좋아, 좋아. 그럼 그런 의미에서 새로운 이름을 지어주겠다."

"새로운 이름이라니?"

"이제 새로운 사람으로 태어나야 할 것이니 이름도 바꿔야 할 것이 아니냐?"

석달개가 손을 들고 웃으며 말했다.

"대장, 그거라면 금방 좋은 이름이 하나 떠올랐다."

"뭔데? 어서 말해 봐."

석달개는 홍화수를 가리키며 말했다.

"옛날에 홍화수는 얼굴이 희고 깨끗하며 얼굴에 살이 붙어 제법 미남이었는데, 지금은 이상하게도 얼굴도 검어지고 귀신같은 꼬락서니가 되었으니 오귀(烏鬼)라 부르면 어떨까?"

"까마귀 귀신?"

석달개가 홍화수를 손가락질하며 웃었다.

"우헤헤헤. 대장도 보라구. 저 상판이 까마귀 귀신이 아니고 무엇이냐구? 오귀, 정말로 기가 막힌 이름이잖아."

"음. 이름에 귀신이란 말이 붙는 것은 별로 좋은 이름이 아니야. 하지만 인상이 비슷한 것은 부인할 수 없으니, 그렇다면 앞으로 홍화수는 오괴(烏怪)라고 부르겠다. 이의없겠지?"

"으허허허. 그것도 좋은 이름이다. 역시 대장이야."

석달개가 소리치며 웃었다.

"감사합니다, 대장."

홍화수는 순순히 목풍아에게 고개를 숙여 꾸벅 인사를 하곤 웃고 있는 석달개를 노려보았다. 석달개가 혀를 낼름 내밀었다.

"이봐, 내가 없는 말 한 것이 아니니 너무 그러지 말라구. 대장도 네 모습이 귀신같다고 안 그러냐구."

석달개는 홍화수를 놀려먹은 것이 좋은지 연방 웃음이 떠나지 않았다.

목풍아가 웃고 있는 석달개에게로 고개를 돌렸다.

"홍화수의 이름을 지었으니, 그럼 네 이름은 생각해 두었겠지?"

석달개가 웃음을 뚝 그쳤다.

"아뇨. 그건 생각하지 못했는걸?"

그러자 석달개를 노려보던 홍화수가 재빨리 입을 열었다.

"저놈은 처음에는 얼굴이 시커멓고 귀신같던 독왕(毒王)이었는데, 동굴 속에서 독충을 먹고 포동포동 희고 곱게 살이 쪘으니 독돈(毒豚)이라 부르는 것이 어떻습니까?"

"와하하하. 그것 좋겠다. 석달개는 앞으로 독돈이라 부르겠다."

석달개가 이를 갈며 홍화수를 노려보았으나 이번에는 홍화수가 산발한 머리에 두 손가락을 올려 놀렸다. 두 사람은 싸움과 마찬가지로 일진일퇴의 공방으로 서로의 이름을 우스꽝스럽게 만들어 버렸다. 이리하여 홍화수는 오괴라는, 석달개는 독돈이라는 이름을 새롭게 가지게 되었다.

"좋았어, 좋아. 이제 준비는 끝이 났다."

목풍아는 식량 주머니에서 건량을 모두 꺼내놓고는 감춰두었던 술을 두 병 꺼내놓고 고개를 젖히며 웃었다.

"와하하하. 이렇게 좋은 날 술을 아니 마실 수 없지."

목풍아는 바닥에 뒹굴고 있는 물병에서 물을 따라 버리곤 두 개의 술병을 기울여 빈병에 술을 알맞게 따른 후 오괴와 독돈에게 각각 한 병씩 내주며 말했다.

"옛날 유비는 관우, 장비와 복숭아밭에서 형제의 의(義)를 맺었지만, 이 목풍아와 오괴, 독돈은 동굴 속에서 주종(主從)의 의를 맺었으니 이 어찌 천하 백성들에게 축하할 일이 아니겠는가? 자, 우리를 기다리는 세상과 천하 백성들을 위해 건배를 하자구."

건배를 하고 병째로 술을 들이키던 오괴가 별안간 목풍아에게 물었다.

"대장, 이건 괜찮겠죠?"

목풍아가 웃으며 대답했다.

"이건 백 년 된 오디로 만든 오디주가 아니라서 괜찮아. 마셔도 좋다."

독돈이 입맛을 다셨다.

"대장, 같은 부하에게 차별이 심한 거 아뇨? 나는 그 술을 맛보지도 못했으니 언젠가 나도 백 년 묵은 오디주를 마시게 해주시오. 미혼약이 들었어도 나는 상관없으니 말이야."

"알겠다, 알겠어. 내 반드시 마시도록 해주마. 우하하하."

"으히히히. 고맙수. 대장, 나는 대장만 믿겠소. 으히히히."

목풍아와 오귀는 오디주를 먹지 못하여 입맛을 다시는 독돈의 얼굴을 마주 보며 동굴이 떠나가라 유쾌하게 웃었다.

다음날 아침, 수색하던 군사 하나가 뻥 뚫린 동굴 하나를 발견하였다. 그곳에서 술병 세 개와 건량 부스러기를 발견하고 정화에게 부랴부랴 보고하였을 때, 목풍아와 두 사람은 어느덧 연경의 객잔 한곳에 머무르고 있었다. 깊은 밤을 틈타 동굴 밖을 나온 오귀와 독돈의 경신술은 놀랍기 그지없어서 이만이나 되는 철통같은 경비를 가볍게 뚫고 한달음에 연경으로 달려온 것이었다. 깊은 어둠을 뚫고 목풍아를 겨드랑이에 끼운 채 바람을 가르며 달려가는 두 사람을 보았을 때, 날이 밝기도 전에 연경에 도착한 것을 보곤 목풍아는 자신의 눈을 의심할 정도였다. 실로 두 사람은 대단한 무공을 가진 자들이었다. 절망의 순간에 만난 두 괴인은 목풍아에게 천군만마를 얻었다는 자신감을 가져다주었다.

'역시 이 목풍아는 운수가 좋은 사람이란 말이야.'

처음에 뜻한 바대로 일을 해나갈 수 있을 것 같은 자신이 생겼다.

객잔 안에서 떠오르는 햇빛을 바라보던 목풍아는 이만의 군사가 허둥지둥 자신을 찾고 있을 것을 상상하니 통쾌한 마음이 들어서 목을 젖혀 크게 웃으며 소리쳤다.

"와하하하! 이제 이 세상에 큰바람이 불어오겠구나. 와하하하! 기다려라, 목풍아가 간다."

제 6 장

세 가지 시험

세 가지 시험

"오괴야, 독돈아, 이 밝은 태양을 보라. 희망에 찬 태양이 아니더냐?"

목풍아가 창을 열고 소리를 치는데 어찌 된 일인지 잠잠하다.

"대, 대장아, 문 좀 닫아다오."

고개를 돌려보니 오괴와 독돈이 두 손으로 얼굴을 가린 채 몸을 돌리고 있었다.

'아차, 내가 깜빡했구나.'

생각해 보니 삼십오 년 동안 어둠에 눈이 익어 밝은 것에 대한 적응력이 약하다. 목풍아는 얼른 창을 닫고 발을 쳤다. 생각지 못한 난제였다. 두 사람의 눈이 대낮의 밝은 빛에 적응하기까지 적지 않은 시간이 걸릴 것이 확실하였다. 낮에는 활동하기 어려울 것이라는 것. 그것은 득의양양하던 목풍아에게 적지 않는 문젯거리였다.

그러고 보니 두 사람의 옷 역시 그러하였다. 중요한 부분만 가린 찢어질 대로 찢어져 맨살이 훤히 보이는 누더기라 해도 과언이 아니었다.

"잠시 이곳에서 기다리도록 해. 바깥에 다녀올 테니……."

"알았다, 대장아. 빨리 다녀와라."

두 사람은 침대 아래 머리를 박은 채 대답하였다. 침대에 머리를 박은 채 바깥으로 삐져 나온 통통한 두 개의 엉덩이가 실랑이를 하듯 서로를 밀어내는 것을 보고 목풍아는 웃음을 참으며 말했다.

"내가 돌아올 동안 싸우지 말고 밝은 빛에 적응하도록 노력해 봐. 시간이 걸리겠지만 빛에 적응할 수 있어야 큰일을 할 수 있을 테니 말이다. 알겠냐?"

"알겠다, 대장. 흐흐흐."

목풍아는 껄껄 웃으며 머리끝을 잘라 코와 턱에 제비꼬리수염이 달린 것처럼 붙이고는 객잔을 내려왔다. 묘탑산 주위보다는 검문이 약하겠지만 연경에도 자신의 얼굴이 그려진 방문이 걸려 있을지 모르니 대비할 필요는 있었다.

객잔을 나온 목풍아는 포목점으로 달려가 자신은 최고급 비단옷으로 한 벌 사 입고, 두 부하에게도 최고급 비단으로 만든 체형에 맞는 옷을 사 입었다. 옷을 사는 내내 목풍아의 뇌리에는 두 부하에 대한 생각뿐이었다. 어둠에 길들여져 빛에 약해진 두 사람의 눈. 그 눈을 빠른 시일 내에 회복시키는 것이 급선무였다. 하지만 아무리 생각해 보아도 답을 찾을 수 없었다. 빛에 적응되기까지 밤에만 움직이는 것은 목풍아가 바라는 바가 아니었다. 묘수를 찾아 헤매던 목풍아가 옷을 찾아 들고 객잔으로 오고 있을 때 이상한 얼굴이 눈에 띄었다.

그는 검은 옷을 입고 있었는데, 커다란 검은 책을 가지고 다니는 색목인(色目人)이었다. 가슴에 은으로 만든 십자가(十字架)가 달린 것으로 보아 대희루의 도박장에서 얼핏 들었던 서양에서 온 예수교 신부라는 것을 짐작할 수 있었다.

원나라 때 실크로드가 열린 후 서양의 문물이 활발하게 중국으로 전해 들어오던 터라 연경에는 무역을 하기 위해 혹은 종교를 전파하기 위해 수많은 색목인들이 다녀가고 있었다. 목풍아는 텁수룩한 수염을 기른 예수교 신부의 코에 걸린 유리를 뚫어지게 바라보았다. 예수교 신부는 목풍아가 멍하니 바라보는 것을 보고 웃으며 말을 걸었다.

"오! 부잣집 도련님, 주님을 믿으세요. 주님을 믿은 자 천국에 갈 수 있습니다."

발음이 서툴렀지만 제법 중국어를 하는 색목인이었다.

목풍아는 장난기가 일어나 그 색목인에게 말했다.

"이봐요. 주님, 주님 하시는데 제가 예수교를 믿으면 주님이 저에게 도대체 뭘 해주시는 건가요?"

예수교 신부는 성호를 그리면서 말했다.

"오! 좋은 질문입니다. 전지전능한 주님을 믿으신다면 내세에 천당에 갈 수 있습니다."

"천당이 무엇인데요?"

"평안하게 주님의 그늘에서 쉴 수 있는 곳이지요. 아무런 근심도 없고 즐거움만이 가득한 그런 곳. 바로 주님이 사시는 전당이지요."

"나는 죽어서 좋은 데 가는 것 관심없어요. 현실에서 나를 즐겁게 해주지 못하는데 죽어서 어떻게 즐겁게 해줄 수 있단 말이오. 모두 개소리야."

"오! 아닙니다. 아닙니다."

"생각해 보라구. 지금 나를 즐겁게 해주지 못하는데 죽어서 어떻게 즐겁고 행복하게 해준단 말이야. 죽으면 모든 것이 끝인데 천당이라니…… 사기야, 사기. 퉤, 퉤."

목풍아는 침을 바닥에 뱉다가 고개를 들어 신부를 바라보았다. 예수교 신부는 목풍아의 말에 흰 얼굴이 더욱 창백하게 변하며 어쩔 줄을 몰라 했다.

"얼마 전에 부처를 모신다는 스님이 나에게 다가와 부처를 믿어라, 부처님을 믿으면 죽어서 극락에 갈 수 있으니 열심히 믿으라 하더군요. 그래서 똑같은 말을 했죠. 스님이 지금 나를 즐겁게 하지 못하면서 어떻게 죽어서 즐겁게 할 수 있나 물었더니, 그 스님이 제비를 돌고 춤을 추면서 나를 즐겁게 해주더니 급기야는 자신의 돈을 나에게 주면서 이제 즐겁느냐고 묻더군요. 그래서 저는 이런 종교라면 내세를 믿어볼 만하다 생각하고 선선히 부처님을 믿겠노라 하였지요."

예수교 신부가 그 말을 듣곤 스님의 포교 활동이 자신보다 낫다 생각하곤 재빨리 말했다.

"이봐요, 저도 당신을 즐겁게 해드릴 수 있어요. 뭐든 할 테니 한번 시켜봐요."

목풍아가 웃으며 말했다.

"당신의 코에 걸린 것이 무엇이오?"

"이건 안경이오. 유리로 만든 것이지요."

"그것을 나에게 줄 수 있습니까?"

신부가 선선히 안경을 빼내 목풍아에게 주었다.

"그대가 주님을 믿을 수 있다면 다 드리겠소."

목풍아는 웃으며 안경을 받아 소매 속에 넣은 후 다시 입을 열었다.

"그럼 스님이 했던 것처럼 여기서 춤을 출 수 있겠소?"

두 사람이 서 있는 곳은 대로 중앙이라 무수한 사람들이 오가는 곳이었다. 만약 예수교 신부가 춤을 춘다면 정말 재미있는 볼거리가 아닐 수 없었다.

신부는 눈을 감고 성호를 그리며 중얼거렸다.

"오! 주여, 당신에 대한 믿음이 잠시 약했던 것 같습니다. 저를 용서해 주십시오."

이내 신부가 웃으며 목풍아에게 말했다.

"내가 열심히 춤을 출 테니 잘 봐주시오."

신부는 시커먼 옷을 입고 팔다리를 흔들며 대로 중앙에서 춤을 추기 시작하였다. 알 수 없는 노래를 부르며 춤을 추기 시작하니 사람들이 하나둘 모여들더니 잠시 후에는 입추의 여지없이 사람들이 몰려들었다.

신부는 사람들이 몰려들자 신이 나는 듯 더욱 열심히 노래를 부르고 춤을 추었다. 신에 대한 믿음을 보여준다는 기쁨과 더 많은 사람들에게 포교 활동을 할 수 있을 것 같다는 자신감에 예수교 신부는 미친 듯이 춤을 추었다.

한참을 춤을 추던 신부가 춤을 멈추고 이마에 맺힌 땀을 닦을 때 그의 시야에 목풍아는 없었으나 길가에 버려진 수많은 동전은 발견할 수 있었다.

신부에게 춤을 추게 하고 돌아오던 목풍아는 안경을 써보다가 고개를 끄덕끄덕하였다. 그는 가까운 수공예점으로 들어가 주인에게 이와 같은 안경으로 검은색을 넣은 안경을 세 개 만들어줄 것을 요구하였다.

당시에는 모래를 녹여 유리를 만드는 기술이 발전하여 연경에 유리창(琉璃廠)이라는 곳이 있을 정도였다. 유리창은 황성에서 사용하던 유리 벽돌을 만들던 곳으로 유리 공예가 발전하여 색깔이 있는 컵은 물론이거니와 유리로 만든 병도 시장에서 팔리고 있었다.

은전 삼십 냥이라는 거금을 주고 색깔이 있는 안경을 맞춘 목풍아는 위풍도 당당하게 객잔으로 돌아왔다. 방 안 창문에 발을 쳐놓아 어둡고

답답하였다. 하지만 별수가 없어 탁자에 촛불을 밝힌 후 두 사람에게 검은색 비단옷을 입혀주니 한때 무림을 휩쓸던 무인들이라 풍신이 좋았다. 여든이 넘은 나이에 짐승처럼 살다 때 아닌 비단옷을 입어보는 두 사람의 얼굴은 새 옷을 입은 어린아이처럼 해맑았다.

“대장, 나 어떠냐?”

독돈이 으스대며 말하니 오괴가 코웃음을 치며 말했다.

“돼지가 좋은 옷을 입어봤자지.”

“뭐라고? 네놈은 어떤데? 검은 옷을 입으니 까막 귀신이 따로 없구나.”

“이 독돼지가 한번 해보자는 거냐?”

또다시 싸움이 시작되려 하자 목풍아가 재빨리 소리쳤다.

“그만두지 못해?”

두 사람이 일시에 입을 다물었다.

“배가 고프니 밥이나 먹자.”

목풍아는 손뼉을 쳤다. 그러자 음식을 든 점소이들이 문을 열고 들어왔다. 그들은 방 안을 어둡게 만든 것이 의아했지만 의식하지 않고 오리고기, 닭고기, 돼지고기 등 연경의 이름난 음식을 촛불이 켜져 있는 탁자 위에 올려놓았다.

상다리가 부러질 정도로 상을 차리고 점소이들이 물러나자 눈이 휘둥그레진 두 사람이 멍하니 목풍아를 바라보았다.

“싸우지 않고 얌전히 있었던 상이다. 마음껏 먹어라. 부족하면 더 말하도록…….”

“고맙다, 대장아.”

두 사람은 인사를 마치자 미친 듯이 음식을 먹기 시작하였다. 맛없는 독충만 먹던 사람들이라 온갖 귀한 음식을 대하자 미친 사람이나 다름이 없었다.

목풍아는 얼마 먹지 않고 부채질만 하고 있었는데, 한동안 두 사람이 가져온 음식들을 마파람에 게 눈 감추듯 일거에 바닥을 낼 즈음 점소이가 한 사람을 데리고 방으로 들어왔다. 그는 작은 목함 세 개를 들고 있었는데, 안경을 맞출 때 보았던 사내였다.

"시키신 것이 다 되어 가지고 왔습니다."

"그렇게 빨리 되었나?"

"예. 저희는 빠른 것을 생명으로 하고 있습니다. 이런 색유리로 만든 안경은 처음이라 애를 먹었습니다만 생각보다 아주 잘 만들어졌습니다."

사내가 꾸벅 인사를 하고 옷칠이 매끈하게 된 작은 목함을 놓고는 바깥으로 나갔다.

독돈이 멍한 얼굴로 말했다.

"대장, 그게 뭡니까?"

목풍아가 목함을 열었다. 까만 유리로 만든 앙증맞은 안경이 반듯하게 들어 있었다. 목풍아가 그것을 꺼내어 얼굴에 쓰곤 씨익 웃었다.

"호호호. 너희를 위해 이 목풍아가 고안해 낸 거다. 빛을 차단한다 하여 일산안경(日傘眼鏡)이라 이름하였다."

목풍아는 두 사람에게 목함을 내밀었다.

두 사람이 목함을 열어 검은색 안경을 쓰자 목풍아는 얼른 의자에서 일어나 발을 걷고 창문을 열었다.

밝은 햇살과 함께 시원한 바람이 쏟아져 들어왔다. 창문이 열리자 움찔하던 두 사람은 일산안경이 빛을 막아주는 것을 깨닫고는 천천히 고개를 들었다. 까만 안경 바깥의 세상이 어둠에 묻힌 듯이 눈에 들어왔기 때문이다.

"와, 이것 정말 신기한데?"

독돈이 고개를 두리번거리며 창밖을 둘러보았다.

오괴 역시 일산안경을 쓰고 창문 앞에 서서 지나가는 사람들의 물결을 바라보며 감회에 젖었다.

목풍아는 두 사람이 일산안경으로 빛에 적응하게 되자 쾌재를 부르며 차를 시켰다. 음식이 나가고 차를 들고 들어온 점소이가 검은색 일산안경을 쓴 세 사람을 어리둥절해하며 보다 차를 따랐다. 이 차 역시 목풍아가 특별하게 시킨 좋은 차였다.

"음. 차 향이 좋은데?"

점소이의 표정에 신경 쓰지 않고 세 사람은 탁자에 앉아 차를 마셨다 오괴와 독돈은 실로 오랜만에 마셔보는 좋은 차라 입 안에서 혀끝을 굴리며 차 맛을 음미하곤 세상에 잘 나왔구나 생각하였다.

한동안 차를 마시던 목풍아가 창밖의 하늘을 보니 제법 해가 기울어가고 있다.

"음. 이제 연왕부에 갈 시간이 되었군. 두 사람은 나를 따라오라."

목풍아는 자리에서 일어나 성큼성큼 걸음을 옮겼다.

사람으로 북적이던 대로 중앙이 갈라지며 검은 안경을 쓴 세 사람이 위풍당당하게 걸어가고 있었다. 가운데 있는 사람은 목풍아요, 그 오른편 한 걸음 뒤에서 일산(日傘)을 들고 목풍아의 머리에 그늘을 만들며 걸어가는 자는 오괴, 그 왼편 한 걸음 뒤에서 둘둘 만 페르시아산 양탄자를 어깨에 걸치고 가는 자는 독돈이다.

세 사람 모두 걸음걸이가 위풍당당한데, 가운데 있는 사람의 키는 작았으나 뒤따르는 두 사람은 키가 크고 한눈에도 역사(力士) 같아 보였다. 그렇지 않아도 눈에 띄는 세 사람이 동그란 검은 안경을 쓰고 대로 중앙을 활보하니 사람들이 기세에 눌려 대로 옆으로 물러났다.

"와하하하. 어떠냐? 사나이라면 이 정도의 호기는 있어야 되는 것 아
닌가?"

목풍아가 큰소리를 치며 말하니 오괴와 독돈 역시 기분이 좋아서 맞장
구를 쳤다.

"그렇지. 남자는 자고로 호기(豪氣)가 없으면 큰일을 못하는 법이지.
암."

"역시 우리 대장은 어리지만 배포가 크단 말이야. 그런 점에서 나는
대장이 정말 마음에 들어."

두 사람은 목풍아가 생각 밖으로 자신들을 자상하게 신경 써주는 데
감동하였고, 곳곳에 목풍아를 찾는 방문이 걸려 있음에도 연경 한가운데
를 이렇게 활보하는 대담함과 엉뚱한 면이 마음에 들었다.

연경은 과거 원(元)나라의 수도였던 곳이다. 주원장이 명을 세운 후에
막북으로 도망간 원의 잔존 세력 때문에 명의 수도는 남경(南京)이었지
만, 과거 대제국을 꽃피웠던 원의 수도답게 그 크기는 남경이 되려 부끄
러울 정도였다.

그 대로 중앙을 활보하여 목풍아는 지금은 연왕부가 있는 과거 원나라
대궐에 도착하였다. 남문 앞에 서서 좌우의 해태상을 바라보다 머리를
들어보니 해가 서서히 기울어가고 있었다.

"이제 여기서부터는 나 혼자 하겠다. 너희는 가까운 객잔에서 기다리
고 있도록……."

"하지만 대장."

오괴는 어린 목풍아가 연왕과 천하를 건 도박을 하고 있다는 말을 듣
고 처음에는 자신의 귀를 의심하였다. 하지만 이 어린 소년이 담대하게
연왕의 대궐 앞에 양탄자를 깔고 앉아 석고대좌를 청하려는 것을 보고
생각보다 큰 간담과 의기에 점점 목풍아에게 빠져드는 자신을 느꼈다.

"걱정할 것 없어. 연왕과 나의 도박은 이제부터 시작이니까. 시작에 끝이 나는 도박은 없으니 걱정 마라구."

'대장의 말은 황당한 것이 아니다. 얼렁뚱땅함 속에 따뜻함과 담대함, 그리고 면도날 같은 치밀한 생각을 가지고 있는 것이다. 내가 대장의 부하가 된 것은 어쩌면 행운인지도 모른다.'

오괴는 꾸벅 머리를 숙여 말했다.

"그럼 가까운 곳에서 기다리고 있겠습니다, 대장."

독돈 역시 꾸벅 인사를 하곤 두 사람은 어슬렁거리며 물러나 버렸다.

목풍아는 푹신한 양탄자에 가부좌를 하고 앉아 연왕부 문을 지키는 군사들에게 소리쳤다.

"이봐, 네놈들. 이리 와봐."

다짜고짜 반말을 하는 어린 소년을 보고 화가 머리끝까지 난 군사들이 버럭 소리를 질렀다.

"죽고 싶어 환장했느냐? 우리가 누군지 알고 막말이야?"

"훤한 대낮에 사람 보는 눈이 없는 너희가 사람이냐? 어서 가서 목풍아가 문 앞에서 대왕을 뵙기를 기다리고 있노라고 전하에게 전하고 오너라."

"뭐, 뭐라구?"

"귀까지 먹은 모양이구나. 현상범 목풍아가 문 앞에 있노라고 전하고 오란 말이야, 이 자식들아."

목풍아라면 연왕부의 내금위 호위병 삼십여 명을 물먹이고 안성 공주님을 희롱하였던 파렴치한이 아닌가. 연왕이 그 소식을 듣고 대노하여 내금위 호위병들의 목을 단숨에 날려 버리라고 하였다가 정화의 저지로 간신히 철창 신세를 지고 있을 정도이고, 대왕의 오른팔인 환관 정화가 명령을 받고 사로잡기 위해 이만의 대군을 끌고 나가야 했던 바로 그 인

물이다. 수문장은 얼떨떨한 얼굴로 목풍아를 바라보다 뒤에 있던 부하들
에게 소리쳤다.

"이, 이놈을 포위하라."

한 사람을 잡기 위해 이만이 투입될 정도로 큰 죄인이라 아무렇게나
대할 수도 없는 노릇이었다. 병사들은 명을 받곤 빙 둘러서서 목풍아를
포위하였다.

목풍아는 씽긋 웃으며 말했다.

"도망가지 않을 테니 이럴 것까지는 없다. 나는 여기 있을 테니 빨리
전하에게 내가 뵙기를 청한다고 알리라니까."

수문장은 병사들을 시켜 창으로 목풍아를 포위하게 하곤 재빨리 왕부
에 이 소식을 알리었다.

한편 묘탑산에서 범인의 흔적이 발견되었으며 수색을 계속하고 있노
라는 정화의 보고를 읽던 연왕은 때 아닌 수문장의 보고를 접하고는 정
화가 올린 보고문을 탁자에 놓곤 호탕하게 웃었다.

"하하하하. 정화도 물을 먹을 때가 있다니, 이것 참. 재미있겠는걸. 그
녀석, 사람을 놀라게 하는 재주가 탁월한걸. 정말 맹랑하고 교활한 녀석
이야. 정화가 잔뜩 골이 올랐겠는걸?"

연왕은 수문장에게 목풍아를 그대로 놔두라 이르고 재빨리 파발을 보
내 정화를 불러오라 명하였다. 기지로는 정화를 따라갈 사람이 없다 생
각하였는데, 이 목풍아라는 녀석은 한술 더 뜨는 녀석이 틀림없었다.

정화와 버금가는 참모로 라마승인 법사(法師) 도연(道衍)이 있었지만
지금 그는 남경에 볼모로 가 있는 세 아들을 데리러 가 있으니 자신의 옆
에서 목풍아를 상대할 만한 인물은 정화, 마삼화밖에는 없다.

정화가 깨끗하게 당한 것을 알면 가만있지 않을 것이다. 자신이 멋지

게 당한 것을 복수하기 위해 어려운 시험을 주문할 것이 분명하였다. 연왕은 정화의 시험에 목풍아가 어떻게 반응할지 상상하며 정화가 도착하기만을 기다렸다.

정화가 도착한 것은 그로부터 얼마 지나지 않아서였다. 묘탑산을 구석구석 수색하던 정화는 정오 무렵 일이 글렀음을 짐작하곤 연왕부로 오던 중에 파발을 만나 재빨리 등성한 것이다. 그는 연왕부 앞에 푹신한 양탄자 위에 앉아 있는 목풍아를 보곤 머리를 설레설레 저으며 연왕에게 돌아왔음을 보고하였다.

"마삼, 이번엔 깨끗하게 당했군."

정화는 고개 숙여 읍하였다.

"저도 어떻게 된 것인지 모르겠습니다."

"어찌 되었든 첫 번째 승부에서는 내가 깨끗하게 당했군. 이제 그놈이 제 발로 찾아왔으니 나를 골탕먹인 것을 갚아주어야 할 텐데 어떻게 할까?"

연왕의 대답에 정화는 말없이 고개를 숙였다.

"여봐라, 큰 기름 가마에 불을 지펴놓고 그 맹랑한 목풍아를 데리고 들어오너라."

한동안 생각에 잠겨 있던 연왕의 말이 떨어지기 무섭게 환관들이 후다닥 움직였다.

푹푹 찌는 더위라 잠시 앉아 있었는데도 땀이 등을 한바탕 쭉 씻어 내렸다.

"지금쯤이면 들어오라 할 때가 되었는데? 아, 덥기도 하다."

주위를 빙 둘러싸고 있는 날카로운 창끝이 두렵지 않은 듯 코딱지를 후비며 부채질을 하던 목풍아는 남문에서 환관 하나가 뛰어와 수문장의 귀에 뭐라고 소곤거리는 것을 듣고는 자리에서 천천히 일어났다.

수문장이 성큼성큼 다가와 말했다.

"전하께서 너를 부르신다. 나와 함께 가자."

목풍아는 부채를 펄럭이면서 수문장의 뒤를 따랐다.

목풍아가 수군의 뒤를 따라 궁문을 들어서니 좌우에 시립한 천여 명의 무사가 계하에서 궁문에 이르기까지 창, 검, 궁, 극, 부 등을 들고 살벌한 모습으로 늘어서 있었다.

궁전 뜰 앞에는 커다란 가마솥이 걸려 있는데 장작불이 이글거리며 타오르고 있었으며, 그 뒤편 교의에 연왕이 근엄하게 앉아 있었다.

연왕의 오른편에는 환관 하나가 서 있었는데, 조금 전에 궁문을 들어 갔던 바로 그 사나이다.

'젠장, 연왕이 괴팍하고 무식하다 하더니 이 목풍아를 국으로 만들 작정인가?'

목풍아가 마음에도 없는 미소를 지으며 연왕의 앞에서 큰절을 하였다.

"하찮은 목풍아를 이렇게 성대하게 맞이해 주시다니 감읍할 따름입니다, 대왕."

연왕은 기껏해야 열여섯 살 정도의 어린 소년이 겁없이 큰절을 하는 것을 보고 기가 차서 콧방귀를 뀌더니 버럭 소리를 질렀다.

"이 맹랑한 놈, 내 딸을 희롱해 놓고 얼굴을 떳떳하게 들고 나를 만나러 오다니…… 죽고 싶은 것이냐?"

목풍아는 빼꼼히 머리를 들고 연왕을 바라보더니 머리를 갸웃거렸다.

"대왕, 제가 공주님을 희롱하였다니요? 저는 그런 일이 없습니다요."

연왕은 노기가 치솟아 얼굴이 붉게 물들었다.

"뭐라고? 네가 공주를 희롱하지 않았다고?"

"예. 저는 다만 대왕님을 만나기 위해 공주님을 약간, 아주 약간 이용하였을 뿐이지 공주님을 희롱한 적은 없습니다요. 제 말이 사실인지 아닌지는 공주님과 이 자리에서 확인할 수도 있습니다요.”

빤한 거짓말을 얼굴색 하나 변하지 않고 하는 목풍아였다. 연왕의 딸이 이렇게 많은 사람들 앞에서 부끄러운 이야기를 할 리도 만무하였고, 할 수도 없을 것이니 목풍아는 시치미를 뚝 떼었다.

그리 보자면 안성 공주의 처녀가 잘못된 것도 아니고 안성 공주가 아무 말도 아니하고 울기만 하고 있으니 목풍아의 말을 거짓으로 보기에도 무리가 있었다.

“이놈, 그럼 네가 객잔의 벽에 써놓은 글은 무엇이냐? 천풍일소누락화(天風一逍淚落花)란 글귀는 무엇이란 말이냐?”

“하하하하. 그 글 때문에 그렇게 생각하신 것이군요. 충분히 오해의 소지가 있습니다요. 그러나 그 뒷문장을 보셨다면 오해할 것까지는 없다고 생각됩니다요. 하늘바람이란 것이 봄바람일 수도 있고 가을바람일 수도 있습지요. 가을바람에 꽃이 떨어지는 것은 슬피 울 일이 안 되고, 그렇다면 봄바람이란 말인데, 봄바람에 꽃이 떨어지는 것을 보니 얼마나 슬프겠습니까? 제갈공명(諸葛孔明)이나 방통(龐統) 같은 천재들이 천하를 태평하게 만들지 못하고 요절한 것을 생각하면 저는 가슴이 아픕니다. 그 심경을 표현한 말입니다요. 그렇게 생각하면 뒷구절이 들어맞지 않습니까요. 풍지불희조승천(風志不戱助昇天). 바람의 마음은 꽃을 희롱하는 것이 아니라 승천을 돕는 것이다. 이 목풍아의 마음은 그들과 달리 오래오래 살아서 천하를 태평하게 하고 싶노라 이 말이지요.”

천연덕스럽게 시를 이야기하는 목풍아를 보고 있자니 연왕은 웃음이 나왔다. 제갈량과 방통은 그 능력에 비해 뜻을 못 이루었다뿐이지 요절한 것이라 말할 수는 없다. 그런데 뻔히 그 사실을 알고 있으면서도 대의(大意)를 들어 그런 말을 아무렇게나 해대는 목풍아가 꼬집어줄 정도로 얄미운 것이다.

"네 말을 내가 믿을 듯싶으냐?"

"이래서 자고로 시란 것은 참으로 어려운 것이라 하였지요. 마음속에 가진 생각이 그대로 드러나는 것이니 대왕의 마음을 알 것도 같습니다."

연왕은 순간 입을 다물었다. 한마디로 부처님의 눈에는 부처님이, 개 눈에는 개가 보인다는 말이니, 공주를 희롱하였노라 몰아붙인다면 연왕의 마음이 여자를 밝히는 방향으로 발달되어 있다는 말이었다.

"맹랑한 놈이구나. 좋다. 그렇다면 뒷구절에 대해 물어보자. 네놈이 승천(昇天)이라는 글을 써놓았는데, 이 말은 명백한 역적의 문구가 아니고 무엇이더냐?"

"역적의 문구라니요? 대왕께서도 생각을 해보십시오. 대왕은 황제의 신하가 아닙니까?"

"그렇다."

"대왕께서도 황제의 신하, 저 역시 황제의 백성. 저는 다만 황제의 백성으로서 황제의 신하인 대왕을 도와 황제를 모시고자 할 따름인데 그렇게 해석하시면 곤란하지요. 역적질은 삼족을 멸한다 하였는데 대왕께서 하실 말씀은 아니라고 봅니다."

할 말이 없었다. 더 이야기하면 스스로가 역모에 뜻이 있다는 것이니 말을 하면 할수록 걸려드는 것이 되는 것이다.

'이 자식을 어떻게 할까?'

얄밉게도 말을 받아치는 목풍아를 보고 이가 갈리는 연왕이었다.

이때 연왕의 옆에 있던 정화가 품속에서 목풍아의 얼굴이 그려진 방문을 꺼내 말했다.

"그렇다면 이 시의 뜻은 무엇이냐?"

목풍아가 눈을 크게 뜨고 바라보니 시위하던 환관 하나가 그것을 받아 목풍아에게 건네었다.

목풍아가 가만히 바라보더니 정화에게 되물었다.

"이게 무엇인가요?"

"네가 모른단 말이냐?"

"글쎄요. 잘 모르겠는데요?"

"네가 쓴 것이 아니란 말이냐?"

"이것을 어디에서 찾으셨습니까?"

"회풍현에서 찾았다."

"그럼 그 글을 쓴 자는 회풍현에서 찾으십시오. 저는 모르는 일입니다요. 생각해 보십시오. 회풍현이라면 이곳에서 이백여 리는 떨어져 있는 동네 아닌가요? 이곳까지 곳곳에 방이 붙고 군사들이 검열을 하는데, 제가 어떻게 그곳에서 이곳까지 쉽게 올 수 있었겠습니까? 아니 그렇습니까?"

정화는 연왕에게 마음을 돌리겠다는 시를 꼬투리 잡아 목풍아를 몰아붙이려 하였으나, 목풍아가 합당한 이유를 밝히며 아니라고 잡아떼니 맥이 빠져 더 할 말이 없었다.

"괘씸한 놈."

목풍아가 꾀보 정화까지 세 치 혀로 꼼짝할 수 없게 만들자 연왕이 목풍아를 노려보며 말했다.

"네놈이 시로써 내 마음을 떠보는 것이 괘씸하다. 옛날 조식은 형 조비(曹丕)에게 죽지 않으려고 칠보시(七步詩)를 지었다지? 네놈의 시재(詩才)가 얼마나 뛰어난지 이 자리에서 한번 시험해 볼까?"

"우헤헤헤. 이 목풍아를 조비(曹植)와 비교해 주시다니 영광이로소이다."

연왕은 너스레를 떠는 목풍아가 깨물어주고 싶을 정도로 얄미워 다시금 입을 열었다.

"너는 한 걸음에 한 수씩, 여덟 걸음에 두 편의 시를 지어야 할 게다. 만약 여덟 걸음에 두 편의 시를 짓지 못하는 실력이라면 너를 당장 이 기름 가마에 처넣어 목풍아 국을 만들어 버리고 말겠다."

"아이구, 이제 목풍아는 큰일 났습니다요."

목풍아가 엄살을 떠는 사람처럼 너스레를 떨자 연왕이 얼굴을 찡그리며 소리쳤다.

"훙. 시제는 '이(虱)' 다."

"이라굽쇼?"

"그래, '이' 다. 네놈의 몰골을 보니 문득 생각이 났다."

이(虱)란 것은 바람[風]에서 한 획이 모자라는 글자이다. 목풍아가 언제나 자신을 바람이라고 떠벌리고 다니는 것을 생각하고 한 획이 빠져 있는 글자인 '이' 를 시제로 삼은 것이다. 말하자면 이는 바람이라는 목풍아를 가리키는 말이었으니, 연왕은 아직까지 목풍아를 큰바람이라 생각하지 않고 연왕의 몸에 붙어 피를 빠는 이와 같은 미미한 존재로 생각하는 것이다.

"네가 만일 '이' 를 가지고 팔보시를 지을 수 있다면 너의 죄를 용서해 주겠다."

"그게 정말입니까요? 우헤헤헤. 감사합니다요. 그렇다면 운(韻)자를 주시지요."

연왕이 정화에게 눈짓을 하자 정화가 말했다.

"네놈이 글재주가 있다 과신하고 있으니 운자는 재주 재(才), 우레 뢰(雷), 매화 매(梅), 별 태(台)로 한다."

네 가지 운자는 시제와 아무런 상관이 없다. 이런 운자를 가지고 어떻게 시를 지을 것인가. 더구나 한 발자국에 한 구씩 만들어내는 팔보시를.

사람들의 시선이 목풍아에게 쏠리었다.

장작이 불꽃을 일으키며 타올라 기름 가마솥에서 부글거리는 소리가 들려왔다. 기름이 달아 맹렬하게 끓고 있는 소리가 궁궐 가득 들려왔다.

한 걸음에 하나씩 운자에 맞추어 짓지 못하면 끓는 기름 가마솥에 들어가 산 채로 튀겨지는 신세가 되고 마는 것이다. 만약 이 시험에 통과하면 차후에 연왕의 측근으로 하고 싶은 일을 할 수 있는 것이니 생사 운명이 달린 한판 시험이었다.

목풍아는 잠시 생각하다가 몸을 일으켜 한 걸음을 걸었다.

배고프면 피를 빨고 배부르면 물러나니[飢而吮血飽而擠(기이연혈포이제)],

이제 재(才)가 붙은 한 수가 나올 차례였다. 목풍아는 안색 하나 변하지 않고 한 걸음을 걸으며 입을 열었다.

수많은 곤충 중에 최하품의 재주로다[三百昆蟲最下才(삼백곤충최하재)].

연왕이 피식 웃었다. 그 얼굴에 그럼 그렇지 하는 비웃음이 어려 있었다. 목풍아는 그 웃음에 답하듯 싱긋 웃으며 잇달아 두 걸음을 걸었다.

먼 길손 가슴속에 낮의 해를 근심하고[遠客懷中愁午日(원객회중수오일)],

주린 사람 배 위에선 새벽 우레 듣는구나[窮人腹上聽晨雷(궁인복상청신뢰)].

연왕의 명에 의해 스스로를 재주없는 못난이로 대비하였으니, 목풍아는 시를 지으면서 스스로 참으로 험난한 길을 걷게 되었구나 생각하였다. 그러나 그것이 자신이 하고 싶었던 일이었기에 목풍아는 얼른 다음 시를 생각하였다.

모습은 비록 보리 알 같아도 국수 만들기 어렵고[形雖似麥難爲麵(형수사맥난위면)],

목풍아 스스로 연왕의 쾌락적인 즐거움을 주는 사람은 될 수 없다는 의미였다.

글자는 바람 풍 자 되다 말아 매화꽃도 못 떨구네[字不成風未落梅(자불성품미락매)].

목풍아는 주소천의 복숭아 같은 가슴과 작은 유두를 떠올렸다. 시는 이에 대한 것을 짓고 있지만 자신은 엄연한 바람이라 주소천을 떨어뜨렸으니, 그것을 생각하니 갑자기 통쾌한 마음에 기분이 좋아졌다.
목풍아는 가슴을 젖히고 고개를 번쩍 들어 연왕을 바라보며 나머지 두 걸음을 성큼성큼 옮겼다.

묻노니, 너는 감히 신선도 괴롭힐 수 있느냐[問爾能侵仙骨否(문이능침선골부)]?

천태산 마고 할멈도 머리 긁게 할 수 있소[麻姑搔首坐天台(마고소수좌천태)].
한편 계하에 모인 군신들은 목풍아의 재주에 탄복하여 입이 쩌억 벌어졌다. 마지막 두 개의 시는 목풍아답게 담대하고 맹랑하기 그지없어 신선과 천태산 마고 할멈 같은 신인까지 괴롭히는 이이므로, 이와 같은 목풍아가 앞으로 연왕을 그렇게 괴롭힐 수 있노라는 뜻이었다.

여덟 보 만에 지은 당차고 훌륭한 시에 연왕도, 정화도, 계하에 시립하고 있던 문무 관원 모두 탄복하여 멍하니 목풍아를 바라보았다. 시재와 운자에 맞춰 단번에 시를 짓는 재주도 훌륭하지만, 그 내용 역시 기세 당당하고 처지는 것이 없어 진심으로 탄복하지 않을 수 없었던 것이다.

"훌륭하다, 훌륭해."

연왕은 목풍아를 기죽이려다가 도리어 목풍아의 재주에 탄복하여 손뼉을 치고 말았다.

"우헤헤헤. 그럼 제 죄를 용서해 주시는 거지요."

"그렇다. 그렇다고 끝난 것은 아니다. 이번에는 너를 용서해 주는 것으로 끝나지만 내일 두 번째 시험이 기다리고 있으니 그리 알고 물러가라."

"아이쿠, 또 시험이 있습니까?"

목풍아의 재주에 마음이 흐뭇하여 연왕이 피식 웃으며 말했다.

"이것이 끝인 줄 알았더냐? 새도 아닌데 바람을 타는 일이 쉬운 일인 줄 알았더냐?"

"우헤헤헤. 제가 바람이라 바람을 타는 일은 쉬운 줄로만 알았습니다. 그런데 오늘 궁전에서 때 아닌 이가 되고 보니 과연 바람을 타는 일이 어렵게 되어버렸습니다."

"하하하하~"

연왕은 탐스러운 턱수염을 쓸다 손을 저었다.

"내일 정오에 궁궐로 찾아오너라."

"네, 대왕. 그런데 내일도 오늘처럼 성대하게 저를 맞아주실 건가요?"

"내일은 기대할 것 없다. 하찮은 이를 잡기 위해 이렇게 모인다면 연왕부의 체면이 깎일 것이 아니냐? 하지만 내일 시험에 실패하면 널 한 번에 짜버리겠다."

연왕은 손톱을 마주하여 이를 잡는 시늉을 하다가 고개를 젖혀 크게 웃었다.

"우혜혜혜. 대왕, 혹시 얼굴에 칼자국이 있는 제 부하 놈이 이곳에 잡혀 있지나 않은가요? 이왕 용서하시는 김에 죄없는 제 부하도 용서하심이……."

연왕은 배시시 웃고 있는 목풍아를 보곤 손을 저으며 말했다.

"쓸모도 없는 놈을 잡고 있어봐야 소용없지. 데려가거라."

목풍아는 연왕의 마음이 부드럽게 변한 것을 보고 마음속으로 쾌재를 올리며 큰절을 하고 물러났다.

수문장을 따라 궁전을 나가던 목풍아가 보이지 않게 되자 연왕이 정화에게 물었다.

"어떤가? 정말 맹랑한 놈 아닌가?"

정화 역시 정색이 되어 말했다.

"그렇습니다. 그 옛날 수하(隨何)나 육가(陸賈) 같은 교묘한 변설의 재주를 가진 놈입니다. 시를 척척 지어내는 능력하며, 이렇게 살벌한 공간에서 안색 하나 변하지 않는 담대함을 보더라도 보통 인물이 아닙니다. 전하께 큰 도움이 될 것 같습니다."

그 역시 방금 목풍아의 팔보시(八步詩)를 듣고 적지 않게 놀라고 탄복한 까닭에 그 재주를 사랑하지 않을 수 없었던 것이다. 재주가 너무 뛰어난 것은 정화에게는 시기할 만한 일이었지만, 그는 한배를 탈 사람이 두 조각으로 갈라져 이로울 것이 없다 생각하였다.

"너는 여전히 좋게만 생각하는구나. 변설을 잘한다고, 시를 잘 짓는다고 천하가 다스려지는 것이 아니야. 잔재주로는 백성들의 고충을 해결할 수 없다. 지금 연왕부에도 그런 쓸데없는 인재들은 많단 말이다."

"그렇다면 전하, 목풍아에게 관내에서 해결하지 못했던 미결 송사(頌事)를 맡겨보는 것은 어떨까요?"

"음. 역시 정화구나. 내 생각도 그러하다. 너는 오늘 내로 순천부 여러 고을에서 올라온 미해결 송사를 찾아서 가장 해결이 어렵고 오래 끌었던 송사 두 개를 가져오너라. 이제 천하를 가늠할 시간이 되어간다. 그 시간 전에 목풍아 그놈의 능력을 확인할 수 있는 좋은 시험이 될 테니 말이다."

연왕이 수염을 쓰다듬으며 유쾌하게 웃었다.

한편 목풍아가 수문장을 따라 궁궐 문밖으로 나가니 오괴와 독돈이 석상처럼 해태상 옆에 서 있었다. 그들은 무사히 궁궐을 나온 목풍아를 보고 재빨리 다가와 물었다.

"대장, 어떻게 되었나?"

목풍아는 길게 한숨을 내쉬며 말했다.

"무서워서 죽는 줄 알았다. 하마터면 오줌을 지릴 뻔했어. 휴."

두 사람이 서로의 얼굴을 바라보았다.

"와하하하. 농담이다, 농담. 연왕과의 첫판은 내가 이겼다."

"대장이 이겼다구?"

생각할수록 놀라운 일이 아닐 수 없었다. 이 작은 사나이가 대담하게 연왕부로 끌려갔다가 무사하게 돌아온 후 연왕을 이겼다 말하니, 오괴와 독돈은 멍하니 서로의 얼굴을 바라보았다. 이 정도면 비범해도 보통 비범한 사람이 아니라는 말이다. 두 사람은 이 어리지만 대담하고 비범한 어린 대장이 놀랍기만 할 따름이었다.

이때 궁문의 작은 쪽문이 열리며 일도가 비 맞은 중처럼 비참한 모습으로 끌려 나왔다. 감옥살이에 고초가 많았던지 얼굴이 핼쑥해진 일도는 목풍아를 발견하곤 비틀거리며 뛰어왔다.

"대장, 대장."

"고생 많았다, 일도야."

"대장, 그 금위영의 호위무사들에게 괴롭힘을 당해 하루가 일 년 같았습니다. 하지만 대장을 생각하곤 이겨내었습니다."

일도는 그간의 고생이 이루 말할 수 없었노라고 눈시울을 붉히며 너스레를 떨다 목풍아의 앞에 서 있는 두 괴인을 삐딱한 눈으로 노려보며 말했다.

"대장, 이 두 늙은이들은 뭡니까?"

"아, 최근에 생긴 내 부하들이지. 인사하거라. 오괴와 독돈이다."

오괴와 독돈이 함께 포권을 취하였다.

"반갑다."

일도가 건들거리며 두 사람을 바라보다가 되려 큰 소리로 말했다.

"야, 이 자식들아. 너흰 아래위도 없냐?"

오괴와 독돈이 때 아닌 일도의 행동에 서로의 얼굴을 바라보았다. 일도는 다리를 꺼덕거리며 소리쳤다.

"대장을 먼저 모시고 인고의 세월을 보냈던 나에게 신참이 겨우 그 정도밖에 인사를 못하는 게야? 어서 다시 인사해 봐."

두 사람이 보기에 일도는 겁없는 하룻강아지에 불과하였다.

'이놈도 대장처럼 싸가지가 없는 놈이구나.'

그 하는 짓이 목풍아를 그대로 닮아 있어 오괴는 과연 대장의 부하답구나 하고 생각하면서도 기가 막혀 웃음이 나오려는 것을 참으며 정중히 머리를 숙였다.

"오괴라고 합니다, 대형. 잘 부탁드립니다."

오괴가 머리를 숙이니 불만에 가득한 표정으로 있던 독돈도 하는 수 없이 머리를 숙였다.

"독돈이라고 합니다, 대형. 잘 부탁드리겠습니다."

목풍아는 일도를 두 사람의 서열 아래로 정하려다가 후일 일도가 두 사람에게 단단히 혼이 나면 정신을 차리겠지 생각하곤 더 말하지 않고 고개를 젖혀 크게 웃었다.

"와하하하. 이러고 있을 것이 아니다, 가자. 슬슬 돈도 떨어져 가고 있으니 도박장에 돈이나 따러 가자구."

"도박장에 간다구요?"

"와하하하. 앞으로 돈이 많이 필요할 테니 미리미리 만들어놔야지. 너희는 잔말 말고 나를 따라오기만 해."

목풍아가 두 사람의 어깨를 툭툭 치며 앞서 나가니 오괴가 재빨리 일산안경을 받히고 독돈이 양탄자를 어깨에 메고 뒤를 따랐다. 일도는 자신만 검은 안경이 없는 것이 억울한 듯 투덜거리다가 목풍아에게 호되게 야단을 맞고 목풍아의 바로 뒤를 따랐다. 그리하여 네 사람은 처음에 세 사람이 연왕부로 올 때 그랬듯이 연왕부의 대로 중앙을 위풍도 당당하게 휘저으며 가고 있었다.

세상을 뜨겁게 달구던 기세 좋던 태양도 풀이 죽어 시들시들 붉은 빛으로 서산으로 기울고, 어스름 땅거미가 스멀스멀 찾아들 때면 연왕부 대로변에는 휘황찬란한 불빛들과 볼거리들로 뙤약볕에 허덕이던 사람들을 불러들인다.

목풍아는 연왕부 앞에서 남쪽 큰길로 곧장 걸었다. 길가에 불을 밝힌 등롱과 지나가는 사람으로 발 디딜 틈이 없는 이곳은 연왕부의 장안가(長安街)이니, 원대부터 중국의 상권과 물권이 한데 모여드는 곳이라 사방에 높이 솟은 누각들과 주루 등의 건물들, 수많은 사람들에 정신이 나갈 정도였다.

더위를 피해 있던 사람들이 쏟아지듯 몰려 나와 대로 좌우에는 여러 가지 볼거리도 많았다. 날이 선 병장기를 휘두르며 약을 파는 약장수부터 재주를 넘는 광대들, 곰과 호랑이 같은 맹수를 길들여 재주를 부리는 이들이 지나가는 사람들의 눈길을 끌었다.

동굴 속에서 문명과 동떨어진 삶을 살아왔던 오괴와 독돈의 두 눈이 휘둥그레지는 것은 당연한 일이었다.

원말 혼란한 상황에서 천하를 둔 싸움에 휘말려 끊임없이 전장을 뛰어다니던 사람들이 평화로운 세상 속에서 번화한 문물을 보니 놀랍고 신기할 만도 하였다.

까만 안경을 쓴 세 사람을 사람들이 이상한 눈으로 바라보았지만 그들은 장안의 번화한 볼거리를 보느라 여념이 없었다.

특히 오괴와 독돈 두 사람의 시야를 끈 것은 요술을 부리는 이들이었다.

둥근 쇠고리 서너 개를 기압을 넣어 연결시키거나 떨어뜨리고, 달걀만한 희고 검은 두 철환을 입에 넣어 삼킨 다음 그것을 뒤통수나 손바닥으로 토해내고, 불붙인 천 조각을 삼켰다가 다시 뱉어내는데도 불이 꺼지지 않고 연기가 날 뿐 아니라 입에서 불을 토하는 모습에 오괴와 독돈은 입이 쩍 벌어져 저희끼리 중얼거렸다.

"입에서 불을 토하려면 보통 심후한 내공이 아니고선 불가능하지 않을까?"

"그렇지? 나도 그렇게 생각했다. 저놈이랑 한번 싸워볼까?"

"턱도 없는 소리 하지 마라. 네가 저놈의 상대나 되겠냐? 입에서 불을
토하면 타 죽기 십상이지."

"그런가?"

일도는 두 사람이 주고받는 이야기에 기가 차서 혀를 차며 중얼거렸
다.

"생각하는 것이 저 모양이니, 쯧쯧쯧. 미친 늙은이들 같으니라구."

혀를 차던 일도는 눈앞에 긴 등롱이 달린 주루를 발견하곤 재빨리 목
풍아 앞으로 가 입을 열었다.

"대장, 찾았습니다. 연왕부에서 제일 큰 주루 겸 도박장이 저기 있습
니다."

목풍아가 걸음을 멈추고 바라보니 날아갈 듯한 커다란 삼 층의 주루가
있었다. 처마에 걸린 패액에 금색으로 연자루(燕子樓)라는 글자가 쓰여
있었다. 이곳이 장안가에서 유명한 주루 겸 도박장인 연자루이니 루문(樓
門)의 커다란 두 기둥에 '天上己多一顆星(하늘에는 주성(酒星) 한 알 반짝
이고 있건마는) 人間空聞郡雙名(땅에는 둘도 없는 주천(酒泉)이 여기라오)'
라는 한 쌍의 주련(柱聯)이 붙어 있었다.

붉은 등롱이 훤하게 밝혀진 연자루 앞에는 수많은 사람들이 오가고 있
었다. 연자루 앞에서 화장을 진하게 한 여인들이 손수건을 흔들며 손님
을 불러 모으고 있었다. 목풍아는 성큼성큼 연자루로 들어갔다.

"어머, 손님들은 색안경을 끼셨네요. 정말 특이하신 분들이다. 호호
호."

기녀의 호들갑스러운 안내를 받으며 위풍당당하게 이층 다락으로 올
라간 목풍아와 일행은 한편 각자(閣子)에 자리를 잡고 난간에 기대 누 안
을 둘러보았다.

장안 제일간다는 소문답게 건축이 훌륭하게 잘 된 주루이다. 기둥마다

채색 그림이 화려하고, 처마 끝에 걸린 발은 햇빛을 가리고 있었는데, 그 아래로 삥 둘러서 나지막한 난간이 있고, 난간의 한 칸 한 칸마다 창문이 있었고, 또한 그 창문마다 가늘게 짠 발이 걸려 있었다. 눈을 돌려 난간 밖으로 보이는 것은 바둑판처럼 짜인 넓은 연경의 경치와 오가는 사람들의 물결이니, 멀리 연왕이 산다는 연왕부의 붉은 기와가 석양빛에 그림처럼 아련하다.

"대장, 연자루는 연경에서 가장 유명한 기루입니다. 이곳의 기녀들은 천하절색이고 음식 맛 또한 기가 막히지요."

일도가 오괴와 독돈을 의식한 듯 앞서 말하였다. 싸움을 잘하는 줄 알았던 일도였으나 세상 속에서 알고 나니 참으로 미약한 존재였다. 금위영의 무사들에게 깨지고 감옥에서 주눅이 들었던 탓인지 일도는 처음보다 말이 많았다. 아니, 일도는 세상 속에서 크기를 알 수 없을 만큼 커져 가는 목풍아의 존재를 의식하고 있는지도 몰랐다.

"연자루에서 제일 비싼 술과 안주를 탁자 가득 가져오도록……."

목풍아는 주머니에서 은전 한 냥을 꺼내어 대담하게 기녀의 가슴 안에 푹 집어넣어 주곤 좋아서 어쩔 줄을 모르는 기녀의 엉덩이를 툭툭 치며 돌려보내었다.

기녀가 엉덩이를 살랑거리며 물러가자 목풍아는 눈빛을 반짝이며 연자루 안을 살펴보았다.

일층에는 사람들이 벌 떼처럼 몰려와 주루의 탁자 할 것 없이 사람이 가득 몰려들어 있었으니, 지하층은 도박장이 위치하고 있을 것이요, 일층과 이층은 주루가, 삼층은 기녀들과 술을 마시고 숙박을 하는 공간일 것이다.

연자루 입구에 큰 덩치를 하고 서 있는 사내들이 일층에 대여섯, 이층에도 세 명이 되니 지하와 삼층까지 합하면 도합 스무 명 정도. 이 정도

의 큰 건물이라면 건물주의 옆에서 주먹을 거들먹거리는 졸개들이 적어
도 이백여 명은 될 것이다. 연경에서 가장 큰 주루를 소요할 정도라면 연
왕부의 벼슬아치와도 뒷거래를 통하는 인물이 틀림없을 것이다.

오괴는 목풍아가 주루 이곳저곳을 살피는 것을 보고, 이 영악한 어린
대장이 또 무슨 생각을 하고 있나 검은 안경 속에서 가만히 주시하였다.
독돈이 목구멍으로 나오는 호기심을 참지 못하고 말했다.

"대장, 무슨 생각 하시는 거요?"

목풍아가 피식 웃으며 말했다.

"오늘 내가 이 주루를 접수한다."

오괴와 독돈은 때 아닌 목풍아의 말에 서로의 얼굴을 바라보았다.

목풍아의 옆에 앉아 있던 일도가 깜짝 놀라 말했다.

"대장, 돌았습니까? 여길 접수한다니요?"

"내가 오늘 이 연자루를 사버리지 뭐."

"설마… 대장, 오늘 도박하러 가자더니 바로 그 때문에?"

목풍아가 고개를 끄덕끄덕하였다.

"대장, 죽으려고 환장했습니까? 이건 정말 미친 짓이에요. 이 주루의
주인 조기(曹奇)란 자는 잔인하기로 악명이 나 있는 자예요. 까딱하다간
쥐도 새도 모르게 죽는 수가 있다고요."

일도는 목풍아가 도박장에서 딴 돈으로 대희루를 인수한 것을 잘 알고
있었다. 그러나 그때는 자신뿐만 아니라 승평현의 건달들을 수중에 넣었
기 때문에 가능한 일이었다. 그러나 오늘 목풍아는 달랑 세 사람을 대동
하고는 연경에서 가장 크다는 연자루를 갖겠다고 장담을 하였으니, 일도
로서는 제정신을 가진 사람이 아니라고 생각될 밖에…….

목풍아가 웃으며 대답했다.

"미친 짓은 이미 좀 전에 하고 왔다. 이건 그것에 비하면 미친 짓도 아

니야. 심심풀이라고나 할까?"

쉴 새 없이 무언가 생각하고 실행에 옮기고 있었다. 오괴는 방금 전 목풍아가 연왕과 목숨을 건 한판 승부를 마치고 나온 사람처럼 보이지 않았다. 보통 사람 같았으면 큰일을 치르면 진이 빠져 다른 일은 생각할 수 없게 마련인데, 목풍아는 끊임없이 무언가를 생각하고 일을 만들고 있었다. 연자루를 손에 넣는 것 역시 자신이 모르는 어떤 복안이 있을 것이라고 오괴는 생각할 수밖에 없었다. 그렇다면 목풍아가 생각하는 것은 무엇일까? 알아갈수록 그 크기가 커져만 가는 목풍아를 보고 오괴는 침을 꿀꺽 삼키었다.

이때 기다리고 있던 식사가 술과 함께 나왔다. 온갖 듣도 보도 못한 음식들과 일등주(一等酒)가 탁자에 차려지자 한동안 감옥에 갇혀 있던 일도는 허겁지겁 음식을 먹으면서도 목풍아가 걱정이 되어 흘깃흘깃 쳐다보다 오괴와 독돈이 미친 듯이 음식과 술을 먹는 것을 보고 버럭 소리를 질렀다.

"그만 처먹지 못해?"

오괴와 독돈이 음식을 먹다 말고 멍하니 일도를 바라보았다.

"네놈들은 걱정도 안 되냐? 그게 주둥이로 들어가느냐?"

"예."

오괴와 독돈은 한마디 말을 하곤 마파람에 게 눈 감추듯이 음식을 요란스럽게 먹기 시작하였다. 목풍아는 오래 알았던 일도보다 오괴와 독돈이 자신의 마음을 알아주는 것 같아 목청껏 웃으며 말했다.

"와하하하. 많이 먹어라, 많이 먹어. 배부르게 먹어야 일도 잘할 수 있는 거야. 일도 너도 많이 먹어라. 와하하하."

일도는 쓸어 담다시피 음식을 먹고 있는 오괴와 독돈을 바라보았다. 삼십오 년간을 경쟁하며 살아온 두 사람이라 음식을 먹는 데도 경쟁하느라 좋은 음식은 서로 먹으려 게걸스럽게 굴었다. 일도는 눈치도 없이 음식만 먹어대는 두 사람을 보고 가슴을 치며 울화를 삼키었다.

이때 목풍아에게 돈을 받은 여인이 손수건을 흔들며 목풍아의 옆 자리로 끼어들었다.

"호호호. 부잣집 도련님인가 봐요?"

"응. 연자루가 하도 유명하다기에 돈 좀 쓰러 왔지."

"호호호. 기녀를 보러 오셨나요? 도박을 하러 오셨나요?"

목풍아는 이 기녀가 연자루의 기녀와 잠자리를 하러 온 부잣집 도련님으로 자신을 생각하는 것을 보곤 코웃음을 치며 물었다.

"당연히 돈을 따보려고 왔지."

"호호호. 이런 말씀 드리기는 그렇지만 도박하러 온 사람치고 돈을 따고 간 사람은 없답니다. 그러니 도련님도 아예 도박일랑 하지 마시고 차라리 기녀들과 하룻밤 재미있게 보내는 것이 어떨까요? 제가 예쁜 기녀 소개해 올릴 테니 말예요."

"하하하. 그래? 그렇다면 내가 돈을 딴 다음에 예쁜 기녀를 소개해 올리면 되겠군. 크게 마작(麻雀)을 하는 곳이 어딘가? 소개해 주면 내가 은전 열 냥을 주지."

열 냥이나 되는 거금을 소개비로 준다는 말에 기녀가 화색이 되어 말했다.

"고맙기는 합니다만, 그곳에 가시려면 제법 돈이 있어야 된답니다."

"얼마나 필요한데?"

"못해도 은전 삼백 냥 정도는 있어야지요."

목풍아가 품속에서 지전 여러 장을 꺼내어 탁자에 올려놓았다.

"이 정도면 될까?"

기녀가 바라보니 일백 냥짜리 지전이 다섯 장이다. 놀란 입을 다물지 못하고 얼른 내려가 일층의 관리를 맡고 있는 사람에게 무언가 귓속말을 하였다. 사나이가 고개를 들어 목풍아와 얼굴을 마주쳤다.

목풍아가 씨익 웃으며 지전을 들고 손을 흔들자 매섭게 생긴 사내가 고개를 끄덕끄덕하였다. 이제 반은 성공이다. 목풍아는 비밀리에 부자들과 하는 도박이 큰돈을 딸 수 있는 수단임을 잘 알고 있다. 가장 판이 크고 가장 씀씀이가 큰 부자들의 돈을 딸 수 있다면 연자루의 기둥을 흔들어놓을 도끼를 마련한 것이나 다름없으니 말이다.

"자, 이제 판이 벌어질 테니 오괴는 나와 함께 같이 가고, 일도는 독돈을 데리고 주사위 놀이나 하고 있거라."

목풍아는 일도에게 지전 일백 냥을 내주곤 자리에서 일어났다. 마침 일층에서 건장한 사내 하나가 올라와 목풍아에게 꾸벅 인사를 하고 삼층으로 안내하였다.

싱글벙글 웃으며 목풍아가 그 뒤를 따르자 오괴가 그 뒤를 따랐다.

계단을 타고 삼층 누각으로 올라가니, 누각 가운데를 제외하고 사방이 모두 방이었다. 그 방에서 기녀들과 어울려 술도 마시고 달콤한 시간을 보내면서 연경의 야경을 감상할 수 있으리라.

향긋한 분 내음과 여인들의 웃음소리에 목풍아는 쩝쩝 입맛을 다시며 앞장선 사내를 따라 둥근 월문(月門)이 있는 방으로 들어갔다.

월문 안으로 들어서니 구슬 같은 주렴이 창에 가득하고 바닥은 화려한 페르시아 양탄자를 깔았으며, 번쩍이는 문갑과 탁자에는 아름다운 도자기와 기괴하게 생긴 조각상이 장식되어 화려함의 극치를 보는 것 같았다.

그 가운데 흰 대리석으로 만든 탁자가 있었는데, 화려한 비단옷을 입은 세 명의 사내가 마작을 하고 있었다. 그들은 주렁주렁 금목걸이를 달고 손가락에 금과 비취, 산호 등으로 만든 반지를 화려하게 차고 패를 돌리고 있었는데, 그들 뒤에는 호위무사인 듯한 사내들이 우두커니 서 있어 한눈에도 세 사람이 연경의 큰 부호임을 알 수 있었다.

그들은 까만 색안경을 쓴 어린 소년이 같은 안경을 쓴 부하와 함께 도박장으로 들어오는 것을 이상한 눈으로 보다가 다시금 고개를 돌려 무심하게 패를 돌렸다.

"와하하하. 마침 세 분이 계셨군요. 이 사람이 끼어들면 짝이 맞으니 오늘 운수가 참말 좋으려나 봅니다."

목풍아는 호탕하게 웃으며 빈자리에 폴짝 앉아 앞장선 사내에게 지전을 몽땅 내주곤 은전으로 바꾸어오라 명하였다.

잠시 후 하인 두 사람이 사백 냥어치 은전을 옻칠을 한 윤기나는 목함에 넣고 들어와 목풍아의 자리에 놓고 물러났다.

층층이 쌓인 은전을 바라보는 사람들의 눈이 빛났다. 은전 사백 냥 정도는 하찮게 보는 사람들이 분명하지만 욕심은 끝없는 욕심을 낳는 법이다. 도박에 미친 사람들치고 분수를 아는 사람은 없어 가지고도 욕심을 주체하지 못하는 사람이 대부분이다. 끝없이 가져야만 만족을 느끼는 사람들. 만족을 모르는 끝없는 욕심에 흔들리는 인간의 심성. 그 심성을 가진 부자들이 목풍아가 노리는 대상이었다.

목풍아가 은전 사백 냥을 미끼로 삼아 탁자에 올려놓으니 번쩍이는 은광을 감상하는 세 사람의 얼굴에 음흉한 미소가 감돌았다. 욕심이 동한 얼굴로 은전을 바라보는 세 사람을 보고 목풍아는 마음속으로 쾌재를 불렀다.

'이제 너희는 내 밥이다.'

목풍아가 빙긋 미소를 지으며 세 사람의 얼굴을 차례로 바라보다가 두 손가락을 깍지 껴 몸을 풀곤 크게 웃었다.

"와하하하. 그럼 시작해 볼까요?"

이내 탁자 위에 무수한 패가 돌기 시작하였다.

목풍아의 뒤에서 석상처럼 지키고 서 있는 오괴는 마음속에 무당파 제자로서의 자부심이 있는 사람이라 대장이 자신에게 도박을 시키지 않은 것을 다행스럽게 생각하였다. 아마 목풍아가 그것을 알고 자신을 따로 불렀으리라 짐작하던 오괴는 독돈이 문득 생각났다.

'독돈은 무슨 도박을 하고 있을까? 궁금하군.'

한시도 떨어져 있지 않던 독돈과 잠시 떨어져 있는데도 서운함을 느끼는 오괴였다. 오괴는 독돈을 잊고 앞에 있는 대장에게나 신경 쓰자 생각하며 머리를 설레설레 저었으나 약간은 부러운 마음이 드는 것은 어쩔 수 없었다.

한편 일도는 목풍아에게 받은 은전 일백 냥을 바꾸어 자신은 칠십 냥을 하고 독돈에게는 삼십 냥을 주곤 도박장이 있는 지하로 내려갔다. 계단을 따라 들어가니 넓은 지하에 밝은 불빛이 휘황하고 사람들이 이곳저곳에서 패로 모여 시끄럽게 도박에 열중하고 있었다.

도박판이 반으로 나누어져 한편에선 마작을 하고 있고, 한편에선 주사위 놀이를 하고 있었는데, 일도는 마작에는 자신이 없어 주사위 놀이를 하는 곳으로 터벅터벅 걸어갔다.

도박에 대해 문외한인 것은 독돈 역시 마찬가지라 멍청한 사람마냥 일도의 뒤를 따랐다.

요란한 소리와 함께 사람들이 별안간 함성을 질렀다. 일도와 독돈이 사람들 틈을 비집고 들어가 보니 주사위 놀이가 벌어지고 있었다. 주사위 놀이도 그 종류가 많지만 대개 큰 수와 작은 수, 홀수와 짝수로 돈을 걸어 맞춘 사람이 돈을 따는 것이다.

일도는 독돈을 끌어당겨 자신의 돈 이십 냥을 독돈에게 주며 말했다.

"대머리 늙은이, 잘 들어. 이건 대장이 가르쳐 준 건데, 우리가 오십 낭을 공평하게 가지고 홀수와 짝수에 동시에 거는 거야. 그럼 반타작은 할 수 있으니 우리가 딸 확률이 높아진다 이거야. 내가 짝을 할 테니 너는 홀을 해라. 알겠냐?"

"알았어."

"좋아. 시작하자."

두 사람은 주사위가 작은 바구니 안에서 멈출 때마다 각자 같은 돈을 짝수와 홀수에 걸었다. 짝수와 홀수의 확률은 비슷해서 한참을 열이 오르게 주사위를 하다 돈을 맞추어보면 일백 냥에서 크게 벗어나지 않았다.

독돈은 잃는 재미는 없지만 따는 재미가 쏠쏠해서 욕심이 생겼다.

"대형, 그냥 한번에 다 걸면 어떨까?"

일백 냥을 한곳에 걸자는 말에 일도는 눈을 부릅뜨며 소리쳤다.

"미쳤어? 이 늙은가 정말 미친 거 아니야. 일백 냥이 누구 이름인 줄 알아? 이렇게 어두운데 검은 색안경을 쓰고 에이… 도대체 대장은 어디서 뭘 하는 거야?"

일도는 핀잔을 주고는 사방을 둘러보았다. 이때 가운데 있던 도박사가 주사위를 돌리기 시작하였다. 독돈이 그것을 보고 있다 재빨리 일도의 돈을 빼앗아 도박판 사이를 뚫고 짝수 편에 놓았다.

일백 냥 은전이 짝수 편에 쏟아지자 사람들이 눈을 휘둥그레 뜨고 색안경을 쓴 독돈을 바라보았다.

"이 사고뭉치 늙은이."

일도가 얼른 뛰어와 짝수 편에 쏟아진 은전을 주워 담으려 하였으나 어느새 독돈의 손이 일도의 머리를 잡아 누르고 있었다.

일도는 힘에 눌려 맥을 추지 못하고 두 팔을 휘저으며 소리쳤다.

"어서 이 손 놓지 못해? 죽고 싶어 환장했어?"

독돈은 일도의 머리를 누른 채 싱글거리면서 도박사에게 말했다.

"신경 쓰지 말고 어서 열어봐."

도박사가 큰돈을 보고 침을 삼키며 바구니를 열었다.

"와~"

떠나갈 듯한 함성이 일어났다. 뜻밖에도 탁자에 놓여 있는 주사위는 짝수가 나와 있었던 것이다.

"우헤헤헤."

독돈이 기분 좋게 웃으며 일도의 머리를 놔주니 방금까지의 노기는 어디로 사라지고 토끼 같은 눈으로 배당으로 들어오는 은전 이백 냥을 바라보고 있었다.

독돈이 허리에 손을 대고 위풍당당하게 물었다.

"이래도 나를 욕할 거야?"

일도는 머리를 내저었다.

"아니, 내가 왜 너를 욕하니? 이렇게 돈을 땄는데……."

일도는 배시시 웃으며 은전 삼백 냥을 챙겼다. 그러자 독돈이 일도의 손목을 잡고 머리를 내저었다.

"뭐야?"

"또 한판 해야 할 거 아냐?"

"뭐라구? 얼마나 걸려구?"

"몽땅."

"뭐라고?"

일도의 얼굴이 찌푸려지며 울상이 되었다. 가진 것이 얼추 삼백 냥이 약간 넘으니 따게 되면 육백 냥이 들어와 도합 구백 냥이 되지만 잃으면 빈털터리가 될 판이다. 빈털터리가 되면 대장을 볼 낯이 없다. 목풍아가 돈을 딸 것이 분명하지만 이런 식으로 목풍아에게 돈을 받은 적이 너무 많아 일도는 그 생각만 하면 미안할 지경이었다.

일도가 이런 생각을 하고 있는 사이 도박을 하던 사람들은 이 큰판에 끼어들 생각을 못하고 두 사람 뒤에 빙 둘러서서 거액이 걸린 판을 구경하고 있었다.

일도는 사람들의 눈을 의식하여 은전에서 손을 떼고 천천히 일어났다.

"만약 이번에도 잃으면 죽을 줄 알아."

일도는 주먹을 쥐어 단도리를 하곤 독돈의 뒤로 물러났다.

"자, 주사위를 굴리라구."

독돈의 말이 떨어지기 무섭게 도박사가 작은 대나무로 만든 바구니를 열이 나도록 돌리기 시작하였다. 독돈은 무심하게 판돈이 있는 탁자에 손을 대고 있다 대바구니가 바닥에 찰싹 붙는 것을 보고 입을 열었다.

"여기 놔둔 대로……."

은전 삼백 냥이 있는 곳은 짝수가 있는 곳이다.

도박사가 손을 떨며 대바구니를 드니 점 두 개가 보인다.

"와~"

우레 같은 함성이 다시 터졌다.

독돈이 어깨에 힘을 주고 고개를 돌려 놀란 황소 눈만큼 눈을 크게 뜬 일도를 보고 씨익 웃었다. 일도는 한편으로는 좋았지만, 한편으로는 실로 이 늙은이가 큰일을 만들었다 생각하였다. 삼백 냥의 배당금으로 육백 냥이 불어나 구백 냥이 되었으니 잃은 쪽에서 가만히 있을 리가 없었다. 일도의 생각대로 주사위를 돌리는 사람이 다른 사람으로 교체되었다.

새로 바뀐 도박사는 날카로운 눈으로 판을 주시하며 맹렬하게 주사위를 돌리기 시작하였다. 독돈은 교체를 하든 말든 탁자에 있는 의자에 앉아 멍하니 천장만 주시할 뿐이다.

주사위를 돌리며 힐끔힐끔 독돈을 바라보는 도박사는 상대방이 까만 안경을 쓴 까닭에 시선이 어디에 있는지 알 수 없었다. 이들은 자신의 마음대로 주사위 숫자를 만들 수 있지만 상대방이 어디에 돈을 걸 것인지 짐작할 수 없기에 난감함을 느꼈다.

독돈이 팔십 평생 처음으로 도박을 하는 사람인지도 모르고, 도박사는 상대방을 과대평가하여 이마에 식은땀을 흘리며 열심히 주사위를 돌리다가 탁자에 힘있게 내려놓았다.

"오래도 걸린다."

독돈은 구백 냥이나 되는 은전을 쓸어 담듯이 홀수 편으로 옮겨놓았다. 도박사의 얼굴이 창백하게 변하였다.

"열어보라구."

도박사가 천천히 대바구니를 열었다. 붉은 점 하나가 불빛에 드러났다.

"홀수다."

사람들의 환호성과 함께 일도가 팔딱팔딱 뛰며 소리쳤다.

"신난다, 신난다. 독돈이 최고. 독돈이 최고야!"

구백 냥이 변하여 이천칠백 냥이 되었다. 탁자에 은전이 산더미처럼 쌓인 것을 보고 일도가 미친 사람처럼 웃으며 좋아하였다. 그때였다.

한 사내가 다가와 미소를 지으며 말했다.

"은전의 양이 너무 많으니 금전으로 바꾸시죠."

"좋아, 좋아. 그렇게 해."

점소이 몇이 다가와 은전을 세더니 잠시 후 옷쟁반에 금전 스물일곱 냥을 가지고 들어왔다. 어린아이 주먹만한 금전 스물일곱 냥이 불빛을 받아 반짝거렸다.

독돈이 호탕하게 웃다가 말했다.

"자, 이제 한판 더 해볼까?"

일도가 겁이 덜컥 나 독돈을 말렸다.

"이봐, 독돈. 이제 그만 하지. 나는 자네가 불안해."

"걱정하지 말라니까. 자 판을 돌리지."

그러자 금전으로 바꾸라고 말했던 사내가 탁자 앞으로 다가와 꾸벅 인사를 하고 주사위를 바구니 안에 집어넣었다.

"저는 이 도박장의 주인인 조기(曹奇)입니다. 지금부터 제가 하겠습니다."

"좋아, 좋아."

조기는 대나무 바구니를 천천히 돌리다가 탁자에 놓았다.

"자, 선택하시죠."

독돈이 조기의 얼굴을 바라보다가 금전 스물일곱 냥을 짝수에 밀어 넣었다.

"자, 그럼 바구니를 열겠습니다."

조기가 바구니를 잡았을 때였다.

"잠깐, 나도 걸지."

좀처럼 보기 힘든 큰판을 구경하던 도박꾼들이 반으로 갈라지며 그 사이로 까만 안경을 쓴 목풍아가 배실배실 웃으며 들어왔다. 그리고 그 뒤를 금전을 수북하게 쌓은 쟁반을 든 오괴가 따라 들어오고 있었다.

목풍아는 마작판에서 신들린 사람처럼 돈을 따기 시작하였다. 작은 판에서는 잃어주고 큰판에서는 따는 식으로 사람을 살살 꼬여 마침내 금전이 오고 가는 큰판을 만들었다. 양 떼를 희롱하는 호랑이처럼 금전이 걸린 큰판에서 무참하게 사람들의 돈을 따버린 목풍아는 그들의 몸에 있는 반지며 목걸이까지 몽땅 따서 유유히 누각을 내려왔던 것이다. 시비를 거는 호위무사들은 오괴가 간단하게 한 수로 제압하여 기절시켜 놓았으니 누구도 목풍아의 앞길을 막을 자는 없었다.

목풍아가 마작판에서 이길 수밖에 없었던 것은 명석한 두뇌에 있었다. 그는 이 년간 승평현의 도박판을 주무르던 실력자로 마작의 백삼십육 개 패가 탁자에서 사람들에게 돌아갈 때 그것을 모조리 외워 상대하고 있었으므로 상대방에게 질 수가 없었던 것이다.

마작은 상대방에게 패를 가져오기도 하고 내주기도 하는 규칙이 있으므로 빤히 패를 외우고 있는 목풍아에겐 식은 죽 먹는 일보다 쉬운 일이었다.

오괴는 패를 마구 바꾸어 상대방의 패가 완성되지 못하게 만들며 자신의 패를 완성하여 이겨가는 목풍아를 가까이서 보며 다시 한 번 놀라움을 금치 못하였다. 목풍아를 알게 된 지 불과 며칠밖에 되지 않지만 오괴는 점점 그 알 수 없는 능력에 빠져드는 것이었다.

오괴가 그곳에서 한 일이란 돈을 잃은 부자들을 대신해서 시비를 거는 무사 세 사람을 간단하게 잠재우고, 목풍아가 딴 수천만의 금전을 들고 내려온 것뿐이다. 그러나 목풍아는 마지막을 멋지게 장식하였다고 칭찬을 잊지 않았고, 오괴도 약간은 공을 세운 기분에 마음이 들뜬 상태였다. 그런데 아래층으로 내려와 보니 생각지 않게 독돈이 엄청난 돈을 따서 흥을 내고 있는 것이 아닌가?

'이 독돼지 녀석이 제법인데?'

오괴가 눈을 부라리고 독돈을 바라볼 때 목풍아는 위풍당당하게 부채질을 하며 독돈에게 말했다.

"어이쿠. 우리 독돈이 이렇게 돈을 많이 땄네."

독돈이 자리에서 벌떡 일어나 호탕하게 웃으며 목풍아에게 말했다.

“그러게요, 대장. 제가 오늘 운이 좋았습니다.”

색안경을 낀 늙은이가 색안경을 낀 어린아이에게 인사를 하는 것을 조기가 바라보고 있으니, 목풍아가 독돈이 앉았던 자리에 털썩 앉아 홀수 편을 손가락으로 가리키며 말했다.

“그럼 나는 홀수에 금전 스물일곱 냥을 걸어볼까?”

일도에게 가르쳐 주었다는 목풍아 식의 주사위 놀이 방식이었다.

오괴가 쟁반에서 금전 스물일곱 냥을 짝수 편에 내려놓았다. 탁자에 수북한 금전이 불빛을 받아 찬란하게 반짝거렸다. 목풍아가 손가락을 까닥거리며 말했다.

“이제 열어보지.”

조기가 목풍아를 노려보며 바구니를 들었다. 바구니 안에는 다섯 개의 점이 찍혀 있었다.

“홀수로구나.”

독돈이 따길 기원하던 사람들이 저마다 탄성을 질렀다.

“이런 젠장.”

독돈이 무릎을 치며 소리치니 목풍아가 손뼉을 치며 말했다.

“와하하하. 이거 운이 나한데 있는 것 같은데…….”

금전 스물일곱 냥은 적은 돈이 아니다. 이긴 배당으로 오괴의 스물일곱 냥이 목풍아의 탁자로 들어오고, 하인 두 사람이 금전 스물일곱 냥을 들고 와 탁자에 놓았다. 도합 여든한 냥. 어마어마한 큰돈이 아닐 수 없었다. 조기가 꿀꺽 침을 삼키며 말했다.

“더 하시겠습니까?”

“그럼, 그럼. 더 해야지. 이번에는 운이 좋았으니까 여든한 냥만 홀수에 놓아볼까?”

목풍아가 가리키니 일도와 독돈이 얼른 스물일곱 냥씩 챙겨왔다. 눈이 날카롭고 광대뼈가 튀어나온 조기는 상기된 얼굴로 바구니를 흔들어 탁자에 내려놓았다.

"아직 보지 않았으니 짝수로 옮겨야겠다."

목풍아가 얼른 돈을 짝수로 옮기고 말했다.

"열어봐."

조기가 창백한 얼굴로 바구니를 살며시 열었다. 점 두 개가 선명하게 찍혀 있었다.

"와아아아~"

사람들이 환호성을 질렀다. 여든한 냥에 대한 배당은 백육십이 냥. 어린아이 주먹만한 금전 한 냥이 열 개 모여야 밥그릇만한 금전 한 관이 되는 것이니, 열여섯 관 두 냥은 연자루를 살 수 있을 정도로 어마어마한 금액이었다.

잠시 후 건장한 점소이 두 사람이 큰 대야에 돈을 가지고 돌아왔는데, 도박장에 있던 돈을 몽땅 긁어온 모양인지 한 냥짜리 금전이 열두 냥이나 되었다. 한 관이 없어 한 냥짜리 금전을 준비한 것이니 연자루에 엄청난 타격이 분명한 것임을 짐작할 수 있었다.

목풍아가 배시시 웃으며 자리에서 일어났다.

"헤헤헤. 옛말에 딸 만큼 땄으면 자리를 뜨라 하더니 이만큼 운이 좋았다면 그만 할 때도 된 것 같은데……. 좋아, 시간도 오래되었고 잠도 오는데 그만 갈까?"

목풍아가 힐끔 조기를 바라보니 조기의 눈가가 바르르 떨리고 있었다. 분노를 참고 있는 모양이었다. 돈을 잃으면 화가 나기 마련이다. 목풍아가 생긋 웃으며 자리에서 일어나다 털썩 자리에 앉았다.

"에라, 마지막 한판으로 끝내 버리자."

조기의 얼굴에 안도의 빛이 어리었다.

목풍아는 오괴와 독돈, 일도에게 고개를 돌려 말했다.

"모두 가진 돈을 홀수에 쌓아놓아 봐."

오괴와 독돈은 얼른 들고 있던 돈을 홀수 탁자에 놓았다. 오괴가 가진 것만 금전 열 관 스물두 냥에 금목걸이며 금팔찌, 비취 반지 등 이루 헤아릴 수 없이 막대한 양이니 여기서 열다섯 관 열두 냥과 여든한 냥을 추가하여 무려 스물다섯 관 백십오 냥이나 되었다. 실로 엄청난 돈이 아닐 수 없었다.

목풍아가 이것을 한판 승부로 하겠다 하였으니 도박장에 모인 사람들은 목풍아의 배짱에 숨도 쉬지 못하고 침을 꿀꺽 삼키었다.

"이봐, 내가 만약 이긴다면 배당을 챙겨줄 수 있겠나? 아무래도 힘들 것 같은데……."

"후후후. 어차피 이길 확률은 반반이죠."

"와하하하. 누가 그걸 몰라서 하는 말이냐구? 만약에 내가 이긴다면 말이야. 내가 건 돈의 배당을 받을 만한 돈이 여기에 있느냐는 말이야. 그 정도 능력을 보여준다면 나는 이 한판에 승부를 걸겠다 이거야."

승부를 하지 않겠다고 억지를 쓰는 것 같은데 누가 보기에도 목풍아의 말은 합당하였다.

조기 역시 도박과 술집을 운영하며 많은 도박판을 경험하였지만 연경 제일의 연자루가 휘청거릴 정도로 큰 도박판을 접하자 등줄기에 식은땀이 흘렀다. 이길 수만 있다면 다행이지만 지게 되면 모든 것이 끝이었다.

방금 열세 관 열두 냥을 연자루 금고를 탈탈 털어 가져왔다 해도 과언이 아니었다. 상대방에게 내놓을 배당이 없는데, 승부를 할 수는 없다. 그러나 하지 않으면 연자루는 커다란 재정적인 문제를 안게 되는 것이다. 도박판의 자금이 떨어지면 도박장을 열 수도 없고, 기녀들의 화장품이나 옷, 주루의 술과 음식을 사는 데 충당하는 비용이 없어지기 때문에

이 한판에 연자루의 운명이 걸린 것이나 다름없었다. 때문에 조기로서는
더욱 포기할 수 없는 판이었다.

조기가 목풍아를 노려보며 말했다.

"제가 지게 된다면 연자루와 연자루의 모든 권리를 내놓지요."

"자신있는가?"

"이길 확률은 반반이오."

"자넨 나를 이길 수 없을 텐데…… 이기든 지든……."

"그건 결과가 나봐야 아는 것이오."

조기는 자신있게 대답하였지만 오괴는 목풍아의 마지막 말에 담긴 말
에서 이 영악한 주인에게 확실하게 이길 무언가가 있다는 것을 짐작하였
다. 이미 목풍아의 머리 속에는 필승의 전략이 들어 있는 것이다. 그러나
그것이 무엇인지는 오괴도 알 수 없었다. 다만 목풍아가 보여주는 수단
을 지켜볼 뿐…….

목풍아가 말했다.

"내가 제안을 하나 하지. 이건 자네의 운명이 달린 마지막 한판이니
나는 한번에 내 모든 것을 걸겠어. 대신 자네도 사람들이 결과를 잘 알
수 있게끔 주사위를 대바구니로 씌우지 말고 탁자에 던지게. 여러 사람
이 보고 있어 속임수도 없을 테니 나는 그 결과에 승복하겠네. 어떤가?"

조기가 음흉한 미소를 지으며 말했다.

"좋소."

"좋아. 그럼 나는 짝수에 그대로 걸겠다. 너는 이제 이 탁자에 주사위
를 던지기만 하면 돼."

조기가 주사위를 손에 들고 긴장되는 듯 입김을 불었다.

"자, 한판이다."

조기는 탁자 위에 주사위를 던졌다. 주사위가 탁자에 부딪치며 또로로

록 굴렀다. 사람들의 시선이 연자루의 운명을 담고 굴러가는 주사위에
집중되었다. 한참을 굴러가던 주사위가 빙글빙글 돌다가 멈추었다. 빨간
점 하나가 밝은 불빛 아래 한 점으로 반짝거렸다.

"저런……."

희대의 큰 도박판이 조기의 승부로 끝이 나는 순간이었다. 그때 목풍
아의 얼굴에 미소가 어린 것을 오괴는 보았다.

"잠깐."

목풍아가 천천히 자리에서 일어나 탁자에 놓인 주사위를 들고 사람들
에게 말했다.

"이상한 점이 있어 한번 시험을 해볼까 하고 주사위를 가져왔습니다."

목풍아는 사람들이 잘 볼 수 있도록 주사위를 오괴에게 건네주곤 정색
을 하며 말했다.

"부숴라."

오괴가 즉시 손가락에 힘을 주니 주사위가 부숴지며 은백의 수은이 손
가락을 타고 흘렀다.

"수은이 든 주사위다."

"속임수를 썼다."

사람들이 소리를 지르며 욕설을 퍼부었다.

'이것이었나?

오괴는 이기든 지든 반드시 이긴다는 목풍아의 말을 떠올리고는 고개
를 끄덕였다. 주사위에 수은을 넣어 자기 마음대로 하는 것은 도박을 하
는 자라면 아는 수법이었다. 조기는 단번에 독돈이 초보자임을 알아차리
고 수은을 넣은 주사위를 자기 마음대로 하여 숫자를 바꾸었던 것이다.
대회루를 운영했던 목풍아가 그것을 모를 리 없었다. 그는 한번 더 시험
해 본 결과 조기가 수은이 든 주사위를 들고 있다는 것을 확신하였던 것

이다. 사람들은 번번이 돈을 잃은 도박사가 수은이 든 주사위를 쓰고 있으리라고는 생각하지 못할 것이 분명하였다.

목풍아는 조기가 수은 주사위를 던지는 수법을 더욱 잘 사용할 수 있도록 여러 사람들 앞에서 보이도록 유도하였고, 결국 조기는 목풍아가 친 덫에 걸려들고 만 것이었다. 사람의 심리를 읽는 힘과 치밀한 계산이 이루어낸 결과였다.

어느덧 독돈이 조기를 붙잡아 목풍아의 앞에 무릎을 꿇리고 있었다. 목풍아가 의자에 앉아 조기의 얼굴을 내려다보며 말했다.

"이 자식아, 감히 어디서 속임수를 쓰는 거야?"

조기는 노기충천하였으나 할 말이 없어 고개를 푹 숙였다.

"어쨌든 너는 나와의 내기에 졌으니 네 연자루는 내가 접수하겠다. 내일 내가 찾아올 때까지 연자루를 나에게 넘긴다는 모든 문서를 만들어놓도록……."

말을 마친 목풍아는 목을 젖혀 크게 웃으며 말했다.

"독돈과 오괴는 돈을 모두 챙기도록……."

두 사람이 명령을 받아 큰 자루 하나에 돈을 담아 목풍아의 뒤를 따랐다. 구경하던 사람들의 대열이 열리며 네 사람은 유유히 계단을 올라가 연자루를 나갔다.

휘황한 등롱이 불을 밝히고 있는 커다란 삼 층 누각 연자루를 바라보다 목풍아가 입을 열었다.

"내일부턴 주련을 바꿔 달아야겠어. '人生逆轉不知間(인생역전은 모르는 사이에) 一攫千金有運間(일확천금은 운수 사이에)'라고 말이야. 와하하하."

목풍아가 걸음을 옮기자 돈자루를 든 일도가 뒤늦게 낑낑거리며 따라와 목풍아의 옆에 붙었다.

"대장, 아무래도 찜찜한데요? 그놈들이 가만히 있겠습니까? 하룻저녁에 연자루를 홀딱 날렸는데 말이에요."

"그래서 내가 일 냥짜리 은자로 바꿔오라 하지 않더냐?"

"예?"

목풍아는 일도에게 금 열 냥을 나누어 은전 백 냥으로 바꿔오라 일렀던 것이다. 일도는 그 까닭을 알 수 없어 머리를 갸웃거렸다. 오괴는 이 영악한 주인이 또 다른 생각이 있으려니 생각하였다.

목풍아는 사람이 북적거리는 대로를 지나가다 갑자기 방향을 바꾸어 사람이 없는 외진 골목으로 들어가기 시작하였다.

"대, 대장, 갑자기 여긴 왜 들어오는데요?"

일도가 묻는데도 아랑곳없이 목풍아는 걸었다. 깊은 밤이라 불도 없는 호젓한 골목길을 가는데 갑자기 앞에서 시퍼런 도검을 든 사람들이 우루루 나타나 길을 막았다. 그와 동시에 뒤편에서 수십여 명이 넘는 사람들이 칼을 가지고 뒤편을 막아섰다.

"젠장, 이젠 죽었구나."

일도가 들고 있던 돈주머니를 바닥에 내려놓고 주먹을 불끈 쥐었다. 그 역시 승평현에서는 주먹으로 졸개들을 지휘했던 싸움 잘하는 사나이였던 것이다.

"와하하하. 일도까지 싸울 것은 없고……. 이제 마무리를 확실히 하자구. 오괴와 독돈, 그동안 싸우질 못해 몸이 근질거렸지?"

"예."

오괴는 대답을 하면서도 목풍아가 이들을 기다리고 있었다는 것을 짐작하였다. 조기의 뒤에서 움직이는 주먹들을 평정하면 연자루는 완전히 목풍아의 손에 들어오는 것이다. 목풍아는 알아갈수록 치밀한 사나이였다.

"한번 몸 좀 풀어봐. 상대가 모두 조무래기니 죽이지는 말고."

"예."

독돈이 눈앞에 있는 상대는 안중에도 없다는 듯이 코를 실룩거리며 오괴에게 말했다.

"까막 귀신아, 누가 많이 쓰러뜨리는지 내기할까?"

그새 도박에 맛이 들었는지 내기를 제안하는 독돈이었다.

"좋아. 누가 많이 쓰러뜨리는지 내기하자."

"좋아."

말이 떨어지기 무섭게 뚱뚱한 독돈의 신형이 목풍아의 앞을 막아선 사내들에게 달려들었다. 오괴는 뒤편에 있는 사내들에게 달려들었다.

"뭐, 뭐야?"

일도가 한마디 하기도 전에 골목길 좌우에서 비명 소리가 들려오기 시작하였다. 앞에 있는 독돈은 칼이며 창이며 할 것 없이 무참하게 꺾고 부수며 닥치는 대로 사내들을 쓰러뜨리고, 뒤에 있는 오괴는 한 손가락으로 달려드는 사내들을 찌르기만 할 뿐인데 더는 움직이지 않는다. 양 떼를 희롱하는 호랑이들처럼 두 사람은 무인지경으로 달려드는 적을 상대하였다. 본래 무공이 뛰어난 두 사람이 삼십오 년간 정파와 사파를 대표하며 싸움박질만 하던 까닭에, 그들의 무공은 정도와 사도의 중간 지점에서 묘한 접점과 상승효과를 이루어 실로 상상을 초월할 정도였다. 고수들조차 상대할 수 없는 두 사람에게 동네 건달들이 상대가 될 리 만무하였다.

일도는 자신이 우습게만 보아왔던 미친 늙은이들이 맹호처럼 건달들을 제압하는 모습을 보고 입을 쩌억 벌리고 바라보다 그동안 마구 대하였던 자신의 입을 덥썩 막았다. 등줄기와 이마에 식은땀이 흘렀다. 한 주먹거리도 안 되는 자신이 무슨 정신으로 이 무서운 늙은이들을 홀대했나 생각하니 눈앞이 깜깜하였다.

"허허허. 적당히 살살 해라. 죽이면 안 된다."

"살려줘야 써먹을 데가 있나니……. 허허. 살살하라니까."

목풍아는 골목길 가운데에 서서 부채질을 하며 간간이 참견을 하고 있을 뿐이다.

'어디서 저런 괴인들을 부하로 얻었을꼬? 우리 대장은 정말 보통 인물이 아니라니까.'

일도가 목풍아를 바라보며 생각에 잠겨 있을 동안 상황이 잠잠해졌다.

'뭐야? 벌써 끝났나?'

일도가 고개를 획 돌려 좌우를 바라보니 오괴와 독돈 두 사람이 먼지를 털듯 손바닥을 탁탁 털며 쓰러진 사람들의 숫자를 세고 있는 중이었다.

큰일을 치른 것이었음에도 아무렇지 않은 듯 부채질을 하며 웃고 있는 목풍아나, 한바탕 싸움을 하고 태연하게 숫자를 세는 두 늙은이나 모두 인간같이 느껴지지 않았다.

"으허허허. 내가 마흔일곱 명을 쓰러뜨렸다."

독돈은 내기에서 이기려고 도망가는 자들까지 쫓아가 기절시켜 끌고 왔던 것이다.

"이런 나는 마흔여섯 명밖에 안 되는데……."

오괴가 숫자를 다시 세다 일도를 바라보았다.

섬뜩해진 일도가 재빨리 두 손을 내저었다.

"나는 아니야. 나는 같은 편이야."

이긴 것을 확인한 독돈이 만세를 부르며 소리쳤다.

"으허허허. 내가 이겼다. 내가 이겼다."

가만히 두 사람의 행동을 보고 있던 목풍아가 부채를 접으며 혀를 찼다.

"바보야, 내기를 했으면 뭘 걸어야지. 아무것도 걸지 않고 내기에서 이겼다니……. 멍청이 같으니라구……."

오괴가 배를 잡고 웃으며 독돈을 손가락질하였다.

"하하하하. 홍, 바보 같은 독돼지. 내기를 걸지도 않고 이겼다니……. 정말 바보 같은 독돼지야."

그것은 도박을 모르는 두 사람이었기에 가능한 일이었다.

독돈은 목풍아의 핀잔과 오괴의 놀림에 무안하여 입맛을 다시면서 머리를 벅벅 긁었다. 아깝기는 하였지만 확실히 자신의 실수가 틀림없었다. 그래도 무승부만 벌이던 오괴를 이겼으니 기분이 나쁘지는 않았다. 오늘은 연자루에서 승승장구하였고, 오괴까지 이겼으니 운수가 좋은 날이라 생각하였다.

"이제 그만 하고, 모두 깨워 일렬로 꿇어앉히도록 해."

오괴와 독돈이 목풍아의 말을 듣고 몸이 굳은 사람들의 혈도를 풀어주고 혹은 뺨을 때려 기절한 사람들을 하나하나 깨워 바닥에 무릎 꿇어놓았다.

백여 명에 가까운 건달들이 어두컴컴한 골목에 세 줄로 줄을 지어 무릎이 꿇려졌다.

단 두 사람에게 힘 한 번 써보지 못하고 깨끗하게 당하고 말았으니 고개가 있어도 들지 못하고, 찍소리도 하지 못한 채 목풍아의 눈치를 살폈다.

동그란 검은 안경을 코에 건 무서운 괴인들과 작은 목풍아가 두려울 정도로 위압적으로 보였다. 목풍아가 건달들을 훑어보다가 손에 든 부채를 펼쳐 가볍게 바람을 일으키며 말했다.

"너희 눈으로 보아 알겠지만 이제 연자루는 끝났다. 이미 연자루가 내 손에 들어왔다는 말이다. 너희가 조기에 의지하여 살아왔던 의리로 나를 치러 왔겠지만 나는 너희가 손댈 상대가 아니란 말이다. 어찌 되었든 너희도 내일부터 또 살아야 할 것이고, 나도 앞으로는 사람이 필요하니 너희는 예전에 그랬던 것처럼 앞으로 내가 쓰겠다.”

목풍아는 일도에게 목을 까딱하였다.

“예? 왜요?”

“이 자식아, 은자를 가져오란 말이야.”

일도는 그제야 은자를 바꾸게 한 용도를 깨닫고 재빨리 돈주머니를 가지고 목풍아 옆에 섰다.

“지금부터 내가 주는 돈은 너희의 의리를 높이 산 상이다. 조기에게 가거든 딴생각하지 말고 연자루를 넘길 문서나 잘 만들어놓으라고 일러라. 연자루의 주인은 내가 되지만 경영은 그대로 맡길 것이고, 나중에 기루가 있는 큰 도박장을 따로 하나 만들어줄 테니 너무 상심하지 말라고 전하란 말이다. 알겠느냐?”

“예.”

화색이 된 사나이들이 일제히 머리를 숙여 큰절을 하였다. 이내 일도에게 은전 한 냥씩을 받고 사나이들은 목풍아에게 감사의 인사를 하고 물러가기 시작하였다. 처음에는 불가능한 일이라 불안하게 생각하였지만 시작부터 마무리까지 깔끔하기 이를 데 없었다. 이로써 연자루는 하루 만에 완전히 목풍아의 손아귀에 들어온 것이다. 그러나 목풍아는 다른 생각을 하는 모양으로 잠시 손으로 턱을 괴고 손가락을 까닥거리다가 천천히 걸음을 옮겼다. 연경의 가장 큰 주루를 아무렇지도 않게 꿀꺽 삼킨 목풍아는 내일 있을 시험을 생각하며 객잔을 향해 위풍당당하게 돌아가고 있었다. 휘황한 등롱 불빛 너머 달도 없는 검은 하늘에 무수한 별빛만 시름없이 반짝이고 있었다.

다음날 연왕부로 찾아간 목풍아는 연왕과 대면하지 못하고 그의 측근 정화와 만났다. 정화는 한 잔의 차를 대접하곤 본론으로 들어갔다.

"전하께서는 그대의 실무 능력을 시험해 보고 싶다 하셨소. 이 길로 당장 출발하여 하음현(河陰縣)으로 가면 현령이 어려운 문제를 가지고 기다리고 있을 것이오. 시간이 얼마 없으니 되도록 빨리 출발하도록 하시오."

행정 실무라면 이미 목풍아가 어제저녁 예상하였던 일이다. 연왕이 천하를 생각한다면 소하(蕭何), 장량(張良)과 같은 실무 능력의 대가가 측근에 필요할 것은 당연한 것이니까.

목풍아는 예상과 다르지 않은 시험에 생글생글 웃으며 물었다.

"우헤헤헤. 그전에 한 가지 청이 있습니다."

"뭔가?"

"저를 그냥 보내시진 않을 거라 생각합니다만……."

"이를테면?"

"저는 현령의 밑에서 잡무를 처리하는 사람이 아닙니다. 이왕 일을 시키셨다면 임시변통 격으로 그럴듯한 보직을 하나 만들어서 임명장을 주시면 제가 일하기 편하겠습니다."

"임시변통 격 보직?"

정화는 이 영악한 꾀보가 무슨 생각을 하고 있는지 궁금하여 목풍아의 얼굴을 주시하였다. 목풍아는 얼굴색 하나 변하지 않고 입을 열었다.

"저는 태생을 그렇게 타고나서 그런지 뒷배경이 좋지 않으면 기운이 나지 않더라구요."

정화가 피식 웃으며 말했다.

"그럼 어떤 관직을 내려주면 좋을까?"

"어차피 일회성 관직일 테니 아무러면 어떻습니까? 현령만 제 마음대로 하면 되니 말입니다. 제가 방금 생각난 관직이 하나 있는데……."

"뭔가?"

"대행태감어사(代行太監御使) 정도면 어떨까요? 너무 긴 것 같아도 저는 마음에 드는데, 전하를 뵈오면 여쭈어주시지요. 교지(敎旨)가 나오면 관복(官服)도 걸치고 가고 싶은데……. 우헤헤헤."

정화가 대책없는 목풍아의 너스레에 머리를 설레설레 내젓다가 자리에서 일어나 연왕에게 목풍아의 말을 전하였다.

탐스러운 수염을 쓸며 이야기를 듣던 연왕이 피식 웃으며 말했다.

"맹랑한 녀석이군. 어사면 어사지 대행태감어사는 또 무어야? 겉치레를 좋아하는 녀석이군. 좋아. 뭐든 해달라는 대로 해주지."

연왕은 탁자에서 붓을 들어 목풍아가 원하는 대로 관직을 수여하고 인장을 찍었다. 교지를 접어 정화에게 건네며 연왕이 말했다.

"그런데 허풍 그 녀석이 시험을 통과할 수 있을까?"

"보시면 아시겠지요."

"그래, 한번 지켜보자. 고 맹랑한 녀석이 하는 일을……."

연왕이 껄껄 웃으며 탐스러운 수염을 쓸었다.

목풍아는 명나라가 생긴 이래 처음이자 마지막 관직인 대행태감어사의 교지를 받고 벼슬아치가 입는 사모관대를 요란하게 차려입고 대궐을 나왔다.

맨주먹으로 들어갔다가 관직을 받아 나온 목풍아를 보고 오괴와 독돈, 일도가 놀란 것은 당연한 일이지만 그 다음의 목풍아의 행보가 기가 막힐 지경이다.

대궐 앞에서 여덟 사람이 드는 보교(步轎)에 올라 어영청에서 호위하는 무사 삼십여 명의 호위를 받으며 장안 거리를 위세도 좋게 지나갔다. 이 역시 목풍아가 원한 것이었다.

보교에 오른 벼슬아치 목풍아는 까만 안경을 코에 걸치고 위세 좋게 웃고 있고, 앞서 가는 급창은 덩달아 사람들을 쫓으며 길을 튼다.

행렬의 대오가 장안가 한가운데 있는 연자루 앞에 이르렀을 때 목풍아가 손을 번쩍 들어 행렬을 멈추었다.

"잠시 쉬어가자."

보교가 내려서자 목풍아는 자기 키보다 긴 관복을 접어 뒤뚱거리며 연자루 계단을 올라 누각 안으로 들어갔다. 그 뒤를 오괴와 독돈, 일도가 따르고 어영청의 무사들 십여 명이 위풍당당하게 따랐다.

귀한 벼슬아치의 화려한 행차에 조기가 몸소 나와 인사를 하는데, 그 사람이 다름 아닌 목풍아다.

일도가 인상을 찌푸리며 소리쳤다.

"이봐, 그렇게 놀란 눈으로 보지 말고 대행태감어사께서 찾아오셨으니 어서 차나 한잔 가져오라구."

"대행태감어사가 뭡니까?"

"이 바보 녀석, 전하를 대신해서 관리들을 감독하는 무시무시한 관원도 모른단 말이냐? 우리 대장, 아니, 대인께서 손가락 하나만 까닥해도 현령쯤은 목이 달아날 수도 있단 말이야. 알겠냐?"

일도가 잘 알지도 못하면서 소리를 치니 조기가 창백한 얼굴로 꾸벅 인사를 하곤 물러갔다. 조기 역시 연왕부에 끈을 대고 장사하고 있으나 대행태감어사라는 관직명은 들어본 적이 없다. 하지만 어사라는 직책이 정말로 관리들을 감찰하는 관직이고, 대행이라 함은 연왕을 대신한다는 뜻이니 연왕부 내에서도 엄청난 거물임이 틀림없다는 생각이 들었다. 더구나 연왕을 호위하는 어영청의 호위무사들이 직접 호위를 할 정도이니 더 생각할 것도 없었다.

조기는 하루아침에 연자루를 잃은 것이 억울하고 분하여 목풍아가 연자루 권리문서를 받으러 올 때 살해할 마음을 품고 손님을 받지 않고, 손님으로 가장한 자객 수십여 명을 고용하여 주루에 포진시켜 놓았던 것이다. 그런데 상대방이 마음대로 살해할 수 없는 거물 관리였으며, 두 명의 괴물 부하뿐 아니라 어영청의 무사들까지 포진하여 살해할 수도 없는 상황이 되었으니, 조기는 이제 연자루를 되찾을 방법이 없다는 것을 실감하곤 맥이 풀려 간신히 걸을 정도였다.

목풍아는 조기는 안중에도 없는 듯 가까운 자리에 앉아 손가락을 까닥거리며 주루를 한번 둘러보았다. 볼수록 크고도 넓은, 돈 벌기 좋은 누각이었다. 거대한 연자루를 하룻밤에 잃어버린 조기가 어제저녁의 일로 마음을 접지 않을 것임을 짐작하고 목풍아가 터무니없는 관직을 만들어 완전히 조기의 기세를 꺾어버린 것이다.

이층 누각 위에서 살기를 느꼈던 오괴와 독돈은 피를 보지 않고 연자루를 완전히 접수하는 치밀한 목풍아의 머리를 보고 혀를 내둘렀다. 이중삼중 보이지 않는 안배를 만들어놓고 치밀하게 실행하는 사나이가 바로 자신들이 대장으로 모시는 목풍아였다.

힘으로 살아왔던 두 사람에게 머리로 승부를 내는 목풍아의 두뇌에 저절로 머리가 숙여질 정도였다.

잠시 후 어여쁜 기녀 하나가 차를 들고 와 목풍아에게 따랐다. 목풍아가 차 맛을 음미하고 있으려니 조기가 맥없는 발걸음으로 다가와 문서를 바쳤다.

목풍아는 조기가 바친 문서를 꼼꼼히 살펴보다 소매 속에 접어 넣고 씨익 웃었다.

"어제 내가 한 말을 부하들에게 들었겠지?"

“예. 들었습니다.”

“이제부터 연자루의 주인은 나다. 그리고 지금 네가 할 수 있는 선택은 두 개다. 내 부하가 되어 연자루를 예전처럼 경영하든가, 아니면 이대로 길바닥으로 나앉든가? 나를 부를 땐 대장이라 부르면 된다.”

뻔한 대답이 나올 것이 분명하였다. 생각해 보면 막다른 길을 하나 만들어놓고 터무니없는 하나의 길을 더 추가한 것뿐이었다. 목풍아의 뒤에서 그의 뒤통수를 내려다보는 오괴는 다시 한 번 목풍아의 치밀함에 혀를 내둘렀다. 연자루의 모든 것을 하루 만에 날로 삼키려 하는 것이다. 아니, 아직 저녁이 안 되었으니 하루도 되지 않았다.

묵묵하게 듣고 있던 조기의 몸이 천천히 내려가더니 바닥에 무릎을 꿇었다.

“대장, 조기가 인사드립니다.”

목풍아는 씨익 웃고는 들고 있던 찻잔을 탁자에 내려놓았다.

“자자, 일어나도 좋다.”

조기가 자리에서 일어나자 목풍아가 말했다.

“내 옆에 있는 오괴와 독돈은 너보다 나이가 많고 무예가 고강한 사람들이니 너는 이들 다음으로 서열 세 번째다.”

일도가 화가 치밀어 소리쳤다.

“대장, 이건 너무하잖아. 나는 대장과 생사고락을 같이했다구. 내가 새로 들어온 신참에게 사위로 밀려나야 되겠어?”

“이 자식이, 너는 조기보다 배포가 작아 서열 사위다. 알겠냐? 여기 남아 조기와 함께 연자루 경영이나 잘하도록 해.”

목풍아는 고개를 까닥하였다.

“오괴와 독돈은 어서 가져와라.”

두 사람은 어제 딴 돈을 가지고 있다가 조기의 앞에 내려놓았다. 조기의 눈이 휘둥그레졌다.

"돈이 없을 테니 이 돈으로 다시 장사를 시작해라. 내가 약속하지. 네가 열심히 내 밑에서 일을 잘한다면 남경에 커다란 주루를 하나 차려주마."

조기는 가슴에 품고 있던 불만이 모두 사라지는 것을 느꼈다. 남경은 명나라의 수도, 이 작은 대장이 반드시 주루를 차려줄 것 같은 믿음이 있었기 때문이다.

"견마지로(犬馬之勞)를 다하겠습니다, 대장."

"와하하하. 좋아, 좋아. 그럼 연자루는 네게 맡기고 나는 무거운 임무를 수행하러 가볼까? 아차, 그전에 할 것이 있군."

목풍아는 조기에게 붓을 가져오라 하여 주련의 글귀를 써주었다.

"내가 돌아올 때까지 연자루의 주련을 바꿔놓도록. 아마 장사가 쏠쏠히 될 거야."

목풍아는 조기의 어깨를 토닥거리고는 연자루의 계단을 내려가 보고에 올라탔다. 조기가 물끄러미 종이에 남긴 글귀를 바라보았다.

인생역전은 모르는 사이에 있고[人生逆轉不知間],
일확천금은 운수 사이에 있구나[一攫千金有運間].

생각해 보니 자신의 인생이 하룻밤 사이에 뒤바뀐 것이 모르는 사이에 이루어진 것이었다. 목풍아가 일확천금을 하여 연자루를 딴 것도 어찌 보면 그의 운수가 좋아 그리된 것이니 그를 미워하거나 탓할 것이 못 되었다. 조기는 하룻밤 사이에 겪은 인생의 쓰디쓴 고통과 만감이 목풍아가 남겨놓은 글귀와 일치하는 것을 깨닫고 고개를 끄덕끄덕하였다.

"물렀거라. 대행태감어사 나가신다. 물렀거라!"

급창이 소리를 지르며 사람들을 물리치고 보교는 그 사이를 미끄러지 듯이 지나갔다.

"대장, 안녕히 다녀오십시오."

조기와 일도는 연자루 바깥까지 달려와 허리를 깊이 숙여 인사를 하였 다.

"오, 그래. 내가 돌아올 때까지 사이좋게 잘들 있거라."

목풍아는 보교 위에서 거드름을 피우며 손을 흔들었다.

보교 오른편에서 보조를 맞추어 걸어가던 오괴는 얼렁뚱땅하게 보이 는 목풍아에게 점점 빠져 가는 자신을 느꼈다. 지모와 수단도 손색이 없 고, 사람을 자기편으로 만드는 재주 역시 일품이었다. 아니, 누구도 당할 수 없으리라 오괴는 생각하였다.

방금 전까지 막다른 골목에 몰려 악만 남았던 적을 아무렇지도 않게 설렁설렁 고분고분한 수하로 만들어 버리는 재주는 아무나 가진 것이 아 니었다. 자신들이 일흔 살이나 어린 소년에게 복종하는 것부터 머리를 갸웃거릴 일이지만, 목풍아를 알아갈수록 그리 놀랄 만한 일이 아님을 깨닫고 이 소년이 반드시 천하를 위해, 천하 백성을 위해 큰일을 할 사람 이라는 것을 오괴는 확신해 가고 있는 것이다.

연경의 남문을 빠져나온 목풍아는 따라온 어영청의 호위무사들에게 은전 다섯 냥을 골고루 나누어 줘서 돌려보내고, 오괴와 독돈만을 데리 고 길을 떠났다. 박봉에 시달리던 어영청의 무사들이 좋아한 것은 말할 것도 없고, 언제고 목풍아가 시키는 일이라면 뭐든 하겠다고 장담하고 저마다 목풍아의 장도를 기원하고 물러갔다.

푹푹 찌는 오월의 무더위라 가만히 있어도 숨이 막힐 지경이다. 목풍 아는 남문 밖 역원(驛院)에서 마차를 하나 빌려 서남방으로 뻗은 관도를 따라 내려가기 시작하였다. 마차 안에서 목풍아는 한 자리를 혼자 차지하고 다리를 뻗고 누워 있고, 오괴와 독돈이 맞은편에 앉아 목풍아에게 부채질을 하고 있었다.

"대장, 대장은 정말 알아갈수록 모를 사람이오."

먼저 이야기를 꺼낸 사람은 독돈이었다.

"뭘 모른단 말이야?"

"조기라는 자가 어떻게 그렇게 쉽게 대장에게 넘어간 겁니까?"

목풍아가 피식 웃으며 말했다.

"그건 내가 희망을 주었기 때문이지."

"희망이오?"

"모든 것을 잃고 절망에 빠진 사람에게 희망을 보여주었기 때문이지. 깜깜한 동굴 속에서 한줄기 빛 같은 그런 것 말이야."

"나는 그런 것 없어도 괜찮았는데……."

"바보. 너희는 그런 것 없어도 괜찮은 사람들이지만 조기는 안 그렇단 말이야. 속물들은 잇속에 약해 이득이 있는 곳에 몰려들기 마련이지. 어제 본 건달들도 마찬가지고 말이야."

"그럼 우리는 그들과 뭐가 다른가요?"

"너희는 잇속이 아니라 대의(大義)에 따라 움직인단 말이야. 대의가 무엇인가? 천하 사람들이 행복하게 살 수 있는 세상을 만들기 위해 나를 따르는 것이란 말이야. 너희는 조기와는 달라도 한참 다르지. 그래서 조기는 너희 다음 서열이 될 수밖에 없는 것이란 말이야. 알겠어?"

오괴는 목풍아의 이야기를 들으며 가슴이 뿌듯하였다.

'천하 사람들의 행복을 위해서…….'

왠지 모르게 가슴이 뭉클하고 눈시울이 뜨거워졌다. 그것은 자신이 배워왔던 협의(俠義)보다 한 단계 높은, 아니, 끝없이 높은 곳에 있는 것이라 오괴는 생각하였다.

천하 사람의 행복을 위해 가는 길. 비록 어린 소년의 부하로 부채질이나 하는 신세이지만 그것이 천하 백성의 행복을 만들기 위해 가는 길이라는 것을 생각하면 오괴는 가슴이 뿌듯하였다. 이런 모습을 사부인 장삼풍이 보아준다면 얼마나 대견해할까 생각하니 눈물이 나올 것만 같았다.

독돈 역시 마찬가지였다. 백련교는 새로운 세상을 꿈꾸는 종교이다. 착취도 없고, 억압도 없고, 자유롭게 살아갈 수 있는 행복한 세상을 꿈꾸며 태어난 종교이다. 그 종교에서 성장한 독돈은 목풍아의 이야기가 꿈만 같이 느껴졌다. 그러나 목풍아를 보며 그것이 꿈이 아니라 현실이 될 수 있을 것 같은 믿음이 생겼다.

자신이 이루지 못한 꿈과 같은 것을 이 소년을 통해 이루어갈 수 있으리라 생각하니 독돈은 목풍아를 꼭 껴안아 주고 싶은 마음이 들었다. 하지만 하늘 같은 대장에게 그리할 수는 없는 노릇이었으니 가슴으로 솟구치는 감동에 보답하기 위해 열심히 부채질로 대신하는 수밖에 없었다.

그날 하루 종일 말을 달려 서산에 노을이 깔릴 무렵 도착한 곳이 하음현(河陰縣)이니, 이곳은 연경에서 사백여 리 떨어진 백하(白河)가 굽이굽이 흘러가는 평범한 마을이다. 이 물을 따라 서쪽으로 백여 리 내려가면 발해만(渤海灣)이 나타난다.

하음현 상류에서 두 개의 큰물이 만나 넓고 비옥한 농토가 형성되었고, 바다와 접하여 어자원이 풍부해 제법 풍족하게 사는 마을이었다.

이날 저녁 하음현의 관청에 도착하니 미리 파발을 받은 현령이 성 앞까지 목풍아를 마중하였다. 현령은 왕부에서 보낸 대행태감어사가 까만 안경을 쓴 키 작은 소년이기에 이상하게 생각하였다. 그러나 왕부에서 보낸 상관인 만큼 예를 다하여 인사를 하고 현청에서 목풍아와 저녁 식사를 함께하며 이 고장의 문제점을 이야기하였다.

"이 고장 백성들이 가장 고통스럽게 생각하는 것이 하백(河伯)에게 처녀를 바치는 일입니다."

"하백이라면 강의 신이 아닌가?"

"그렇습니다. 매년 단오 무렵이 되면 마을에서 처녀를 뽑아 강의 신 하백에게 시집을 보냅니다."

"시집이라면?"

현령이 손으로 목을 그었다.

"무당들이 온 마을을 돌아다니며 예쁜 처녀를 고르지요. 무당이 그 부모에게 '당신 딸을 하백에게 시집보내 주겠노라' 하고 강제로 끌고 갑지요."

"그리고는?"

"강변에 신궁을 설치하고 그 안에 붉은 장막과 침대를 갖다 놓은 다음 데려온 처녀를 거기에 머물게 하면서 며칠 간 목욕 재계시킵니다. 그런 다음 정해진 날짜가 되어 물에 띄워 보내면 처녀는 수십 리를 떠내려가다 속절없이 물귀신이 되고 마는 겁니다."

"강제로라도 막을 수 있지 않는가?"

"만일 하백에게 처녀를 떠나보내지 않으면, 노한 하백이 강물을 범람시켜 온 마을을 삼켜 버린다는 이야기가 전해 내려오는 까닭에 마을 사람들이 고통스러운 줄 알면서도 끝끝내 행사를 치르는 것입니다. 오랫동안 이런 의식이 계속된 까닭에 마을의 전통이 되어버렸고, 또 마을 사람들의 믿음이 대단해서 강제로 막을 수 있어야지요. 저희로서도 민의(民意)를 막을 명분이 없어 어쩔 수 없이 매년 되풀이 되는 희생을 지켜보고 있는 실정입니다."

"백성들이 괴롭게 생각하면서도 바꿀 생각을 하지 못하는군. 미신 때문에 말이야."

"네. 그렇습지요. 그 때문에 딸 가진 집안은 멀리 타향으로 이사가 버렸고, 지금 성안에 남아 있는 처녀도 별로 없습니다."

"행사를 치르자면 돈도 많이 들 텐데?"

"예. 하음현의 원로 세 명과 아전들이 매년 백성들에게 수천 냥을 거둬들여 그것으로 행사 비용을 충당하는데, 제가 알아보니 반은 행사 비용으로 쓰고, 그 나머지는 그들과 무당들이 나눠 갖는 것 같았습니다. 예전의 수령들은 원로들, 무당, 아전들과 한통속이 되어 그 돈으로 치부를 하여 부자가 되었다는 이야기도 있습니다만……. 생각해 보면 이전에 이 고을의 현령들이 치부를 하기 위한 수단으로 그 행사를 장려하고 눈감아 주었던 것 같기도 합니다. 그 덕분에 백성들의 부담이 만만치 않아 이렇게 좋은 환경에 살면서도 부유하게 사는 사람들이 얼마 되지 않으니 마을의 수령으로서 어찌 걱정이 되지 않겠습니까. 몇 년 동안 이 일을 해결하려고 많은 수단을 강구하였습니다만 결국 실패하고, 수차례 상소를 올린 끝에 이번에 대행태감어사상공께서 이렇게 왕림하셨으니 반드시 이 일을 해결해 주십시오."

목풍아가 목을 젖혀 크게 웃으며 고개를 끄덕끄덕하였다.

"하하하. 그거야 어렵지 않은 일이니 금방 해결하지."

"예? 어렵지 않다구요?"

간단하게 대답을 하는 목풍아의 말이 믿기지 않는 하음현령이었다. 이곳에 부임하는 현령들마다 머리를 내저으며 바꿀 생각을 하지 못하는, 하음현의 오랜 믿음이 신앙처럼 되어버린 행사를 해결할 수 있다니 현령은 까만 안경을 쓰고 생글거리고 웃고 있는 목풍아를 바라보았다.

"그런데 그 행사가 언제쯤 열리는가?"

"열흘 전쯤에 처녀를 신궁에 데려다 놓았으니 아마 내일 오전 중에 행사가 열릴 것입니다. 상공께서 시간에 맞추어 잘 오셨습니다."

목풍아는 정화가 급하게 이곳으로 보낸 이유를 깨닫고 손뼉을 치며 말했다.

"와하하하. 전하께서 시간에 맞추어 나를 보내셨군. 정말 백성을 사랑하시는 현명한 군주이시지 않소?"

"그, 그렇습니다."

현령이 얼떨떨한 얼굴로 대답하였다.

"그럼 우리는 내일 아침 행사가 있는 곳으로 함께 가십시다. 가서 그 일을 마무리 짓도록 하지요."

"예, 예."

식사가 끝이 나고 현령이 물러가자 오괴와 독돈은 목풍아를 바라보았다. 목풍아는 탁자에 앉아 홀짝거리며 차를 마시고 있었는데, 입가에 미소가 가득하였다.

"대장, 무슨 좋은 일이라도 있습니까?"

"우헤헤헤. 좋은 일이 있지. 내일 우린 수지맞는 날이다."

"수지맞는 날이라구요?"

"와하하하. 내일은 운수가 좋은 날이 될 테니 한번 기대해 보라구……."

차를 마시며 호탕하게 웃고 있는 목풍아를 보고 오괴와 독돈은 서로의 얼굴을 바라보며 내일 이 영악한 대장이 어떤 일을 벌일 것인지 기대하였다.

다음날 아침을 먹고 차를 한 잔 마시고 있을 때, 현령이 관원들과 함께 객관으로 찾아왔다.

"행사가 곧 있을 것이라 제가 모시러 왔습니다."

"좋아, 좋아."

목풍아는 위세 좋게 사모와 관대를 차고 눈에는 까만 일산안경을 쓰고 위풍당당하게 보교에 올랐다. 시위하는 관졸들이 좌우에 늘어서고, 보교 앞에서는 급창이 소리를 지르고, 그 뒤를 하음현령이 말을 타고 따랐다.

수염도 나지 않은 어린 목풍아가 어떤 식으로 고질적인 풍속병을 고칠 것인지 현령과 오괴, 독돈은 궁금하지 않을 수 없었다.

보교가 마을 사람들을 헤치고 한참을 가다 보니 강물이 한눈에 내려다보이는 높은 절벽 위에 커다란 느티나무가 하나 있고, 그 옆에 사람들로 빼곡하게 둘러싸인 당집이 하나 보였다. 그곳이 하백에게 시집보낼 처녀를 데려다 놓는 신궁이리라.

당집 앞에는 오색찬란한 옷을 입은 무당이 노래를 부르고 춤을 추고 있었는데, 그 옆에 악사들이 북을 치고 피리를 불어 흥을 돋구고 있었다.

목풍아의 행차가 도착하니 사람들의 행렬이 갈라지며 느티나무 아래 넓은 행사장이 나타났다. 사람들이 목풍아와 현령을 번갈아 쳐다보았다.

사람들의 시선이 목풍아에게 집중되자 목풍아가 손을 번쩍 흔들며 말했다.

"아, 아, 신경 쓰지 말도록. 나는 오늘 행사를 구경하러 나온 사람이니까 신경 쓰지 말라고."

무당은 목풍아가 행사를 말리러 왔다는 이야기를 들었던 터라 목풍아가 나타나자 긴장하였지만, 구경하러 왔다는 말을 듣고는 안심이 되어 열심히 주문을 외우며 기도를 하기 시작하였다.

현령은 처음의 말과 다르게 목풍아가 행사에 동참할 뜻을 비추자 노한 얼굴로 목풍아를 바라보았다. 그러나 목풍아는 얼굴색 하나 변하지 않고 아전들이 미리 준비한 단상에 앉아 거드름을 피우며 구경을 하고 있었다.

목풍아가 단상에서 바라보니 하음현의 세 원로와 아전들, 마을 유지들과 노인들이 모두 모여 있고, 구경하러 온 사람들도 수천은 족히 될 것 같았다.

행사를 집행하는 늙은 여자 무당은 요란스런 오색 옷을 차려입고 춤을 추고 있고, 그 뒤에 여제자 다섯 명이 열심히 기도를 하고 있었다. 한참 동안 춤을 추며 주문을 외우던 무당이 갑자기 손을 치켜들고 소리쳤다.

"하백(河伯)에게 시집을 보낼 처녀를 데려오너라!"

명이 떨어지기 무섭게 여제자들이 신궁 안으로 들어가 비단옷을 입은 여인 하나를 데리고 나왔다. 긴 머리를 한 여인이 순순히 끌려와 신궁 앞에 있는 절벽 바위로 끌려갔다. 목풍아는 단상에서 바라보다 손을 번쩍 들고 소리쳤다.

"잠깐, 잠깐."

고관 대장의 소리에 신녀의 움직임이 멈추었다.

목풍아가 단상에서 어슬렁거리며 내려가 세 원로와 무당이 서 있는 곳으로 다가갔다.

"이봐, 하백에게 시집보낼 처녀를 이리 데려와 봐."

현령보다 높은 신분의 관리가 명령을 하자 무당이 고개를 끄덕거렸다. 여제자들이 제물이 될 신녀를 목풍아의 앞에 데려다 놓자 목풍아는 일산 안경을 쓴 채 처녀의 얼굴을 자세히 바라보다 머리를 내저으며 소리쳤다.

"아, 정말 추악하다. 이렇게 못생긴 제물을 하백에게 바치다니……. 오, 정말 기분이 더럽군. 나는 정말 기대를 하고 있었는데, 이건 정말 최악이다. 에이, 재수없어. 퉷! 퉷!"

바닥에 침을 뱉고 발을 동동 구르며 소리를 치던 목풍아가 고개를 번쩍 들어 무당에게 소리쳤다.

"이 처녀는 너무 못생겼어. 일 년 전에 먹은 음식이 다 나올 지경이야. 이건 너무한데? 이런 처녀를 하백에게 시집보내고도 하백이 가만히 있으면 내가 손에 장을 지지겠다."

무당이 창백한 얼굴로 물었다.

"그, 그럼……."

목풍아가 무당의 어깨를 두드리며 말했다.

"수고스럽지만 무당께서 하백을 찾아가 말씀드려 주시오. 하백께서 한 번만 봐도 입이 쩌억 벌어지도록 예쁜 처녀를 물색해서 모레쯤 다시 보내 드리겠다고 말이오."

목풍아는 옆에 있는 오괴에게 말했다.

"오괴야, 뭐 하니? 무당이 하백을 만나러 간다지 않느냐? 어서 보내 드리지 않고 뭐 하는 거야?"

오괴가 그제야 목풍아의 말을 깨닫고 무당의 멱살을 덥석 잡아 절벽으로 끌고 가 강물 속으로 던져 버렸다. 무당은 몇 차례 깊은 물속에서 허우적거리다가 다시는 나타나지 않았다. 사람들의 안색이 창백하게 변하였다.

목풍아는 부채를 펼쳐 바람을 부치며 그 자리를 어슬렁어슬렁거리다가 강물을 바라보았다. 희뿌연 강물은 무당을 잡아 삼키고도 변함없이 그대로였다.

"이상하군. 무당이 하백을 뵈러 간 지 한참이 지났는데 어째서 안 나오는고?"

목풍아는 머리를 갸웃거리다가 여제자들에게 고개를 돌렸다.

"아무래도 제자 하나가 들어가서 모셔와야겠는걸?"

목풍아가 독돈에게 고개를 돌려 끄덕하니 독돈이 손바닥에 침을 뱉고는 제자 하나를 삽시간에 붙잡아 절벽 아래로 내던졌다.

그 제자 역시 물속에서 얼굴을 들었다 내렸다 하더니 이내 뿌연 강물 속으로 사라져 버리고 말았다. 다시금 목풍아가 어슬렁거리며 절벽을 맴돌았다.

사람들은 침을 꿀꺽 삼키고 목풍아의 행보를 지켜보았다. 이미 여제자들은 관원들에게 포위되어 꼼짝도 할 수 없었다.

한참을 어슬렁거리다가 목풍아가 다시 말했다.

"이런 일이 있나? 하백을 만나러 간 사람들이 어째서 돌아오지 않는 거야? 강물 속이 너무 넓어 찾기 힘든 모양인데?"

목풍아는 오괴와 독돈에게 고개를 돌려 소리쳤다.

"안 되겠다. 제자들을 몽땅 하백에게 보내는 수밖에 없겠는걸?"

말이 떨어지기 무섭게 오괴와 독돈이 남은 여제자들을 한 손에 하나씩 잡아 절벽 위에서 강물 속으로 던져 버렸다.

여제자 네 명이 물 위에서 몸부림을 치다 서서히 강물 속으로 사라져 갔다.

목풍아의 옆에 있던 현령은 목풍아가 이렇게 무서운 방법을 사용하리라 생각지 못하였으므로 놀라고 당황하여 어쩔 줄을 몰랐다. 또 의외로 사람들이 아무런 반항 없이 받아들이는 것을 보고 놀라움을 금치 못하였다.

한참을 기다리던 목풍아가 가슴을 치며 말했다.

"이렇게 답답할 때가 있나? 어째서 하백을 만나러 간 사람들이 나오질 않는 게야? 어째서 안 나오는 것 같소, 현령?"

현령은 갑작스런 물음에 당황하여 고개를 숙이며 대답했다.

"그, 글쎄요."

목풍아는 부채로 자신의 이마를 두드리며 말했다.

“제 생각엔 지금 들어간 사람들이 모두 여자라서 하백에게 말을 잘 못하고 있는 것 같습니다.”

목풍아는 고개를 돌려 세 원로를 바라보며 말했다.

“번거로우시겠지만 세 원로께서 직접 하백에게 말씀을 드려보시지요.”

말이 끝나기 무섭게 오괴와 독돈이 원로의 멱살을 잡아 강물 속으로 던져 버렸다. 일고의 자비도 없었다. 무참하게 강물 속으로 내던지는 모습을 보고 사람들의 얼굴빛이 창백하게 변하였다. 그러나 누구 하나 나서는 사람이 없었다. 자칫 나섰다가는 하백을 만나러 가야 될지도 모르는 판이었다.

목풍아는 심각한 얼굴로 강을 향해 서서 마치 누군가의 명을 기다리듯이 공손히 몸을 숙이고 있었다. 한참 후에 목풍아는 허리를 펴곤 사방을 둘러보다가 말했다.

“이런, 제길. 무당과 세 원로가 돌아오지 않으니 어쩌면 좋단 말이오. 원로들이 너무 늙어 하백이 이야기하고 싶은 마음이 없나 본데, 그렇다면 아전이나 마을 유지 중 한 분을 하백에게 보내는 것은 어떨까요?”

말이 떨어지기 무섭게 마을 노인들과 아전들이 목풍아에게 무릎을 꿇고 땅에 머리를 박으며 빌기 시작하였다.

“대인, 저희를 살려주십시오. 저희를 살려주십시오.”

“엥? 그게 무슨 소리요? 당신들은 다만 하백에게 제물로 바칠 처녀가 너무 못생겨서 이틀 후에 보내겠노라고 말씀만 전하면 되는데 말이오. 그만들 하고 어서 일어나 하백에게 갈 사람을 정해보라구.”

“저희가 잘못했습니다. 제발 용서해 주십시오.”

흙바닥에 머리를 박아 진흙투성이가 된 노인들과 아전들이 미친 듯이 빌었다. 그중에 몇몇은 머리에서 피가 나는 사람도 있었다.

"그렇다면 좀 더 기다려 보지. 혹시 하백을 만나고 오는 사람이 있을지 모르니 말이야."

그러나 한참을 기다려도 하백을 만나고 오는 사람은 없었다.

"이상하군. 아무래도……."

말이 떨어지기 무섭게 노인들과 아전들이 무릎걸음으로 기어와 목풍아의 발과 다리를 부여잡으며 살려달라고 빌기 시작하였다. 백성들이 벌벌 떤 것은 물론이거니와 현령도 이런 광경에 기가 질려 목풍아가 다시 보였다.

한동안 아전들과 노인들의 모습을 바라보던 목풍아가 갑자기 강가로 고개를 돌려 귀에 손을 대고 뭔가를 듣는 듯하더니 손을 번쩍 들어 말했다.

"오! 사람들아, 들어보라. 하백께서 나에게 말씀하셨다. 더 이상 처녀를 보낼 필요 없다고……."

목풍아는 고개를 숙여 아전들과 노인들에게 말했다.

"너희도 혹시 들었느냐?"

죽음 중의 희망의 말에 아전들과 노인들이 필사적으로 대답하였다.

"그럼요, 그럼요. 저희도 분명하게 들었습니다."

"그래, 그래. 다행스럽게도 너희도 들었구나."

목풍아는 아전들을 걷어차 바닥으로 쓰러뜨리곤 위풍당당하게 단상으로 올라가 납빛으로 변한 백성들에게 소리쳤다.

"하백께서 다시는 처녀를 보내지 말라고 하신다. 만약 누군가 하백에게 처녀를 보내자는 사람이 있거든 앞으로는 현령에게 말하라. 당장 하백을 만나러 보내줄 테니 말이다."

백성들이 넙죽 무릎을 꿇고 목풍아에게 큰절을 올렸다. 하백에 대해 한마디 말을 했다간 수장되기 십상이니 어찌 말을 꺼낼 수 있겠는가.

"취부 행사는 파장하였으니 집으로 돌아가 생계나 돌보거라."

목풍아는 두 손을 저어 사람들을 돌아가게 하곤 어슬렁거리며 단상을 내려와 보교에 앉았다. 보교가 들리자 사람들이 반으로 갈라졌다.

"물렀거라. 태감어사 납신다. 물렀거라."

보교는 미끄러지듯 고개 숙인 사람들 사이를 지나 관청으로 향하였다. 말을 타고 보교를 뒤따르던 현령은 목풍아가 어제 한 말처럼, 어려운 일을 간단히 해결한 것을 참으로 대단하게 생각하였다.

하백에게 처녀를 시집보내면 수몰을 면한다는 말은 아주 그럴듯하여 무지한 백성들을 속이기 좋았다. 무지한 백성들은 그 미신에 기대 근근히 살아왔기 때문에 관에서도 그 믿음을 쉽게 끊어버릴 수 없어 그동안 백성들에게 고통을 주는 미신을 타파하지 못하였던 것이다. 그러나 목풍아가 사람들 앞에서 하백을 믿는 척하며 미신을 조장하는 사람들을 물속으로 집어넣었기에 백성들은 목풍아를 믿었고, 점점 하백의 이야기가 엉터리라는 것을 깨닫게 된 것이다. 백성을 속인 아전들과 노인들 역시 그것을 돈벌이의 수단으로 생각하였던 까닭에 죽음이 두려워 목풍아에게 설복당하였던 것이니, 이제부터 백성들은 마음 편히 이 고장에서 살아갈 수 있게 된 것이다.

현청으로 돌아온 목풍아는 무당의 집과 세 원로의 집을 수색하여 재물을 모두 압수하도록 명하고 아전들과 지방의 원로들을 현청으로 집합하도록 하였다.

관청의 사람들이 모두 동원되어 무당의 집과 세 원로의 집을 수색하여 재산을 압수하였으니 그 모은 재산이 수천만 냥에 이르렀다. 아전들과 지방 원로가 그 눈치를 살피고 저마다 그동안 축적한 재산을 자진 헌납하였으니, 그 역시 수천만 냥이 되었다. 그런데 목풍아가 그것에 만족하지 않으니 저녁 무렵에 다시 찾아와 수천 냥을 가져다 놓고 손이 발이 되도록 빌었다. 목풍아가 그제야 부드러운 말로 용서해 주고 물러가게 하였으니, 오괴와 독돈이 어제저녁 목풍아가 수지맞을 거라 한 말이 바로 이것임을 깨닫고 다시 한 번 목풍아의 지혜를 놀랍게 생각하였다.

이날 목풍아는 수천만 냥이 넘는 재산을 자식을 제물로 바쳤던 가정에 골고루 나눠 주게 하고 신당을 제대로 만들어 일 년에 한차례 제사를 지내도록 하는 한편, 고을의 효자, 효녀들에게 상을 내리고 무너진 효각(孝閣)과 학교(學校) 등을 보수하게 하였다. 고을 사람들의 칭송이 쏟아졌지만, 목풍아는 이 모든 것은 자신이 한 것이 아니라 연왕께서 직접 명한 것이니 연왕 전하께 감사하라는 말을 잊지 않았다.

현령이 목풍아에게 탄복하여 진심으로 고개를 숙이는 것을 잊지 않았으니, 그날 저녁 하음현령이 목풍아를 위해 성대하게 주연을 마련하였다.

"저는 상공의 지혜에 진심으로 감복하였습니다. 저는 오랜 미신을 그렇게 간단하게 해결하실 줄은 정말 꿈에도 생각하지 못했습니다."

"와하하하. 뭘 그런 걸 가지고……."

"그러고 보니 생각나는 사건이 하나 있는데, 이 자리에서 말씀드려도 될지……."

"뭐든 말해 보시오."

"옆 마을에 장로(張老)라는 부자가 있었습니다. 그의 아내는 딸만 하나 낳고 아들은 낳지 못하고 죽었습지요. 딸이 장성하자 장로는 양가(楊哥)라는 사내에게 시집을 보내었습니다. 그로부터 몇 년 뒤에 장로의 첩이 아들을 낳았는데, 장로는 그 서자에게 일비(一飛)라는 이름을 지어주었습니다. 일비가 네 살 되던 해에 장로가 병에 걸려 죽었는데, 임종을 앞두고 딸과 사위를 불러 유언을 남겼습니다."

"어떤 유언인가요?"

"첩의 자식은 가산을 승계받을 수 없으니 내 재산을 모두 너희에게 물려주노라고. 단 그들 모자를 거둬줄 사람이 없으므로 너희가 그 모자를 먹고살게 해주어야 한다고 말이지요. 그러면서 유서(遺書)를 하나 남겼습니다. 내용은 이렇습니다."

현령은 탁자에 있는 종이에 붓으로 글을 써서 보여주었다.

장일은 내 아들이 아니다. 가산을 모두 내 사위에게 준다. 외부 사람들은 내 가산을 가지고 다툴 자격이 없다[張一非吾子也, 家産盡與吾婿, 外人不能爭奪].

목풍아가 씽긋 웃으며 말했다.

"딸과 사위가 이 유서를 받고 좋아했겠군요."

"예. 그런데 문제는 그 다음에 발생했습니다. 딸과 사위는 장로에게 재산을 받은 다음 첩 모자를 돌봐주지 않았고, 두 사람은 온갖 설움을 받으며 궁핍한 삶을 살게 되었습니다. 첩의 아들이 장성하여 이 문제로 소를 내었는데, 원체 확실한 내용의 유서가 있어 딸과 사위가 승소할 수밖에 없었지요. 장일비가 억울하였던지 옆 마을에 있는 저에게까지 찾아와 장로의 재산을 나누어달라고 청원을 하였지 뭡니까. 저 역시 유서의 내용이 그러하니 할 수 없다고 돌려보내었습니다만……."

"그런데요?"

"그런데 여기서 이상한 점은 제가 장로와 같은 상황이었더라도 그렇게 하지는 않았을 거란 말입니다. 장일비는 서자이지만 분명한 장로의 아들인데, 유산을 한 푼도 물려주지 않았다는 점은 납득이 가지 않는 일이라는 거지요."

"그건 그렇지요."

"좋은 방법이 없을까요?"

"와하하하. 좋은 방법이 뭡니까? 재산은 장일비의 것인데 말입니다."

"예? 장일비의 것이라구요?"

현령이 눈을 동그렇게 뜨고 목풍아를 바라보았다.

"하하하. 사람이란 있는 그대로를 보고 사물을 판단하려 하지요. 돌이면 돌, 나무면 나무. 그 이면에 숨은 본질을 찾아내려 하질 않아요. 하백에게 처녀를 바치는 풍속도 그렇지요. 분명히 죽으러 가는 걸 뻔히 알면서도 사람들이 강 속에 하백이 사는 줄로만 믿고 그만두지를 못하잖아요. 이 역시 마찬가지입니다. 그 장로라는 자는 아주 현명한 자가 틀림없어요."

목풍아는 붓을 들어 현령이 쓴 글자 아래 똑같은 글을 쓰고 글자 중간중간에 구두점을 찍었다.

"자, 다시 한 번 읽어보시오."

글을 읽어보던 현령의 두 눈이 휘둥그레졌다.

"이, 이건…… 확연히 다른 뜻이 되는걸요?"

장일비(張一非)는 내 아들이다. 가산을 모두 그에게 준다. 내 사위는 외부 사람이너, 내 가산을 두고 다툴 자격이 없다 [張一非, 吾子也, 家産盡與, 吾婿外人, 不能爭奪].

목풍아가 웃으며 말했다.

"장로는 아들의 이름인 일비(一飛)를 의도적으로 일비(一非)라고 썼습니다. 재산을 어린 아들에게 물려주면 딸과 사위가 욕심 때문에 일비를 죽일지도 모른다 생각했겠지요. 그래서 일부러 글자를 바꿔 쓴 것입니다. 아마 사위와 딸이 아들을 잘 돌봐주지 않을 것도 예상했겠지요. 그래서 일부러 이런 유서를 남겨 첩과 자식의 몫을 남긴 것입니다. 이 내용으로 보자면 사위는 외부 사람이니 장일비와 재산으로 다툴 수 없고, 결국 장일비가 장로의 모든 재산을 물려받을 수 있다는 말이지요."

"그렇군요, 과연 그렇군요."

현령이 목풍아의 재주에 탄복하여 손바닥을 치며 쾌재를 불렀다.

장일비가 승소하여 재산을 다시 찾은 것은 며칠 후의 일이고, 그날 저녁 현령과 식사를 하고 돌아온 목풍아는 술에 취하여 정신없이 곯아 떨어졌다.

다음날 아침 목풍아가 일어났을 때, 그는 방 안에 포박된 한 미인을 발견할 수 있었다. 그 옆에 오괴와 독돈이 우두커니 서 있었는데, 침상에서 일어난 목풍아가 어질어질한 머리를 흔들다가 까만 일산안경을 쓰고 소리쳤다.

"이 계집은 뭐냐?"

독돈이 말했다.

"어젯밤에 대장을 죽이려 침입한 자객입니다."

"자객? 나를 죽이러 왔다고? 우하하하. 정말 웃기는 일이군."

목풍아가 천천히 다가가 소녀의 턱을 들고 얼굴을 찬찬히 바라보았다. 갸름한 얼굴에 투명한 피부, 오똑한 콧날 아래 윤기나는 빨간 입술이 앵두처럼 탐스러운 보기 드문 미인인데, 흑단처럼 반짝이는 까만 눈에 독기가 어려 있었다.

퉤—

별안간 소녀가 침을 뱉었다. 목풍아의 오른쪽 뺨에 침이 붙었다. 오괴와 독돈의 입이 쩌억 벌어졌다. 하늘 같은 대장의 얼굴에 침을 뱉다니…….

‘이 계집이 죽으려고 작정을 했나? 너 누구야? 너 죽었어’ 라고 소리를 지르며 노기충천하여 방방 뜰 것이라는 예상과 달리 목풍아는 아무렇지도 않은 듯 싱긋 웃었다.

“아침부터 아름다운 소녀의 침으로 세수를 하다니, 이거 정말 기분 좋구나.”

“흥. 한 번 더 해줄까?”

“아! 좋아, 좋아. 이번에는 이쪽으로…….”

목풍아는 얼굴을 왼쪽으로 돌렸다.

퉤—

허연 침이 목풍아의 왼쪽 뺨에 붙었다. 오괴와 독돈의 얼굴이 심하게 일그러졌다. 목풍아는 배시시 웃으며 말했다.

“아! 좋아라. 아! 좋아라.”

오괴와 독돈은 목풍아의 이상한 행동에 머리털이 쭈뼛하여 서로의 얼굴을 바라보았다. 어제저녁 술을 마시더니 미친 것이 틀림없었다.

목풍아는 소녀의 얼굴을 빤히 바라보다가 별안간 소녀의 머리를 붙잡고 두 뺨에 얼굴을 마주 대고 비볐다.

“우헤헤헤. 좋은 것을 나만 할 수는 없지. 우헤헤헤. 정말 기분 좋은 하루다. 우헤헤헤.”

소녀가 질색을 하며 비명을 질렀지만, 몸이 묶인 상태라 목풍아가 하는 대로 두는 수밖에 없었다.

목풍아가 소녀의 얼굴에서 얼굴을 떼고 다시 오른편으로 고개를 돌렸다.

“자, 여기도 다시 해다오.”

“흥, 미친놈. 내가 해줄 것 같아?”

“뭐라구? 그럼 내가 해주지.”

목풍아는 소녀의 얼굴에 침을 마구 뱉었다.

"이 계집년. 갈보 계집년. 어디 맛 좀 봐라."

오괴와 독돈이 서로의 얼굴을 바라보았다. 이제 제정신이 돌아온 것으로 보였기 때문이다. 무수하게 침 세례를 받은 소녀가 마침내 울음을 터뜨렸다.

"이 미친놈아, 그만 해라. 이 미친놈아."

"미친놈은 그만둘 수 없다. 왜냐하면 미친놈은 미쳤기 때문에 미친 짓밖에 못하거든……. 우헤헤헤. 미친놈을 죽이러 왔다가 실패했으니 미친놈한테 당하는 수밖에 없지. 우하하하."

목풍아가 통쾌하다는 듯이 자리에서 일어나 허리에 손을 대고 호탕하게 웃었다.

"수건 가져와라."

오괴가 얼른 물수건을 가져다 주었다. 목풍아가 털썩 의자에 앉아 물수건으로 얼굴을 닦았다.

"이름이 뭐냐? 말하지 않으면 미친 짓을 할 테다."

목풍아가 이를 드러내고 잡아먹을 듯이 으르렁거리자 겁을 집어먹은 소녀가 입을 열었다.

"소홍(素鴻)."

"무엇 때문에 나를 죽이려 했지?"

"네가 우리 신모님과 자매들을 무자비하게 죽여 버렸잖아. 그분은 오갈 데 없는 고아인 나를 길러주신 착한 분이란 말이야."

"뭐라구? 착한 분?"

목풍아는 고개를 젖혀 목청껏 웃다가 소리쳤다.

"와하하하. 그러고 보니 운이 좋은 계집이구나. 아직 무당의 잔당이 살아 있었다니……."

목풍아는 소홍을 자세히 바라보다 말했다.

"그런데 너는 뭘 모르는 계집이 분명하구나. 얼굴은 예쁜데 머리는 텅 비어 있거나, 아니면 그 무당 년을 닮아 철판을 깔았거나……. 둘 중 하나는 분명한데 어느 쪽일까?"

소홍이 매서운 눈빛으로 노려보았다.

목풍아가 소홍을 노려보다 손가락질하며 말했다.

"이 계집아, 잘 들어라. 너희가 무고한 가정의 부모들 가슴에 비수를 꽂고, 순진한 처녀들을 물귀신으로 만든 것은 죄가 아니고, 내가 무고한 백성들을 대신해서 너희 악녀들을 하백에게 보낸 것은 죄가 된단 말이냐?"

"그래도 죽일 것까진 없었잖아."

"악의 씨는 모조리 없애는 것이 나아. 그렇지 않으면 다시 자라나 어리석은 백성을 현혹시켜 무고한 희생을 만들기 때문이지. 너는 너를 길러준 무당 년이 죽은 것이 슬프지?"

소홍이 고개를 끄덕끄덕하였다.

"그럼 마음을 돌려 자식을 잃은 부모의 마음을 생각해 봐라. 아직 꽃도 피우지 못하고, 있지도 않은 하백을 위해 수장된 처녀의 인생을 생각해 봐라. 네가 나의 얼굴에 침을 뱉을 때는 아무렇지도 않았겠지만 내가 네 얼굴에 침을 뱉었을 때, 너는 어떻더냐? 사람의 마음이란 다 그런 것이다. 그 무당 년은 수많은 사람들의 가슴에 비수를 꽂은 악녀다. 그런 악녀를 내가 자비를 베풀어 살려줄 것이라 생각하였냐? 어림도 없는 일이지. 나는 무당의 손에 무고하게 죽어간 처녀들을 대신해서, 그들의 부모를 위해서, 천하 사람들의 행복을 위해 악녀를 처단한 거다. 알겠느냐?"

소홍은 목풍아의 말에 대꾸할 수가 없어 힘없이 고개를 푹 숙였다.

“독돈, 저 계집년을 풀어줘라.”

“예? 이 계집아이가 무당이 되면 안 되잖아. 대장, 그냥 죽여 버리자.”

목풍아가 독돈을 노려보았다.

“대장 말이 말 같지 않아? 풀어주라고, 저깟 계집년 상대해 봤자 시간 낭비니까 보내줘라.”

독돈이 얼른 소홍을 풀어주었다.

소홍이 천천히 일어나 목풍아를 바라보았다.

목풍아가 정색을 하고 소홍을 바라보다 탁자에 있는 날카로운 비수를 소홍 앞에 던져 주었다.

“그래도 나를 죽일 수 있다면 죽여도 좋다.”

소홍은 목풍아의 얼굴을 바라볼 수 없어 말없이 고개를 숙였다. 숙인 얼굴에서 눈물이 방울방울 떨어졌다. 목풍아의 말에 더 이상 대꾸할 용기가 나지 않았던 것이다.

목풍아는 들고 있던 물수건을 던져 주었다.

“이것으로 얼굴을 닦고 앞으로는 새사람으로 태어나거라. 너는 그러리라 생각되니 목숨만은 살려준다.”

목풍아는 고개를 돌렸다. 우두커니 몸을 돌려 서 있는 작은 체구에서 묵직한 무게가 느껴졌다.

오괴와 독돈은 목풍아가 너무 멋있게 보여 서로의 얼굴을 바라보며 엄지를 치켜들었다.

소홍이 물수건을 꼬옥 쥐고 고개를 돌린 목풍아에게 인사를 하고는 바깥으로 걸어나갔다.

“대장, 소홍이란 계집아이가 갔는데요?”

말이 떨어지기 무섭게 목풍아가 참았던 숨을 내쉬더니 갑자기 침대에 엎어졌다.

“대장, 왜 그러세요?”

“아! 정말 무게 잡기 힘드네.”

오괴와 독돈이 서로의 얼굴을 바라보았다.

“제길. 계집이 조금만 덜 예뻤어도 하백에게 보내 버렸을 텐데. 눈이 휙 돌아갈 정도로 예뻐서 내가 오늘은 특별히 자비를 베풀었다. 히히. 그 계집, 피부가 정말 부드럽던데…… 아깝다. 쩝.”

목풍아가 입맛을 다시며 히죽거리는 것을 보고 오괴와 독돈은 할 말을 잃었다. 무엇이 목풍아의 진면목인지 두 사람은 알 수 없었다. 무거운 것 같다가도 가볍고, 엉성한 듯하면서도 치밀하여 무엇이 진짜 목풍아인지 분간할 수 없는 것이었다.

아침을 먹고 느긋하게 차를 한 잔 마시고 있으려니 현령이 허겁지겁 목풍아에게 뛰어왔다.

“아침부터 무슨 일이오?”

“예, 다름이 아니라 왕부에서 급한 전갈이 왔습니다.”

“왕부에서?”

“급히 올라오시라는 분부가 있었습니다.”

“급히 올라오라고? 여기 온 지 이틀밖에 안 되었는데?”

“여기 일은 잘 처리하였다고 보고하였습니다. 그런데 왕부에 무슨 일이 있는지 급히 올라오라는 파발이 내려왔습니다.”

목풍아가 잠시 생각에 잠겼다가 말했다.

“그 파발을 가지고 온 자를 만나볼 수 있겠소?”

“예. 당장 데려오지요.”

잠시 후 파발을 가지고 온 자가 급창과 함께 객관으로 들어와 꾸벅 인사를 하였다.

“너는 지금부터 보고 온 그대로 자세히 말해야 한다.”

“예.”

“왕부의 공기가 어떻더냐? 가령 궁전을 호위하는 군사들이 바뀌었다든가…….”

“예. 남경에서 올라온 군사들로 바뀐 것을 보았습니다.”

“남경에서 올라왔다고?”

“예. 저도 자세한 것은 모르겠고, 연왕께서 병이 나셔서 병상에 계시다는 이야기는 들었습니다.”

“오, 알겠다. 수고했다.”

목풍아는 파발을 가져온 자에게 은전 한 냥을 주고 보내었다.

현령이 물었다.

“무슨 일로 왕부에서 급하게 파발을 보낸 걸까요?”

목풍아는 씨익 웃으며 노래를 불렀다.

여의주는 하나, 용은 두 마리[一介寶珠, 兩介龍].
한 마리를 선택한다면 어떤 용인가[一介選擇, 何介龍]?

현령의 얼굴빛이 창백하게 변하였다. 이는 역모(逆謀)를 노래한 것이었다. 여의주는 황제의 자리를 뜻하고, 두 마리 용은 연경에 있는 연왕(燕王)과 남경에 있는 지금의 황제를 말하는 것이다. 그런데 목풍아는 비유적으로 현령에게 어떤 왕을 선택할 것인가 물어보고 있는 것이다. 아무렇지도 않게 현령에게 역모에 관계된 물음을 꺼냈다는 것은 이미 상대방이 작정을 하였다는 말이다. 만일 목풍아에게 반대되는 말을 했을 때 뒤에서 있는 괴인에 의해 이 자리에서 죽임을 당할 수도 있는 문제였다.

창백한 얼굴로 목풍아를 바라보는 현령이 침을 꿀꺽 삼키었다.

목풍아가 싱글거리며 말했다.

"나는 옛날에 이런 이야기를 들었소."

"어, 어떤 이야기 말입니까?"

"어느 날 홍무제께서 황태손과 시를 읊으며 한때를 즐길 때 이야깁니다. 홍무제께서 먼저 한 구를 읊으셨지요. '말 꼬리 바람에 흩날려 천가닥 실을 이루네.' 그리고는 황태손에게 대구를 지으라고 하셨지요. 그러자 황태손께서 '양의 털 비에 맞아 털방석을 이루네' 라 했고요. 그때 연왕께서 이런 시를 지으셨지요. '용의 비늘 햇빛 받아 만 가닥 금을 이루네.' 현령께서는 누구의 시가 더 나은 것 같습니까?"

"그, 그야, 연왕의 시가 더 나아 보이는군요. 황태손, 아니, 지금의 황제 폐하보다 패기가 넘치는 시로 보입니다."

목풍아는 고개를 끄덕이며 한숨을 내쉬었다.

"홍무제께서도 내심 연왕을 차기 황제로 생각하셨겠지요. 그런데 막북으로 물러난 원의 잔당이 호시탐탐 노리고 있으니 어쩝니까? 그들을 막지 못하면 명나라가 안정될 수가 없지 않습니까?"

"그렇습니다."

"홍무제께서는 하는 수 없이 가장 중요한 북방을 막는 중책을 연왕에게 넘기셨고, 홀로 연경에서 십삼 년 동안 번(番)을 서고 계신 것이 아니겠습니까. 결론적으로 말하자면 연왕 덕분에 명나라의 기반이 다져질 수 있었던 것이구요."

"그렇습니다. 지극히 당연한 말씀이지요."

"그런데 이번에 남경에서 전하를 체포하러 사람들이 온 모양입니다. 아마 황제의 곁에 있는 간악한 신하들이 부추김을 하였겠지요. 현령께서도 생각을 해보십시오. 북방의 적을 막아주던 연왕이 없다면 이 나라는 어떻게 되겠습니까?"

"그, 그것이……."

생각해 보니 심각한 문제가 아닐 수 없었다. 연왕이 잡혀가면 이곳 하음현은 그야말로 불모지가 되고 만다. 그동안 원나라의 핍박 속에서 개, 돼지처럼 살아온 것을 생각하면 눈앞이 깜깜한 일이 아닐 수 없었다.

"제가 그런 노래를 부른 것은 그 때문입니다. 길은 하나밖에 없습니다. 연왕이 간악한 자들에게 참소당하여 폐(廢)하시게 된다면 명나라는 끝장입니다. 단명한 왕조는 중국 역사에 수없이 많습니다. 모두 연약한 황제와 간악한 신하들 때문에 백 년을 넘기지 못하고 사라지고 말았지요. 아! 이제 시작하는 명나라의 앞날이 깜깜합니다. 수많은 백성들의 평화를 위해서라도 우리는 결단을 내리지 않을 수 없습니다."

현령이 굳게 입을 다물고 고개를 끄덕였다. 지당한 말임에 틀림없었다. 연왕은 평생을 전장에서 싸우며 명나라를 반석에 올리는 공을 세웠다. 그러나 지금 그 공은 어디로 가고 황제를 보좌하는 간악한 신하에 의해 명의 울타리가 무너지려 하는 것이다. 내부의 결속이 중요한 때에 분열되고 있으니 이는 망국의 조짐이 틀림없었다.

"제가 도울 일이라도 있겠습니까?"

연왕을 돕겠다는 말이었다.

목풍아가 빙그레 웃으며 말했다.

"대의를 보는 눈이 빠르시군요."

"아닙니다. 대인의 지적이 없었다면 판단을 내리기가 힘들었을 겁니다."

"아니오. 그대와 내가 천하 백성들의 행복을 한마음으로 생각하고 있기 때문에 올바른 결정이 나온 거요."

현령은 그 말을 듣자 두근거리며 뛰는 가슴이 진정되었다. 역모였다. 한 나라의 신하로서 역모를 생각한다는 것은 더없는 불충(不忠)이며 청사에 부끄러운 일임에 틀림없었으나, 천하 백성들의 행복을 생각할 때에

현령은 목풍아의 말과 자신의 결정이 올바른 것으로 생각되었다.

원나라가 중원을 차지했을 때 백성들은 말할 수 없이 어려운 고통을 겪었다. 원이 망할 무렵에는 각지에 수많은 영웅들이 뛰어나와 천하는 처참한 살육이 벌어지는 싸움판이 되었으며, 수많은 백성들이 쉴 새 없이 고통을 당하였다. 그렇다. 평화는 없었다. 주원장이 원의 세력을 몰아내고 명(明)이라는 제국을 건설한 지 삼십여 년. 다시금 혼란의 징조가 다가오고 있었다. 명이 망하면 다시 끝없는 혼란이 계속된다. 이제는 평화의 시기가 와야만 한다. 평화, 그것은 이 험한 시대를 살아가는 사람들의 염원이었던 것이다. 현령은 그 높은 염원에 동참하리라 생각하니 두렵던 마음이 언제 그랬냐는 듯 시원스레 가시었다.

목풍아는 좌우를 둘러보다 현령에게 속삭이듯 말했다.

"그대가 할 것은 두 가지입니다. 어려운 일이 아니니 잘해주리라 믿습니다."

"무엇입니까?"

"하나는 어제 회수한 수천만 냥을 가지고 비밀리에 군량을 확보해 두시오."

"그것이라면 어렵지 않습니다. 가까운 곳에 천진항(天津港)이 있으니 그곳에서 곡물과 마초를 구입하면 됩니다."

"좋습니다. 눈치가 빠르시군요."

"그러면 다른 한 가지는 무엇입니까?"

"아이들에게 노래를 퍼뜨리십시오."

"노래요?"

"예로부터 민심(民心)은 천심(天心)이라 하였습니다. 민심을 급속히 돌아서게 하려면 참언(讖言)이나 동요(童謠)만한 것이 없지요. 아마 삽시간에 천하에 퍼질 것이니 아이들에게 퍼뜨려 주시오."

목풍아는 노래를 시작하였다.

구슬은 하나, 용은 두 마리[一介寶珠, 兩介龍].
북쪽의 용이 구슬을 가졌네[北方龍是, 取寶珠].
구슬은 하나, 용은 두 마리[一介寶珠, 兩介龍].
북쪽의 용이 큰바람을 탔네[北方龍是, 乘太風].

아이들이 부르기에 손색없는 짧고 간단한 노래였다. 누구라도 연왕이 황제가 될 것임을 의심할 수 없는 노래였으니, 현령은 이 노래를 듣고 어린 목풍아의 치밀한 머리에 깜짝 놀라 저도 모르게 침을 꿀꺽 삼켰다.

연왕이 결심을 하고 움직인다면 그의 군사력은 남경의 황제를 압박하기 어려운 것은 아니다. 그러나 황제에게 칼을 들이댄다는 것만큼은 명분이 없는 일임에 틀림없었다. 각지의 제후들이 황제를 위해 일어설 것이 틀림없으며, 민심이 등을 돌릴 테니 연왕은 막강한 군사를 가지고도 끝내 멸망하고 말 것이다.

그러나 이 어린 소년 관리는 노래라는 심리적인 수법을 통해 민심의 반향을 극소화시키고, 어리석은 민중에게 연왕이 황제가 될 것이라는 믿음을 주려는 것이다. 이 노래가 퍼질 때 즈음은 각지의 제후들도 섣불리 황제를 위해 병력을 동원하지 못할 것이다. 그렇게 되면 승리는 연왕의 것. 더 생각할 것도 없었다.

'아! 연왕에게 이런 부하가 있다면 승부는 불 보듯 뻔하다. 내가 연왕을 선택하길 잘했다.'

현령은 목풍아의 계교가 놀라울 만큼 무섭고 치밀하여 목풍아와 한번 대면만으로 승부는 결정지어졌다 생각하였다. 하긴 어제 어려운 송사를 가볍게 풀어내는 것만으로 이미 그 능력은 입증되었으니 더 말할 것도 없었다.

"그것은 염려 마시고 저에게 맡겨주십시오."

"좋소. 그럼 그대만 믿고 나는 가겠소. 일이 잘되면 황제께서 큰상을 내릴 것이니 그때까지 열심히 하시오."

목풍아는 굽실거리는 현령의 어깨를 토닥거리며 객관을 나섰다.

오괴와 독돈은 목풍아의 뒤를 따라가며 다시 한 번 혀를 내둘렀다.

자고 일어나서 밥 먹은 다음인데 언제 그런 생각을 했을까 할 정도로 치밀하기 그지없는 대장이었다. 그동안 우스꽝스럽게 제멋대로 불렀던 노래가 이런 심리전을 생각하고 불렀다는 말이었다. 그렇다면 목풍아의 생각은 어디까지 나가 있는 것일까?

오괴는 목풍아를 보면 볼수록 존경스러운 마음이 들었다. 무인으로서는 상상하기도 어려운 문제를 어린 목풍아는 척척 해결해 내고 있다. 도대체 그 능력의 끝이 어디까지인지 상상하기 어려워서 더욱 목풍아가 사랑스러운 것이다.

마차를 타고 올 때 그랬던 것처럼 오괴와 독돈은 마음에서 우러나오는 부채질을 쉴 새 없이 해주었다.

"그런데 대장, 왕부에 큰일이 생긴 것 같은데 어떡할 겁니까?"

"뭘 어떡해?"

목풍아는 손으로 목을 치는 시늉을 하곤 자리에 털썩 누워 목청껏 노래를 불렀다.

구슬은 하나, 용은 두 마리.
북쪽의 용이 구슬을 가졌네.
구슬은 하나, 용은 두 마리.
북쪽의 용이 큰바람을 탔네.

큰바람이 누구냐? 목풍아라네.

목풍아는 별안간 배를 잡고 웃었다.

"우헤헤헤. 나는 정말 노래를 잘 부르는 것 같아. 우헤헤헤."

오괴와 독돈은 대장이 도대체 무슨 생각을 하는 것인지 알 수가 없어 고개를 돌려 서로의 얼굴을 바라보다 피식 웃었다. 자신들의 머리로는 아무리 생각해 봐도 짐작할 수 없는 대장의 속내임을 알면서도 끝끝내 호기심을 참지 못하는 서로의 얼굴이 우스꽝스러웠기 때문이다.

"그냥 부채질이나 하자."

두 사람은 연왕부에 도착한 목풍아가 과연 어떤 일을 저지를지 기대하며 열심히 부채질을 하였다.

해가 중천에 떠오르지도 않았는데 날씨는 벌써부터 후텁지근하였다. 더위 때문에 일찌감치 마차의 문을 활짝 열어놓고 열심히 목풍아에게 부채질을 하던 독돈은 강둑에 많은 사람들이 모여 있는 것을 흘깃 보다 목풍아에게 말했다.

"대장, 저기 사람들이 모여 있는 가운데에 소홍이라는 계집이 잡혀 있는데요?"

목풍아가 벌떡 일어나 마차 바깥을 바라보더니 소리쳤다.

"멈춰."

마차가 먼지를 일으키며 즉시 멈추었다.

"그 계집년이 저기 잡혀 있단 말이지?"

목풍아가 근엄한 얼굴로 일산안경을 쓰고 마차에서 내렸다. 오괴와 독돈이 그 뒤를 따라 사람들이 모여 있는 곳으로 향하였다.

"뭐야, 뭐야? 왜 이렇게 소란스러운 거야?"

목풍아가 소리를 지르자 사람들은 그가 하백 행사장에서 무당과 원로들을 눈 하나 깜짝하지 않고 수장시켜 버린 까만 안경을 낀 높고도 무서운 관원임을 깨닫고 재빨리 바닥에 엎드렸다. 그때 중년의 사내 하나가 빌빌거리며 다가와 자초지종을 이야기하였다.

"저 아이는 무당이 데리고 다니는 여제자의 하나인데 아직까지 죽지 않고 살아 있기에 저희가 잡아서 하백에게 보내려고 데려가는 중이었습니다."

"뭐야? 이 미친놈을 보았나."

목풍아는 사나이의 가슴팍을 차서 쓰러뜨리고는 소리쳤다.

"내가 어제 뭐라 했더냐? 하백을 들먹이는 자가 있으면 내가 하백에게 보내 버린다고 그랬나, 안 그랬나?"

사나이가 깜짝 놀라 목풍아의 무릎 앞에 머리를 조아리며 애원하였다.

"제가 잘못했습니다. 한 번만 용서해 주십시오."

소홍을 끌고 가던 사람들이 후다닥 도망가기 시작했다.

"어딜 가려구? 멈추지 못해?"

그와 동시에 목풍아의 등 뒤에 서 있던 오괴와 독돈이 좌우로 갈라지며 번개처럼 움직였다. 검은 옷을 입은 두 사람이 지옥에서 온 사자처럼 번쩍번쩍 움직이며 사람들을 몰기 시작하자, 도망가던 사람들이 한곳으로 모여들었다. 목풍아의 앞이었다.

도망칠 곳이 없는 사람들이 땅바닥에 무릎을 꿇고 손이 발이 되도록 빌었다.

목풍아가 일산안경을 살짝 들어 올리며 소리쳤다.

"네놈들이 내 명을 거역하였으니 할 수 없는 일이지. 나라의 법이 얼마나 무서운지 보여주마. 너희와 무당의 제자를 한꺼번에 하백에게 보내주겠다."

사람들이 미친 듯이 울부짖으며 땅바닥에 머리를 쾅쾅 박았다.

"대인, 저희가 잘못했습니다. 목숨만 살려주십시오."

"대인, 목숨만 살려주십시오. 저희에겐 가족이 있습니다요. 자비를 베풀어주십시오."

까만 안경을 쓰고 빤히 그들을 바라보던 목풍아는 손을 휘저으며 소리쳤다.

"교의를 가져와라."

오괴가 득달같이 마차 지붕에서 의자를 가져와 목풍아의 뒤에 놓았다.

목풍아가 거드름을 피우며 독돈에게 소리쳤다.

"덥구나, 더워."

독돈이 얼른 왼편으로 와서 그늘을 만들며 부채를 펼쳐 부채질을 하였다.

"대인, 제발 한 번만 용서해 주십시오."

사람들이 머리를 들어 목풍아의 선처를 바라고 있으니 목풍아가 고개를 끄덕끄덕하더니 손가락 하나를 펼쳤다.

"좋아. 그렇다면 용서해 주지. 대신 한 가지 일을 해야 한다."

"뭐든 시켜주십시오."

"좋아, 좋아. 그럼 지금부터 한 사람씩 나와 노래를 부른다."

"무슨 노래입니까?"

목풍아는 자신이 직접 노래를 부른 후 한 사람씩 따라 부르게 하였다.

"약간의 시간을 주겠다. 딱 세 번의 기회를 준다. 만약 세 번에 이 노래를 따라 부르지 못하는 자는 하백에게로 보낼 테니 그리 알아라."

무자비하게 무당과 여제자, 세 원로를 강물 속으로 던져 버리던 모습을 보았던 까닭에, 사람들은 필사적으로 노래를 외우기 시작하였다. 생각보다 어려운 가사가 아니어서 금방 따라 할 수 있었고, 자신들의 생명이 달린 일이라 노래의 내용이 무슨 뜻이든 간에 반복하고 반복하며 노래를 따라 부를 뿐이다.

이윽고 목풍아는 한 사람씩 나오도록 하여 사람들 가운데서 노래를 부르게 하였다. 처음에 나온 사람은 아버지를 따라 온 어린 소년이었는데, 총기가 있어 제법 또랑또랑한 목소리로 노래를 불렀다.

구슬은 하나, 용은 두 마리.
북쪽의 용이 구슬을 가졌네.
구슬은 하나, 용은 두 마리.
북쪽의 용이 큰바람을 탔네.

목풍아가 손뼉을 치며 말했다.
"와하하하. 잘했다. 용서해 주마. 너는 구경을 해도 좋다."
소년이 겁을 집어먹고 있다 이 소리를 듣고 목풍아의 뒤에 서서 아버지의 차례를 기다렸다. 가사가 쉬워 아버지 역시 쉽게 따라 하고 용서를 받았다. 용서를 받았으니 죽음의 위험이 없는 것이고, 꼬투리를 잡힐 염려가 없으니 그 역시 소년의 옆에서 사람들이 노래하는 것을 구경하였다.

한 사람씩 나와 노래를 부르는데 모두 쉽게 통과하였다. 몇 사람이 노래를 부르는 사이에 지나가는 사람들이 하나둘 모여들어 생명이 걸린 시험인지도 모르고 노래하는 사람을 보고 손뼉을 치며 웃기도 하고 노래를 따라 부르기도 하였다.

삽시간에 동네 노래 잔치가 되어버린 것 같았다. 이미 노래를 아는 사람은 목풍아 앞에서 노래 부르는 사람을 따라 같이 부르고, 모르는 사람도 따라 부르는 사이에 노래를 모르는 사람이 없을 정도였다.

목풍아는 그들의 노래를 들으며 까만 안경 아래로 미소를 흘렸다. 사람의 마음이란 알 수 없어 금방 이랬다가 다른 방향으로 갈 수 있는 것이다. 하물며 역모와 관련된 일이라는 것은 더욱 그랬다. 배신자 한 사람으로 모든 준비가 허물어져 버린 것은 역사에 무수히 기록되었던 일이다. 목풍아는 하음현령이 마음이 약해 혹시라도 배신할까 대비하여 이곳에서 사람들에게 강제로 노래를 부르도록 만든 것이다.

강제로 배운 노래지만 사람들이 따라 부르고, 그것이 동네에 퍼지게 된다면 하음현령도 흔들리는 마음을 굳히고 전심전력을 기울일 것이 분명하였다. 목풍아가 노린 것이 바로 그것이었다.

한동안 사람들이 노래를 다 마치고 나자 마지막으로 포박되어 있는 소홍의 차례가 되었다.

소홍은 말없이 목풍아를 바라보았다. 그 얼굴에 반가운 듯 미소가 살짝 스쳐 가는 것을 목풍아는 보았다.

목풍아가 거만하게 소리쳤다.

"이봐, 너는 노래를 못 부르겠다는 거냐?"

소홍은 다소곳이 머리를 숙였다. 까만 보석 같은 눈에 맺힌 눈물방울이 햇빛을 받아 반짝거렸다.

'저런 미련한 계집, 무당을 따라 죽으려고 하는구나.'

목풍아는 고개를 들어 하늘을 바라보다 재빨리 소리쳤다.

"이런, 이런. 일이 시급한데 이곳에서 시간이 너무 지체하였다. 저 계집이 내 말을 듣지 않으니 할 수 없다. 저년을 데려가다 적당한 곳에서 하백에게 보내 버려야겠다."

목풍아가 의자에서 일어나자 오괴는 얼른 소홍을 잡아 겨드랑이에 끼고는 그 뒤를 따르고, 독돈은 투덜거리며 의자를 들고 따랐다.

마차가 움직이자 사람들이 뒤따라오며 목풍아의 덕을 칭송하였다. 그들은 노래를 부르면서 목풍아가 원래 그들을 수장시킬 마음이 없었다는 것을 알았던 것이다. 쉬운 노래를 부르는데 세 번이나 기회를 주었으니 누구나 그렇게 생각할 만도 하였다.

손을 흔들며 꾸벅꾸벅 인사를 하는 것을 뒤로하고 마차는 넓은 관도를 따라 올라갔다. 후끈한 바람이 마차 안으로 들어오자 오괴와 독돈이 얼른 부채질을 하였다.

포박이 풀린 소홍은 마차 안에 기가 죽은 모양으로 앉아 있다 두 괴상한 늙은이가 느닷없이 목풍아에게 부채를 부치는 것이 우스워 입에 손을 가져가 피식 웃었다.

까만 안경 너머로 소홍을 바라보던 목풍아가 재빨리 소리쳤다.

"뭐가 우스운 게냐?"

목풍아의 물음에 소홍은 주눅이 들어 입을 다물었다. 수줍어하는 아리따운 얼굴이 밉지는 않았다. 목풍아는 자리 뒤편에 등을 기대고 소홍을 바라보며 물었다.

"나이가 몇이냐?"

"열다섯입니다."

"열다섯이라, 나보다 한참 어리군."

어려봐야 한 살 차이였다.

"어쩌다가 잡혔느냐?"

"강가에 언니들과 양어머니의 시신을 찾으러 갔다가 그만……."

"와하하하. 네 언니들과 무당은 그리 좋아하는 하백에게 모두 단체로 시집을 갔을 테니 찾을 것도 없다. 모두 하백의 궁전에서 잘살고들 있을 테니 말이다. 와하하하. 생각해 봐라. 하백이 일 년에 한 번씩 처녀를 받다 늙은 것, 젊은 것 할 것 없이 떼거지로 받았으니 얼씨구나 염복(艷福)이 터졌다고 얼마나 좋아하겠냐? 덩실덩실 춤을 추고 야단났겠다. 와하하하.”

소홍은 고개를 숙인 채 말이 없었다.

목풍아가 언니들과 양어머니를 무참하게 죽여놓고도 뻔뻔하게 비웃고 있는 것에 대해 참을 수 없는 분노와 복수심이 생겨났지만 그것도 잠시, 이 어린 관원이 백성들을 생각하는 마음과 자신을 살려준 고마움에 분노가 소나기를 맞은 것처럼 사그라져 버리고 말았다. 백성들이 목풍아에게 고마워하는 모습을 떠올리면 자신들이 그동안 해왔던 일들이 부끄럽고 후회스럽게 생각되었기 때문이다.

‘나는 이 사람을 해칠 자격이 없는 사람이다.’

한참을 웃던 목풍아가 웃음을 그치고 물었다.

“어디로 갈 거냐?”

“그냥…….”

“그럼 나와 함께 연경으로 갈 테냐?”

소홍은 미소를 지으며 머리를 좌우로 흔들었다. 목숨을 두 번이나 살려준 것으로도 부담인데, 그런 사람에게 의지하기에는 자존심이 허락하지 않았다.

“대인께 폐가 되긴 싫습니다. 저는 저대로 가보겠습니다.”

“어딜 가려구?”

“이 넓은 중원 천지에 갈 곳이야 없겠습니까?”

목풍아는 서운함을 느꼈지만 할 수 없는 일이다. 좀처럼 만나기 어려운 미인이라 욕심이 생겼지만, 지금은 마음 가는 대로 할 수 없는 상황이었다. 연왕이 황제가 보낸 사람에게 포위되어 남경으로 끌려갈 상황에 작은 정에 마음을 빼앗길 수는 없는 노릇이었다.

“그래, 인연이 있으면 다시 만나게 되겠지.”

목풍아는 고개를 끄덕이며 중얼거리다가 손을 번쩍 들고 소리쳤다.

“마차를 세워라.”

마차가 득달같이 멈추었다.

목풍아는 주머니에서 백 냥짜리 지전 하나와 은자 다섯 냥을 꺼내 주었다.

“험한 세상이니 몸조심하거라.”

소홍이 몇 차례나 거절하였지만 목풍아의 집요함을 이길 수 없어 결국 은자를 받을 수밖에 없었다.

“대인, 대인의 은혜는 잊지 않겠습니다.”

소홍이 마차 바깥에서 고개를 다소곳이 숙여 읍하였다.

목풍아는 호탕하게 웃으며 고개를 끄덕거렸다.

“와하하하. 그래, 그래. 절대 잊어서는 안 된다. 이 목풍아님의 은혜를 절대 잊지 마라…….”

소홍이 다시 한 번 고개를 숙였다.

목풍아가 소리쳤다.

“자, 출발이다.”

이내 마차가 질풍처럼 관도를 달리기 시작하였다. 넓은 평원에 곧게 뻗은 대로에 마차에서 일어난 뿌연 흙먼지가 사라질 때까지 소홍은 그 자리를 떠나지 않고 바라보았다.

‘인연이 있다면 다시 만날 수 있겠지요. 그때까지 평안하시길…….’

소홍은 두 손을 모아 목풍아가 사라진 대로를 향해 고개를 숙였다.

목풍아는 당당하게 앉아 있다 마차 바깥으로 빼꼼히 머리를 내밀었다. 소홍은 보이지 않았다.

“히유~”

땅이 꺼져라 길게 한숨을 내쉬곤 목풍아는 털썩 자리에 누웠다. 오괴와 독돈이 서로의 얼굴을 바라보다 다시 부채질을 하였다.

독돈이 목풍아의 눈치를 살피며 말했다.

"대장, 그렇게 아까우면 데려가지 그랬어요."

"그러게 말이다. 휘유~ 하지만 데려갈 수 없다."

"어째서요?"

"천하 백성들을 위해서… 아! 머리가 아프다. 여자의 마음을 사로잡긴 어려워……."

"대장이 어려운 것도 있나요?"

"그러게 말이다. 가겠다니 잡을 수 있나. 히유~"

독돈이 말했다.

"이왕 이렇게 된 것 끝까지 무게를 잡으시지. 마지막까지 멋있게 말입니다."

"그러게 말이다. 마지막에 내가 어쩌자고 그렇게 촉새같이 웃었는지 모르겠다. 히유~ 천성이 그런 걸 어쩌겠느냐?"

오괴와 독돈은 목풍아의 인간적인 면모에 마음이 끌려 저희끼리 빙그레 웃으며 바라보았다. 그렇게 보면 목풍아는 계산적이기보다 인간적이었다. 자기가 좋아하는 사람을 위해 양보할 줄도 아는 미덕이 있는 사람. 냉정한 머리 이면에 서린 따뜻한 가슴과 마음을 발견하고 오괴와 독돈 두 사람은 한숨만 내쉬는 목풍아가 꼬집어줄 정도로 사랑스러웠다.

서산에 지는 붉은 노을을 등에 지고 저녁 무렵 마차는 연경에 도착하였다. 연경 앞에 있는 역원에 마차를 건네고, 더위가 한풀 꺾여 선선한 바람이 불어오는 남대문으로 들어가 넓은 장안가를 지나던 목풍아는 연왕부로 가지 않고 곧장 연자루로 들어갔다.

주루의 주련은 찬란한 황금색으로 목풍아가 써준 글귀로 바뀌어져 있었으며, 출입하는 사람들이 끊임없는 것을 보니 장사도 여전히 성업 중이었다.

새 주인이 돌아온 것을 보고 주보가 황급히 알리자, 일도와 조기가 뛸 듯이 누각에서 내려와 깍듯하게 인사를 하였다.

"대장, 빨리 올라오셨습니다."

싱글벙글 웃는 것은 일도였다. 얼굴에 칼자국이 있어 싸움보다는 험악한 얼굴로 밥은 먹는 일도는 심성이 충성스럽고 우직한 면이 있었으나, 담이 작고 돈에 인색한 것이 흠이었다. 일도의 아버지가 도박에 빠져 집안이 홀라당 망한 탓에 어려서부터 쪼들리며 어렵게 성장한 때문인지도 몰랐다. 조기와 함께 있으니 그 얼굴에 촌티가 좔좔 흘렀다.

"오셨습니까, 대장."

느리고 조용하게 인사를 하는 것은 조기였다. 연경 제일누각을 경영하던 우두머리 습성이 옷차림부터 인사에까지 자연스럽게 배어 있어 옆에 있는 일도가 무색할 지경이다.

목풍아가 조기의 인사를 받고 말했다.

"응. 왕부로 들어가기 전에 잠깐 이야기를 하려고 왔다."

"그렇지 않아도 기다리고 있었습니다. 삼층으로 가시죠."

조기가 앞장서서 계단을 올라가고 목풍아가 그 뒤를 따랐다. 오괴와 독돈은 찬밥이 되어버린 일도를 보고 서로의 얼굴을 바라보다 그 뒤를 따랐다.

삼층 누각 한편에는 기루의 주인이 거처하는 방이 하나 있는데, 조기는 목풍아를 그곳으로 안내하였다.

화려한 양탄자가 깔린 방은 페르시아식으로 아름다운 장식이 된 훌륭한 방이었는데, 기기색색의 무늬가 있는 큰 탁자에 서류가 놓여 있고, 호랑이 가죽으로 만든 푹신한 의자 옆에 쇠로 만든 금고가 있었다. 방 가운데 아담한 둥근 탁자가 있었고, 그 둘레로 몇 개의 의자가 놓여 있었다.

"어떻게 된 거냐?"

호랑이 가죽 의자에 앉기 무섭게 목풍아가 느닷없이 물었다. 일도와 오괴, 독돈은 어리둥절해하였다. 무엇을 물어보는지 알 수 없었기 때문이다.

조기가 침착하게 말했다.

"황제의 명을 받고 포정사(布政使) 장병(張昺), 도지휘사(都指揮使) 사귀(謝貴), 장사(長史) 갈성(葛誠) 등이 연경으로 올라와 연경을 장악하고 왕부를 통제하고 있습니다. 연왕은 칭병하고 누워 있다 들었는데, 언제 잡혀갈지 모를 상황입니다."

"내 말은 그전에 어떻게 된 거냐는 상황을 묻는 거잖아."

일도와 오괴, 독돈은 갈수록 조기와 목풍아가 주고받는 말을 알아들을 수 없어 황당할 뿐이었다. 목풍아와 조기가 주종(主從)이 된 것은 불과 이틀 전의 일이다. 도박판에서 한 번 만났고, 연자루 문서를 내줄 때 잠깐 만난 것뿐인데, 목풍아는 마치 오랫동안 주종 관계였던 것처럼 조기를 윽박 지르고 있는 것이다. 그런데 조기 역시 목풍아의 말을 척척 받았다.

"고변(告變)이 있었습니다. 연산(燕山)의 백호(百戶)인 예량(倪諒)이 황제에게 밀고를 하였고, 연왕의 휘하 장교로 있던 어량(於諒)과 주탁(周鐸)이 가담하여 연왕이 황제에게 두 마음을 품고 있다고 고변한 것 같습니다. 그 문제로 황제가 포정사와 도지휘사를 파견하고, 병력 일만여 명으로 연경을 장악하게 한 것입니다."

목풍아가 흡족한 듯 고개를 끄덕끄덕하였다.

"음, 그렇게 된 것이군. 좋아, 좋아."

오괴는 그제야 목풍아가 조기를 다그친 이유를 알 것 같았다. 연경의 제일누각 연자루는 술을 먹는 사람 이외에도 차를 마시며 쉬어가는 여행자, 상인, 군인, 도박을 하는 사람 할 것 없이 끊임없이 드나드는 곳이다. 때문에 이곳은 천하에 돌고 있는 수많은 정보들의 집합소라고 해도 과언이 아니었다.

목풍아가 연자루를 접수한 것은 단순히 돈을 벌기 위해서가 아니라 이곳에서 무수하게 떠돌아다니는 천하의 정보를 빠르게 입수하기 위해서였다.

조기는 연경 제일이라는 연자루의 주인답게 목풍아의 의도를 단번에 파악하고 대답한 것이다. 결론적으로 목풍아는 연자루를 손에 넣음으로써 연자루의 엄청난 수익과 빠르고 정확한 정보망을 확보하고, 한 사람의 유능한 참모를 수하로 거느리게 된 것이다. 일석삼조(一石三鳥)가 적당한 표현이 될까? 아니, 더 될 수도 있을 것이다. 정말 알아갈수록 그 생각의 크기와 깊이를 알 수 없는 대장이라고 오괴는 생각하였다.

"그나저나 황제가 움직이는 것이 제법 빠르군. 느닷없이 닥치다니 연왕이 깜짝 놀랐을 거야. 그나저나 칭병하고 누워 계시다니 그것은 정화라는 환관의 머리에서 나온 꾀인가? 음."

까만 안경을 쓴 목풍아가 조기에게로 고개를 돌렸다.

"연왕의 세 아들에 대한 정보는 없나?"

까만 안경 안에서 움직이는 눈이 무엇을 보고 무엇을 생각하는지 알 수가 없다. 그 안경만큼이나 속내를 알 수 없는 목풍아였다.

'나이는 어리지만 얼마나 무서운 사람인가? 하룻저녁에 연자루를 먹어치운 것은 단순히 운이 좋았기 때문만은 아니다.'

조기는 목풍아의 그릇을 파악하고 침을 꿀꺽 삼키며 이마에 맺힌 땀을 닦았다.

"주왕의 세 아들은 작년에 홍무제의 부음으로 남경에 복상(服喪)하러 가 있다가 최근에 연왕의 청으로 귀국하던 도중 둘째 왕자인 주고구(朱高煦)가 관원을 살해하는 사건이 있었습니다."

"관원을 살해했다고…… 대담한걸?"

"주고구는 아버지 연왕을 닮아 힘이 세고 난폭하기로 이름이 나 있습니다."

"글쎄, 힘이 센 것은 아버지를 닮았지만 생각이 없는 것은 하나도 닮지 않았는데?"

"예? 그게 무슨 말씀이십니까?"

"아니야, 아니야. 그건 알 것 없고. 남경에서 왕자들을 귀국시키는데 힘을 쓴 사람이 누구지?"

"태상경(太常卿)으로 있는 황자징(黃子澄)이라 들었습니다. 병부상서 제태(齊泰)가 반대하였습니다만 황제가 황자징의 편을 들어주었다 합니다."

"흠……."

목풍아는 한동안 생각에 잠겨 있다 자리에서 벌떡 일어났다.

"왕부로 가야겠다."

"그런데 대, 대장, 지금은 금지령이 내려져 누구도 왕부로 들어갈 수 없습니다. 왕부의 아홉 개 문이 모두 황제가 보낸 군사들로 막혀 있습니다."

"이봐, 조기. 이 목풍아가 그 정도도 생각 못할 바보로 보이나?"

까만 일산안경을 쓴 목풍아가 고개를 돌려 조기를 바라보며 배시시 웃었다.

제 7 장

해결사

연왕부의 남문인 단예문(端禮門) 앞에는 이른 저녁 무렵인데도 횃불을 환하게 밝히고 수많은 병사들이 창을 들고 서 있었다. 백여 명은 족히 넘을 것 같은 병사들이 기치창검을 번뜩이며 좌우로 순라를 돌고 있는데, 그 사이를 평복을 입은 목풍아가 거침없이 들어가고 있었다.

"거기 서라. 너는 어딜 가는 게냐?"

병사 하나가 창을 들어 앞을 막으며 소리를 지르자 목풍아가 그 병사를 빤히 보며 들고 있던 상자를 번쩍 들었다.

"왕부에 들어갑니다."

"왕부? 그곳에는 누구도 들어갈 수 없다."

목풍아가 인상을 찡그리며 말했다.

"뭐라구요? 그럼 어떡합니까? 이 약은 어쩌지요? 왕야께 드릴 약인데 때를 맞추지 못하면 큰일납니다."

병사 하나가 목풍아가 든 상자를 흘깃 보다 장교인 듯한 사내에게 달

려가 무어라 말하였다. 그러자 그 장교가 성큼성큼 다가와 목풍아에게
말했다.

"나를 따라오너라."

목풍아가 장교를 따라 단예문 앞에 설치된 장막 안으로 들어갔다.

장막 안의 탁자에 화려한 은빛 갑옷을 입은 사내 하나와 말끔하게 관
복을 차려입은 사내 하나가 앉아 있었는데, 관복을 차려입은 사내가 목
풍아에게 말했다.

"그 상자를 열어보거라."

목풍아가 탁자 위에 상자를 놓고 함을 들었다. 진한 약 냄새가 피어올
랐다. 이내 목풍아를 데려온 장교가 약상자 안팎과 종이에 싼 약재들까
지 펼쳐 샅샅이 살펴보더니 갑옷을 입은 사내에게 말했다.

"나리, 수상한 것은 없습니다."

갑옷을 입은 사내가 입을 열었다.

"옷을 벗어라."

장교가 같은 말을 반복하며 으름장을 놓았다.

"네, 네."

겁에 질린 것처럼 두려운 얼굴로 목풍아가 입었던 옷을 하나 남김 없
이 홀라당 벗어 탁자 위에 올려놓았다.

장교가 목풍아의 옷을 살펴보다 다시금 목풍아의 온몸 구석구석을 살
피고는 갑옷 입은 사내를 향해 말했다.

"수상한 것은 없습니다."

"옷을 입어도 좋다."

목풍아는 그 사내의 말을 듣고 다시금 옷을 챙겨 입고는 눈치를 살피
듯 입을 열었다.

"나, 나리들은 뉘신데 이렇게 엄하게 검문을 하십니까? 전에 못 보던

분들 같은뎁쇼?"

관복을 입은 사내가 빙그레 웃으며 입을 열었다.

"우리는 남경에서 이곳으로 부임한 사람들이란다. 나는 장사(長史)로 있는 갈성(葛誠)이라 한다. 옆에 계신 분은 포정사(布政使)이신 장병(張昺) 상공이시다. 그런데 네 이름은 무엇이냐?"

"목풍아인데 풍아라고 부릅니다요. 연경의 약재상에서 장 의원님의 심부름을 하고 있는데, 이번에 왕야께서 큰 병에 걸려 급하게 약을 지어 가지고 가는 길입니다요."

"큰 병에 걸렸다고?"

갈성이 한참 생각하다가 말했다.

"왕궁 내에서도 약을 처방하는 내의원이 있을 터인데, 바깥에서 약을 짓다니 이상한데?"

"헤헤헤. 내의원의 약재도 한계가 있습지요. 이를테면 삼 년간 서리 맞은 사탕수수라든지 교미 중인 귀뚜라미, 발톱 빠진 곰발바닥 같은 별난 약재는 내의원에서 구하지 못하고 바깥의 약재상에서 구해야 합니다. 연경의 약재상은 중원의 약재뿐만 아니라 고려, 남만, 아라사 등에서 나는 약재까지 모두 구할 수 있기 때문에 내의원에서도 저희 물건을 종종 사들이는걸요?"

"그도 그렇구나. 그럼 너는 연왕이 어떤 병에 걸려 있는지 아느냐?"

"저는 탕약을 다리는 심부름꾼인걸요."

"잘 생각해 보거라. 탕약을 다릴 정도면 어느 정도 알 것이 아니냐?"

목풍아는 손가락을 머리에 대고 잠시 생각하는 척하더니 입을 열었다.

"의원 어르신께서 하시는 말씀으로는 얼마 가지 않아 돌아가실 거라 하던데요?"

장병의 얼굴에서 화색이 돌았다. 갈성이 빙그레 웃으며 말했다.

"그럼 그 약을 이리 주고 가거라. 내가 전해주마."

목풍아가 고개를 굽실거리며 말했다.

"아이고, 감사합니다. 감사합니다. 너무 고맙습니다요, 나리. 그럼 저는 그만 가보겠습니다."

장병은 목풍아가 너무 쉽게 물러나는 것이 이상하여 재빨리 물었다.

"얘, 잠깐만 서라."

목풍아가 고개를 돌렸다.

"왜 그러십니까?"

"왜 그렇게 급하게 가는 거냐? 이 약에 무슨 문제라도 있느냐? 사실대로 말하지 않으면 살아가지 못하리라."

목풍아가 털썩 무릎을 꿇어 손을 모아 빌며 말했다.

"살려주십시오. 저는 단지……."

"어서 말하지 않으면 네 목을 자르겠다."

"사, 사실은 제가 가져온 약은 치료에 도움이 되는 약이 아니라 다만 고통을 줄일 뿐이라 별로 소용은 없다고 의원 어르신에게 들었습니다요. 고통이 지독한 병이라서 왕야께서 머리가 돌 수도 있으니 생명을 조심하라고 하시기에……. 저는 다만 나리께서 약을 대신 전해준다 하시기에……."

장병과 갈성이 서로의 얼굴을 바라보았다. 고통이 너무 심해 미치는 병. 약이 없는 병에 걸렸다는 것은 두 사람에게는 더없이 기쁜 소식이 아닐 수 없었다.

갈성은 뜻밖의 이야기에 머리를 갸웃거리며 말했다.

"치료에 도움이 안 된다고?"

"저는 잘 모릅니다만 의원 어르신 말씀으로는 사람이 바싹바싹 마르고 내장이 뒤틀려서 어떤 약으로도 손을 쓸 수 없다고 말하는 것을 들었습니다."

어린아이가 거짓말을 할 리 만무하였다. 더구나 자신들이 왕부를 포위했을 때 연왕이 위독한 병중에 있다는 이야기를 이미 들은 바가 있었기에 갈성이 싱글거리며 말했다.

"얘, 풍아. 너 내 심부름을 좀 해줄 수 없겠니?

"예? 어떤 심부름 말입니까?"

"네가 약을 가지고 들어가서 왕야가 어떠신지 나에게 이야기해 줄 수 있겠니?"

"저는 무섭습니다. 나리께서 약을 전해주신다 하셨으니 나리가 하십시오."

장교가 목풍아의 앞을 막아서며 험악한 얼굴로 칼을 꺼내 들었다.

"왜, 왜 이러십니까요?"

"나리께서 심부름을 시키시면 잠자코 할 일이지 감히 도망을 치려고 해? 죽고 싶은 게냐?"

목풍아가 털썩 자리에서 꿇어앉아 손이 발이 되도록 빌었다.

"살려주십시오, 나리. 저는 다만 대왕이 발작을 해서 저를 어찌할까 봐 겁이 나서 그런 겁니다."

갈성이 얼른 다가와 장교를 말리며 목풍아를 일으켰다.

"자, 자. 일어나거라. 네가 만일 내 심부름을 잘해준다면 너에게 은전 한 냥을 주겠다."

"예? 그렇게 큰돈을 주신다고요?"

목풍아는 황소처럼 크게 눈을 뜨고 갈성을 바라보았다. 갈성이 싱글벙글 웃으며 품속에서 은전 한 냥을 꺼내 목풍아의 손에 올려놓았다.

"자, 네가 내 심부름을 잘하고 오면 그땐 한 냥을 더 주마."

목풍아는 화색이 되어 꾸벅꾸벅 절을 하며 말했다.

"나리, 어떤 일이든 할 테니 시켜만 주십시오."

갈성이 고개를 끄덕거리며 사람은 이렇게 다루는 것이라는 듯이 장교를 바라보았다. 장교가 진심으로 탄복한 듯 포권을 취하자 갈성이 목풍아에게 말했다.

"너는 왕부 안으로 가서 연왕의 상태가 어떤지 보고 나에게 알려다오."

"그, 그것만 하면 됩니까?"

"그래. 너는 앞으로 매일 왕부를 다녀갈 테지?"

"그, 그건……."

"좋아, 좋아. 연왕의 발작을 멈추게 하려면 매일 매일 고통이 줄어드는 약이 필요하겠지."

갈성이 싱긋 웃으며 말했다.

"너는 앞으로 나에게 왕부에서 벌어지는 일들을 알려주기만 하면 된다. 연왕의 병세라든지 동정 같은 것 말이다. 그럼 수고비는 톡톡히 쳐주겠다. 내 말뜻을 알겠느냐?"

"가, 감사합니다요, 나리."

목풍아는 꾸벅 절을 하였다.

"그래, 그래. 착한 아이로구나."

갈성이 약이 든 상자를 목풍아에게 건네었다. 목풍아가 그것을 받아 장병과 갈성에게 인사를 하고 장교를 따라 나가니 장교가 문 앞에서 잠시 멈추었다. 그가 단예문 위를 향해 소리쳤다.

"대왕의 약을 가지고 들어가는 사람이 있다. 문을 열어라."

성문 위쪽에서 횃불이 불쑥 나타나며 한 사람이 머리를 내밀었다.

"약을 가지고 왔다고?"

목풍아가 재빨리 소리쳤다.

“대왕께 드릴 약을 가져온 사람입니다. 눈이 나빠 사람을 못 알아보시겠습니까?”

횃불을 들어 얼굴을 살피던 사나이가 눈을 휘둥그레 떴다. 그는 남문에서 수문장을 하던 사나이로 목풍아를 데리고 연왕에게 데려간 적이 있었으므로 그 말투를 듣고 한번에 알아본 것이다.

“아, 아니, 너는?”

“하하하. 목풍압니다, 목풍아.”

왕궁을 발칵 뒤집었던 목풍아를 어찌 모를 수 있겠는가? 오늘 아침 일찍 정화가 파발을 보내 그를 불렀다는 것을 알고 있던 터라 얼른 소리쳤다.

“문을 열어라.”

그러자 육중한 성문이 한 사람 들어갈 정도로 열리었다.

목풍아는 장교에게 머리를 숙여 인사를 하곤 성문 안으로 들어가 버렸다. 이내 성문이 닫히고 수문장이 갑옷을 입은 채로 목풍아에게 다가왔다.

목풍아가 재빨리 손을 입에 가져가 말을 막으며 조용히 말했다.

“전하의 부름을 받고 왔으니 어서 안내하게. 급하다.”

수문장이 어떻게 왕궁으로 들어올 수 있었는지 물어볼 겨를도 없이 횃불을 들고 앞장서 목풍아를 왕부로 안내하였다.

왕부로 들어서자 목풍아는 환관의 안내를 받으며 연왕의 침소로 들어갔다.

연왕은 근엄한 얼굴로 침소 옆의 탁자에 앉아 있었는데, 그 옆에 검은 옷을 입은 환관 정화가 시립하여 서 있었다.

연왕이 목풍아를 보고 껄껄 웃으며 말했다.

“제법이구나. 금지령이 내려진 궁전에 쉽게 들어오다니……”

"우헤헤헤. 대왕께서 큰 병에 걸리셨다는데, 제가 들어오지 않을 수 있겠습니까? 대왕의 병에 잘 듣는 약까지 가지고 왔습니다요."

연왕과 정화가 서로의 얼굴을 바라보았다. 이 난관을 해결할 열쇠가 목풍아에게 있다는 말이었다. 하긴 정화가 급하게 목풍아를 부른 것이 바로 그 때문이기도 하였다.

"그래, 무슨 약이 있는지 한번 들어볼까?"

연왕이 손을 흔들어 목풍아를 불렀다.

"우헤헤헤. 제 머리 속에는 처방이 들어 있습니다만, 옛말에 약발은 공짜로는 듣지 않는다 들었습니다."

정화가 소리쳤다.

"이놈, 무엄하구나. 감히 뉘 앞에서……."

연왕이 손을 들어 막았다. 지금은 그런 것을 따질 때가 아니다. 난경으로 끌려가게 된다면 만사는 끝이 난다. 자신은 물론이거니와 아버지 주원장이 평생을 이뤄놓은 명나라까지……. 지금은 어떻게든 이 난국을 극복하는 것이 가장 큰 과제임을 연왕은 누구보다 잘 알고 있었다.

"와하하하. 하긴 맞는 말이다. 공짜 약은 약발이 잘 듣지 않지. 그래 너에게 어떤 보상을 해줄까? 제후의 자리라도 하나 줄까?"

목풍아가 배시시 웃으며 말했다.

"그렇게 큰 것은 과분합니다. 다만 차후에 저의 모든 죄를 용서하시고 허물을 묻지 않겠다는 철권(鐵券) 하나만 만들어주시면 됩니다."

예상과는 다르게 뜻밖의 요구였다. 연왕으로서는 들어주기 힘든 일이 아니다. 그런데 철권을 요구하는 목풍아의 의도가 궁금하다.

"그럼 너는 나중에는 나에게 죄를 짓겠다는 말이냐?"

"우헤헤헤. 그럴 리 있겠습니까? 얼마 전에도 말씀드린 바 있지만 저는 오래오래 살면서 천하를 태평하게 하고 싶은 소박한 꿈이 있는 사람입니다요. 그러나 이 험한 세상을 어찌 알 수 있겠습니까? 전하를 위해 일하다가 부득이하게 죄를 지을 수도 있을 것이 아닙니까? 그때 너그러운 아량으로 두루두루 용사해 주십사 하고 말입니다."

"그거야 어렵지 않지. 좋다. 이 자리에서 써주마. 대신 너도 나를 도와줘야겠다."

"당연한 말씀입지요."

"너는 이 문제를 어떻게 보는 게냐?"

"어려운 문제입지요."

"그걸 누가 모른단 말이냐? 나는 너의 생각을 들어보고 싶은 게다."

"우헤헤헤. 그렇다면 제 생각을 말씀드립지요. 전하께서는 정말로 사면초가(四面楚歌)의 어려운 상황에 처하셨습니다. 연산(燕山)의 백호(百戶)인 예량(倪諒), 전하의 휘하 장교로 있던 어량(於諒)과 주탁(周鐸)이 황제에게 전하께서 두 마음을 가지고 있다고 고변을 하였습니다."

"뭐라고?"

연왕이 주먹으로 탁자를 쳤다.

"우헤헤헤. 황제의 곁에 있는 자들이 모두 전하를 흉적(凶賊)으로 보고 칼을 갈고 있는데, 측근이 동조하였으니 흥분할 만도 합지요. 하지만 염려 마십시오. 승리는 우리의 것입니다."

연왕은 고개를 갸웃거리며 목풍아를 바라보았다.

"다행스럽게 홍무제께서는 전하를 위해 모든 토대를 마련해 놓고 가셨습니다. 원의 군사들과 싸워왔던 역전의 명장은 물론이거니와 일류 정객들까지 몽땅 저 하늘로 보내 버리지 않았습니까? 그 때문에 지금은 잔꾀나 쓰는 제태나 황자징 같은 이류정객들이 황제의 좌우를 보위하고 있으니 비록 몸은 위험에 처해 있으나 하늘은 전하를 버리신 게 아닙니다."

"너에게는 제태와 황자징이 이류란 말이냐?"

"저 같은 어린아이도 한번에 그 뜻을 꿰뚫을 수 있는 조잡한 책략을 쓰는 자들이니 이류가 아니고 무엇입니까? 아니, 삼류라 해도 틀린 말은 아닙니다."

돌려 말하자면 자신은 일류라는 말이다. 연왕은 목풍아의 총명한 얼굴과 반짝거리는 눈빛을 보곤 피식 웃으며 물었다.

"제태와 황자징이 삼류란 말인가?"

"우헤헤헤. 연왕부를 재빠르게 포위한 것을 보면 이류가 맞겠네요."

연왕과 정화는 아직 어린 목풍아가 세상 돌아가는 사정을 자신들보다 더 잘 아는 것이 놀라울 따름이었다. 이야기 대부분이 자신들이 모르는 정보투성이었다. 이틀 동안 하음현에 다녀왔을 뿐인데 모든 사정을 훤하게 꿰뚫고 있는 목풍아가 놀랍게 느껴졌다.

"장난치지 말고 무엇 때문에 그들이 이류인지 이야기해 보거라."

"예. 이번 같은 경우는 개봉부(開封府)의 주왕(周王)을 체포할 때처럼 신속하기 그지없었습니다. 제 생각으로는 제태와 황자징 두 사람이 전하를 노리고 있다 전하께서 세 왕자님을 돌려보내 달라고 할 때 계책을 꾸민 것입니다. 아마 처음에는 말들이 많았을 것입니다. 세 왕자를 볼모로 하여 안전지책을 꾀하자는 삼류들과 왕자를 풀어주어 전하를 안심시켜 놓은 다음에 재빨리 병사들을 풀어 후환거리를 아예 없애 버리자는 이류. 아마 황자징의 계책이었겠지요. 더구나 둘째 왕자께서 수행하는 관원을 죽여 버리셨으니 타는 집에 기름을 부은 것처럼 전하를 잡아갈 명분은 확실합니다. 아마 저 같으면 일거에 왕궁을 포위하였다면 한 방에 일을 종결지었을 것입니다."

목풍아는 목을 싹 자르는 시늉을 하곤 다시 말했다.

"그런데 어떤 명령을 받고 왔는지는 모르나 군사들이 점잖게 왕궁을 포위하고 있으니…… 이류밖에 안 된다는 것은 바로 그것을 말하는 겁

니다. 일을 도모했으면 확실한 결론을 봐야 하는데 황궁의 수뇌부들이
학자들이라 그런지 이런 저런 명분을 찾고 생각하느라 아까운 시간을 잡
아버리고 있지 않습니까. 그런 점으로 보면 전하께서 칭병하시고 누우신
것은 정말 잘하신 일입니다."

연왕이 웃으며 말했다.

"하하하. 그건 정화가 낸 계책이지."

정화가 가볍게 머리를 굽혔다.

"잘하셨습니다. 이제는 어쩔 수 없이 전하께서 병력을 움직이는 수밖
에 없습니다. 건곤일척(乾坤一擲)의 승부밖에는 남지 않았습니다."

연왕이 탁자를 치며 말했다.

"좋아, 좋아. 이제 그 처방을 들어볼까?"

목풍아가 빙그레 웃으며 말했다.

"우헤헤헤. 좀 힘든 일인데 전하께서 하실 수 있겠습니까?"

"힘든 일이라구?"

"뭐, 생각하기 나름이지요. 별로 힘든 일은 아닌데 대왕께서는 상당히
힘이 드실지도 모릅니다. 그래도 이 난관에서 빠져나오시려면 하시는 수
밖에 없지요. 사실 저는 왕궁으로 들어오려고 옷을 홀라당 벗긴 채 고추
를 내놓는 망신을 당했습니다요. 하지만 어쩝니까? 뜻을 이루려면 작
은 치욕쯤이야 할 수 없지요."

목풍아게 배시시 웃었다.

"좋아. 어떤 일이든 한다. 방법이 없지 않느냐?"

"좋습니다. 좋습니다. 그럼 잠시만 기다리십시오."

목풍아는 연왕의 옆에 있는 정화를 불렀다. 정화가 다가가자 목풍아가
정화에게 귓속말을 하였다. 정화의 얼굴이 일그러졌으나 이내 평정을 되
찾았다.

"저는 이만 물러가겠습니다요."

"뭐야? 가겠다는 말이냐?"

"예. 내일 다시 오겠습니다. 그동안 고생 좀 하십시오."

"고생을 하라구?"

"예. 모든 것을 환관님께 말해 놓았으니 알아서 하실 겁니다. 저는 내일 다시 와서 계책을 말씀드리지요."

목풍아는 꾸벅 인사를 하곤 제 마음대로 나가 버리고 말았다.

"녀석, 제법 물건이군. 이 연왕 앞에서 저리 당당할 수 있는 것은 저놈밖에 없을 게다. 하하하하."

연왕이 탁자를 치며 웃다가 정화에게 물었다.

"저놈이 뭐라 하던가?"

정화는 얼굴을 찡그리곤 말이 없었다. 연왕이 정색을 하고는 다시 물었다.

"어서 말을 하라. 뭐라 하던가?"

"그, 그것이……."

연왕이 탁자를 치며 소리쳤다.

"뭐라 하는지 묻지 않더냐?"

"그, 그것이 오늘 야식에 상한 개 먹이를 주라고 하더군요."

연왕의 얼굴이 일그러졌다.

"뭐, 뭐라고? 상한 개 먹이를 짐에게 주라 하였단 말이냐?"

"그렇습니다. 많이 드시도록 하라 하였습니다. 내일 아침이면 오랜 병자처럼 몰골이 형편없을 거라구 말입니다. 상대방을 속이기 위해서는 할 수 없다더군요."

연왕은 일그러진 얼굴로 의자에 앉아 고개를 푹 숙였다.

'나더러 상한 개 먹이를 먹으라고? 천하에 두려울 것 없던 내가 고 맹랑한 녀석의 말대로 개 먹이를 먹어야 한단 말인가?

어린 목풍아가 자신을 시험하는 것처럼 생각되었다. 그리 보자면 연왕과 목풍아는 서로를 상대로 시험을 하고 있는지도 몰랐다. 목풍아가 안성 공주를 상대로 자신에게 시험을 걸었고, 연왕이 다시금 목풍아에게 시험을 하였다. 그런데 이제 다시 자신이 목풍아의 시험대에 오른 것이다. 생각할수록 맹랑하고 대담한 놈이 아닐 수 없었다. 문득 목풍아가 왕궁으로 들어오기 위해 고추를 내보였다고 했던 말이 떠올랐다. 왕궁에 들어오기 위해 옷을 벗는 치욕을 마다 않은 목풍아이다. 어린아이가 치욕적인 이야기를 그렇게 무심하게 하는데, 천하를 생각하는 자신이 상한 개 먹이를 못 먹을쏘냐.

연왕은 탁자를 치며 크게 웃었다.

"하하하. 좋다. 오늘 저녁은 상한 개 먹이를 푸짐하게 가져와라. 내가 어떤 사람인지 그놈에게 보여주마."

정화는 생사가 걸린 운명의 순간에 목풍아와의 기 싸움에 몰두하는 연왕을 보고 머리를 내저었다. 자신뿐 아니라 연왕까지도 이미 목풍아의 올가미에 걸려들었던 것이다. 볼수록 무서운 아이가 틀림없었다. 그러나 당장 목풍아에게 모든 희망을 거는 수밖에는 아무런 대책이 없었다.

'너무 영리하다. 벌써 연왕의 머리 꼭대기에서 놀고 있다. 그래서 가까이 데리고 있기에 위험한 아이다. 이번 일이 해결되면 되도록 멀리 떨어뜨려 놓아야겠다.'

마음속으로 다짐하는 정화였다.

정화가 경계하고 있음을 아는지 모르는지 목풍아는 환관의 안내도 없이 위풍당당하게 회랑을 지나고 있었다. 수문장을 따라오면서 지리는 파악한 상태이니 거꾸로 돌아가면 문제 될 것이 없었다.

'키히히. 단시간 내에 병자처럼 보이게 하려면 식중독이 단연 최고지.

키히히히.’

위풍당당하기만 하던 연왕이 오늘 밤 상한 개 먹이를 먹고 배탈 설사로 밤새 고생하다 내일 눈이 움푹 들어간 처절한 모습으로 맥없이 비틀거리며 발걸음을 옮길 것을 생각하니 절로 웃음이 나왔다.

“와하하하! 정말 우습다. 정말 우스워.”

마침내 웃음을 참지 못하고 배를 잡고 깔깔거리던 목풍아가 갑자기 걸음을 멈추었다. 회랑 기둥에서 예쁜 소녀 하나가 얼굴을 내밀고 눈을 찡긋하며 추파를 던지고 있었기 때문이다. 목풍아는 좌우를 둘러보다가 자신을 가리키며 말했다.

“나? 나 말이냐?”

소녀가 고개를 끄덕끄덕하였다. 목풍아가 가만히 바라보니 계란 같은 얼굴에 까맣고 큰 눈이 무척이나 귀여운 소녀이다.

‘이게 웬 떡이냐?’

목풍아는 성큼성큼 다가가 말했다.

“무슨 일이냐?”

소녀는 수줍은 아이처럼 회랑의 기둥에 찰싹 달라붙어 몸을 꼬면서 물었다.

“그대의 이름이 목풍아가 맞나요?”

“내 이름을 어떻게 아는 거지?”

소녀가 손을 들어 얇고 빨간 입을 막으며 웃었다.

“호호호. 유명한 팔보시를 지은 목풍아를 모르는 사람은 궁내에 없답니다.”

“하긴 그렇겠구나. 그리고 보니 너는 나의 시에 반한 모양이구나. 와하하하.”

목풍아가 어깨를 으쓱하며 고개를 젖혀 웃는 순간 뒤편에서 커다란 보자기 하나가 목풍아를 집어삼키었다.

"뭐야? 뭐냐구?"

눈앞이 번쩍거렸다.

잠시 후 눈을 떴을 때 목풍아는 경악을 금치 못하고 부르짖었다.

"꺄아아악~ 이, 이게 뭐야? 이게 뭐냐구? 제기랄. 오늘 왜 이렇게 벗는 일이 많은 거냐구…….'"

목풍아는 커다란 침대 위에 발가벗겨진 채 손과 발이 침대 사방의 기둥에 묶여 꼼짝 못하는 신세가 되어 있었다. 엎친 데 덮친 격으로 문 앞에 안성 공주 주소천이 날이 시퍼렇게 선 비수를 들고 목풍아를 노려보고 있는 것이 아닌가.

"커헉~"

목구멍에서 기괴한 비명이 절로 나왔다.

주소천, 그녀가 누구인가? 객잔에서 자신에게 처참하게 희롱당하였던 연왕의 금지옥엽 첫째 딸이 아닌가. 목풍아는 머리가 띵하였다. 여러 가지 산적한 문제들을 생각하느라 자신에게 원한을 가지고 있을 주소천을 생각지 못했던 것이 잘못이었다.

'큰일 났다. 큰일 났다.'

주소천이 비수를 어루만지며 다가왔다.

"호호호. 그렇게 누워 있으니 꼴 좋구나. 발가벗은 모습이 정말 보기 좋은데?"

당한 그대로 당할 판이었다. 그런데 저 칼은 무엇인가?

'설마…….'

정화가 떠올랐다. 끔찍한 일이었다. 만약 주소천에게 그런 생각이 없다면 발가벗겨 놓고, 더구나 사지를 묶은 상태에서 칼을 가져올 리 없었다. 꼼짝없이 알 없는 목풍아가 되게 생겼다.

　남정네가 들어오기 힘든 왕부의 깊숙한 내전까지 들어오기 위해서는 환관들과 궁녀들의 도움이 있었을 것이다. 그렇다면 주소천이 작정을 한 것이 틀림없었다. 죽느냐 사느냐. 도와줄 사람 하나 없는 내전에서 알 없는 목풍아가 되기는 싫었다. 그렇다고 비굴하게 굴면서 상황을 빠져나가기에는 이미 너무 비참한 상황이다. 아니, 비굴함은 이미 주소천과 처음 만났을 때 써먹었던 수법이니 자칫 잘못하면 더욱 비참한 꼴을 당할 수도 있었다. 주소천의 발자국 소리가 가까워질수록 머리 속에서 수십 가지 생각이 빠르게 교차하였다. 그리고 마침내 주소천이 침상 머리에까지 다가오자 목풍아는 아예 큰대 자로 다리를 쫙 뻗고 천장이 떠나가라 소리쳤다.

　"이 계집년아, 지금이 어떤 상황인데 이따위 장난이냐? 네 아버지의 목숨이 경각에 달려 있는데, 딸년이라는 것이 철이 없어도 이렇게 없을 수가 있단 말이냐? 네 아버지를 구하러 온 사람에게 이런 대접을 하다니…… 천하에 어리석은 계집 같으니라구……."

　살려달라고 애걸하리라. 비굴하게 생명을 구걸하는 모습을 비웃으며 처참하게 복수하리라 생각하던 주소천은 뜻밖의 호통에 멍하게 목풍아를 바라보았다. 귀하게만 자라 누구에게도 욕설 한마디 들어본 적 없는 주소천이었다. 벌써 두 번째의 만남. 그런데 만날 때마다 주소천은 욕을 들었다.

　화가 머리끝까지 치솟아 올랐지만 아버지의 목숨이 경각에 달려 있다는 말에 마음이 차분하게 가라앉았다.

　"아, 아버지의 생명이 위험하다니……."

　"이런 바보 같은 계집. 어서 밧줄을 풀지 못하겠어? 네가 사람을 몰라도 한참을 모르고 있구나. 다시 한 번 말하는데, 나는 네 아버님을 구하러 온 사람이다. 그리고 지금은 이렇게 장난칠 시간이 없단 말이다.”

주소천은 어리둥절하였다. 목풍아가 위험에 빠진 아버지의 생명을 구하러 온 사람이라니…….

“나, 나는 잘 모르겠어.”

“너는 궁전 바깥에 남경에서 황제의 명을 받고 전하를 포박하러 군사들이 와 있다는 것을 아는 게냐, 모르는 게냐?”

그 이야기는 오늘 아침부터 궁전을 뒤흔들었던 이야기이다. 몇몇 환관들이 대왕이 잡혀가는 것이 아닌가 수군거리는 것을 들었던 터다.

“듣기는 들었지만…….”

“이런 어리석은 계집이 있나? 이 목풍아는 목숨을 두려워하는 사람이 아니야. 내가 전하 앞에서 팔보시를 지을 때 수천의 군사들이 좌우에서 창칼을 들고 있었고, 내 앞에는 끓는 가마솥이 있었다. 너도 들었을 테지만 나는 그런 상황도 두려워하지 않는 사람이다. 그런데 네깟 것이 감히 나에게 칼을 들이밀어? 어디 그 칼로 나를 한번 어떻게 해보시지.”

목풍아가 되려 소리를 지르며 사지를 쫙 펼쳤다. 발가벗겨져 있으니 부끄러울 것도 없었다. 되려 주소천이 목풍아의 것을 보고 얼굴이 화끈거려 재빨리 고개를 돌렸다. 생각해 보니 목풍아는 방금 아버지를 뵙고 가던 길이다. 만약 자신이 잘못 행동하였다가는 아버님에게 화가 될 수도 있다 생각하니 자신이 목풍아에게 큰 잘못을 한 것 같았다.

목풍아는 잠시 생각하는 주소천의 눈치를 살피곤 재빨리 소리쳤다.

“이 계집이? 어서 밧줄을 풀지 못해?”

주소천이 깜짝 놀라 고개를 돌린 채 얼른 목풍아의 두 팔에 감긴 밧줄을 끊었다.

목풍아는 주소천에게서 비수를 낚아채 두 발목에 묶은 밧줄을 풀고 바닥에 떨어진 옷을 주섬주섬 입었다.

주소천은 멍하니 목풍아가 하는 행동을 바라볼 수밖에 없었다. 받은바 대로 통쾌하게 복수하겠다는 결심은 어디로 가고 목풍아의 기세에 기가 눌려 허수아비가 되어버렸다.

옷을 다 입은 목풍아가 주소천의 머리를 나무라듯이 톡톡 밀어 침대에 쓰러뜨리곤 말했다.

"이 계집아, 잘 들어라. 내가 네 아버님을 구하지 못하면 너는 어떻게 될 것 같으냐? 아버님이 멀리 운남이나 사천으로 귀양을 가게 된다면 너는 어떻게 될 것 같으냐? 얼굴이 반반하니 아마 이리저리 팔려 다니다 어느 허름한 사창가에서 남은 평생을 비참하게 지내게 될지도 모르지. 너는 그렇게 살고 싶은 게냐?"

주소천은 생각하기도 싫어 머리를 내저으며 침대 머리에 머리를 파묻었다.

"싫어, 싫어, 싫단 말이야."

목풍아는 주소천이 흐느끼는 모습을 보고 통쾌한 생각이 들었다. 위급하던 전세가 일거에 역전되었으니 호기(豪氣)가 가슴 가득 피어올랐다. 주소천의 기가 죽었을 때, 바로 이때가 그동안 주소천과의 나빴던 관계를 청산할 때라고 목풍아는 생각하였다. 목풍아는 그 자리에서 폴짝 뛰어 침상에 엎어져 있는 주소천을 덮쳤다.

"어맛."

주소천은 깜짝 놀라 고개를 돌렸다. 목풍아의 얼굴이 바로 뒤에서 싱글벙글 웃고 있었다.

"우헤헤헤. 너는 내가 보고 싶지 않았느냐? 나는 가끔씩 네 생각을 했는데, 너도 내 생각을 했느냐?"

주소천의 두 뺨이 붉게 물들었다. 어찌 생각나지 않을 수가 있겠는가? 그동안 주소천은 수치심과 알 수 없는 애정으로 매일 매일 목풍아를 생각하였던 것이다. 수치심의 이면에 그동안 어떤 사람도 만지지 못하였던 자신의 가슴을 마음껏 만지고 애무했던 남자에 대한 애정이 숨겨 있었던 것이다. 궁중의 교육을 받으며 왕궁에서 곱게 자란 주소천이 이제 다른 남자에게 자신의 몸을 맡길 수 있을 것인가. 그것은 목풍아가 죽지 않는 한 불가능한 일이라 할 수 있었다. 주소천의 가슴 한가운데에 목풍아는 첫 남자로서 존재하고 있었던 것이다. 그런 목풍아가 바로 뒤에서 등을 맞대고 자신을 생각하였다 하니 주소천은 달콤한 마음이 들어 얼굴에 홍조를 그렸다.

"우헤헤헤. 말을 하지 않아도 좋아. 이 목풍아 대인이 보고 싶었다면 고개를 끄덕끄덕하고, 이 목풍아 대인이 보고 싶지 않았다면 물구나무를 서서 발끝을 입으로 물면 돼. 둘 중에 어느 것이지?"

주소천은 목풍아의 말이 웃겨서 씽긋 웃으며 고개를 끄덕끄덕하였다. 사나운 말이 일시에 순한 양이 되어버렸다.

"우헤헤헤. 나는 너의 귀한 곳을 보았고, 너는 나의 귀한 것을 보았으니 그것으로 우리는 비긴 것이 되는 것이지?"

주소천은 목풍아의 그곳을 생각하곤 부끄러운 마음에 고개를 끄덕끄덕하였다.

"좋아, 좋아. 나는 고분고분한 계집을 좋아하는데 너는 생각보다 내 말을 잘 듣는 계집애 같구나. 다음부터 내가 보고 싶을 때는 어설프게 납치 같은 건 하지 말고 조용히 나를 부르란 말이야. 알겠느냐?"

주소천은 귓가에서 목풍아의 입김이 불어오자 몸이 야릇하고 구름 위에 오른 것 같아 목풍아가 자신을 계집애라 부르든 말든 순한 양처럼 고개를 끄덕끄덕하였다.

"나는 일이 급해 오늘은 너와 놀아줄 수 없으니 다음에 보자."

목풍아는 주소천의 오른뺨에 입맞춤을 하곤 침상에서 재빨리 내려와 어슬렁어슬렁 주위를 맴돌았다.

주소천은 하늘에라도 오른 것 같아 천천히 침상에서 일어나 말했다.

"목 대인, 어째서 가지 않는 거죠?"

"이런 바보 계집 같으니라구. 내가 왕궁을 나가는 길이 어딘 줄 알고 나간단 말이야? 나를 데려온 시녀나 불러다오."

주소천은 그제야 목풍아의 말뜻을 이해하곤 방문 밖에 나가 주위를 살피더니 조용하게 이름을 불렀다.

"민아, 민아."

이내 예쁘장한 소녀 하나가 재빨리 나타났다. 회랑에서 목풍아를 꼬여냈던 바로 그 소녀다. 목풍아가 손을 까딱거리며 그 소녀를 불렀다.

소녀가 수줍은 얼굴로 고개를 숙인 채 다가오자 목풍아가 말했다.

"너도 보았느냐?"

홍조를 띤 소녀는 말이 없었다.

'이런, 제길. 이 목풍아의 남자가 온 동네 궁녀들의 볼거리가 되었구나. 제길, 제길.'

목풍아는 화를 참으며 말했다.

"지금 나가야 하니 어서 길을 안내하거라."

"예."

민이라는 궁녀가 재빨리 초롱을 들고 앞서 나가기 시작하였다.

"나는 이만 가볼 테니 너는 조신하게 잘 있도록 해라. 알겠느냐?"

주소천이 미소를 지으며 고개를 끄덕였다.

'제길. 내가 좋아하지도 않는 계집은 잘도 넘어오고 내가 좋아하는 계집은 새처럼 날아가 버리고…… 인생이란 내 맘대로 되는 것이 없다.'

목풍아는 털레털레 민이라는 궁녀를 뒤따랐다.

잘록한 허리 아래로 토실토실한 엉덩이가 목풍아의 눈에 들어왔다.

‘이 못된 계집. 나를 잘도 속였겠다?’

목풍아는 좌우를 돌아보다가 민이라는 소녀를 등 뒤에서 와락 껴안았다. 놀란 소녀가 초롱을 떨어뜨렸다.

“왜, 왜 이러시는 겁니까?”

어쩔 줄을 몰라 하는 소녀를 무시하듯 목풍아는 더욱 힘을 줘 소녀를 껴안았다.

“네가 몰라서 하는 말이냐?”

“뭘 모른단 말입니까?”

“처음에 네가 나에게 추파를 던졌을 때 나는 너를 한눈에 보고 좋아하였다. 그런데 내가 죽도록 싫어하는 소천에게 나를 인도하였지?”

“그, 그건…….”

“헤헤헤. 다음에 소천을 만나면 너와 입맞춤을 했다고 말하겠다. 그럼 너는 어떻게 될까? 우헤헤헤.”

소녀의 얼굴이 시퍼렇게 질렸다. 소천은 과격한 성격이라 화가 나면 물불을 가리지 않는 편이었다. 목풍아만 하더라도 복수 때문에 아버지의 입장을 생각하지 않고 궁내에서 사로잡아 올 정도였으니 말이다. 처음의 다짐과는 다르게 목풍아가 온전히 주소천의 방을 나온 것까지는 좋았으나 주소천의 질투심을 유발시키겠다는 협박에 민이라는 소녀는 어쩔 줄을 몰랐다.

“대인, 제발 용서해 주세요. 저는 다만 공주님이 시켜서 한 일밖에는 죄가 없습니다.”

“흥. 너는 나에게 빚이 있어. 그것은 알고 있겠지?”

“예. 제가 대인을 속인 것은 정말 잘못했습니다.”

“이 바보 같은 것. 그뿐만 아니라 너는 나의 분신을 보았지 않느냐?”

“아. 그, 그것은…….”

소천은 고개를 숙였다.

"우헤헤헤. 이 자리에서 네 그것을 볼 수도 없고……. 우헤헤헤."

목풍아의 손이 소녀의 가슴을 파고들었다. 그러나 소녀는 힘을 쓸 수가 없었다. 목풍아의 손을 뿌리칠 수가 없었기 때문이다. 주소천에게 한마디 잘못한다면 그것으로 잘못될 수도 있는 일일 뿐 아니라, 자신은 이미 목풍아의 모든 것을 보았던 터라 목풍아가 자신의 가슴을 만지는 것은 당연한 일이라 생각했기 때문이다. 구중궁궐에서 남자의 손을 타지 않고 자란 터라 가슴으로 남자의 손이 스멀스멀 기어들어 오자 민이라는 궁녀는 부끄러움에 귓불까지 빨개졌다. 그때 목풍아의 손이 소녀의 작은 가슴을 조물조물 만지며 말했다.

"이 목 대인은 야심한 밤에 아무렇게나 미인을 희롱하는 사람이 아니다. 하지만 네가 나에게 죄를 지었으니 어쩔 수 없는 일이 아니냐?"

"예, 예."

궁녀는 부끄러움과 간지러움을 참으며 고개를 숙이는 수밖에 도리가 없었다.

"좋아. 네가 죄를 졌으니 나에게 두고두고 빚을 갚는다는 생각은 좋은 일이야."

"예? 두고두고 빚을 갚는다구요?"

목풍아가 궁녀의 가슴에서 손을 빼고 얼굴을 빤히 바라보며 말했다.

"그래. 너는 나에게 빚을 갚아야 한단 말이다. 이제부터 너는 내가 등청을 할 때마다 궁궐에서 돌아가는 이야기를 나에게 해주어야 한다. 소천이의 일뿐 아니라 궁전 내부에서 일어나는 사건들을 속속들이 말하라는 말이다. 알겠느냐? 만약 그것이 싫다면 나는 주소천에게 너와 있었던 이야기를 하겠다. 내가 너의 가슴을 만지며 즐거운 시간을 보냈노라 하면 아마 소천이 좋아하겠지?"

목풍아가 씨익 웃었다. 이제 이 궁녀는 자신의 손아귀에 들어온 것이나 다름이 없었다. 두고두고 이 예쁜 계집애를 괴롭힐 생각을 하니 생각만 해도 기분이 좋은 목풍아였다.

민은 심부름만 했을 뿐인데 이렇게 일이 꼬이게 되자 어쩔 수가 없었다. 궁전에서 일어나는 일을 외부에 알리지 않는 것은 궁녀들의 임무였으나 이 작은 대인이 한마디라도 한다면 당장 자신이 큰 위험에 처하게 되니 거절할 수도 없는 노릇이었다.

민이라는 궁녀가 체념한 듯 고개를 끄덕끄덕하였다.

목풍아는 그 궁녀의 얼굴이 귀엽게 느껴져 다정하게 물었다.

"네 이름이 무엇이냐?"

"강민(姜敏)이라 합니다."

"오, 강민이라고……. 이름만큼이나 얼굴도 예쁘구나. 우헤헤헤. 너와 나의 비밀은 두 사람만 알고 있자꾸나."

강민은 예쁘다는 소리에 기분이 좋았다. 여자의 마음은 매한가지라서 예쁘다는 말이면 꾸뻑 넘어오게 마련이다. 더구나 비밀까지 있는 사이라면 더 말할 것도 없었다. 실제 두 사람이 비밀이 있을 것까지는 없었으나 목풍아의 세 치 혀가 부지불식간에 별일이 없는 두 사람을 엄청난 비밀이 있는 사이로 만들어 버린 것이다. 비밀을 공유한다는 것은 친밀한 사이를 의미하는 것이니, 그녀는 방금 전까지 자신을 희롱하고 협박하던 목풍아의 존재를 까맣게 잊고 순진한 소녀로 돌아와 목 대인과의 비밀스러운 연정을 꿈꾸는 것이다.

목풍아가 강민의 엉덩이를 토닥거리며 부드럽게 말했다.

"자자, 민아, 어서 나를 안내해다오. 늦으면 이 목 대인께서 큰일을 못 하신다."

강민은 부끄러움과 기쁨에 생긋 웃으며 길을 안내하였다.

강민의 안내로 궁전을 나온 목풍아는 다시금 장병과 갈성에게 불려갔다. 이번에는 또 다른 관원 한 사람이 가운데 있었는데, 목풍아는 그가 도지휘사(都指揮司) 사귀(謝貴)임을 한눈에 알아보았다. 왕궁을 둘러싸고 있는 군사들의 실권자인 사귀는 은린갑을 걸치고 위풍당당하게 앉아 있었다. 얼굴이 날카로워 무장이라기보다는 문인에 가깝다는 인상이 들었다.

갈성이 물었다.

"그래, 전하의 병세는 어떠시더냐?"

"말도 마십시오. 토사곽란에……. 저는 그렇게 비참하고 더러운 광경은 처음 봤습니다. 며칠 전까지 정정하시던 대왕이 지금은 인간의 몰골이 아닙니다요."

"오래 사실 것 같더냐?"

"웬걸요, 모두 머리를 흔들던데요? 사실 가망이 없다고요."

갈성은 화색이 되어 사귀를 바라보다 다시 말했다.

"대궐 내의 분위기는 어떻더냐?"

"궁궐 내에서도 분위기가 말도 아닙니다. 대인들께서 왕실을 포위하고 있는데다 전하께서 죽을병에 걸려 오늘내일 하시니 마음을 돌리는 사람이 한둘이 아닙니다."

장병이 웃으며 말했다.

"하하하. 그럴 만도 하겠지."

"그렇지 않아도 태감 하나가 넌지시 만나고 싶다고 저에게 말을 전해 달라고 하던뎁쇼?"

"태감이?"

장병이 사귀를 바라보았다.

"음. 그것이라면 우리가 바라던 바이지. 그 이야기는 내일 하기로 하고 좋은 정보를 가지고 왔으니 상을 주마."

갈성이 주머니에서 은전 한 냥을 꺼내 목풍아에게 주었다.

목풍아가 절을 꾸벅하니 갈성이 손을 저어 목풍아를 보내었다.

"헤헤헤. 안녕히 계십시오. 저는 내일 다시 오겠습니다요."

목풍아가 장막 바깥으로 사라지자 갈성이 사귀에게 말했다.

"일이 잘되어가고 있는 것 같습니다. 내부에 내통자가 생긴다면 저희로선 좋은 일이지요."

말없이 침묵을 지키던 사귀가 말했다.

"나는 그 어린 녀석이 마음에 걸리는걸요? 이런 무서운 분위기에서 두려움없이 말을 잘하는 것이 마음에 걸려요. 만사불여튼튼이라고 이번 일은 천하를 좌지우지하는 중대사입니다. 태상경과 병부상서께서도 특별히 이른 일이니 만전지책을 강구하지 않을 수 없어요. 우리가 첩자를 쓰는 것만큼 반대로 왕실에서도 그 소년을 첩자로 쓰고 있는지 모르니 조심해야 합니다."

"그것도 그렇지만……."

갈성은 자신이 돈의 힘으로 설득하여 그렇게 되었노라 말하고 싶었지만, 사귀는 병부상서 제태에게 신임이 각별할 뿐 아니라 낭지추(囊知錐)라는 별명이 있을 정도로 똑똑한 사람이라 목구멍으로 나오는 말을 입 안으로 삼키었다.

"상대가 연왕부입니다. 얕보아서는 안 돼요. 내가 부하를 시켜 그 녀석의 뒤를 미행하라 일렀으니 정말 그 녀석이 의원의 심부름꾼인지 첩자인지는 잠시 후에 틀통이 날 겁니다. 천하가 달린 일이니 신중하게 신중하게 일을 처리합시다."

장병과 갈성은 사귀의 치밀함에 고개를 끄덕이며 미행한 군사의 보고를 기다리기로 하였다.

목풍아는 뒤에서 미행이 따르는지도 모르고 위풍당당하게 장안의 넓은 대로를 활보하였다.

"우헤헤헤. 바보 같은 놈. 오늘 수입이 짭짤한걸? 가만있어 보자."

목풍아는 좌우를 둘러보다 보지림(寶枝林)이라는 현판을 발견하고는 그리로 발걸음을 옮겼다. 보지림은 문앞에 한약이 즐비하게 놓여 있는 의원이었다.

약방에 들어서기 무섭게 뒤편에서 오괴가 따라 들어와 물건을 사는 척하며 말했다.

"대장, 미행이 있습니다."

"……."

과연 생각한 대로였다. 연자루에 들어가기 전에 오괴와 독돈에게 미행이 있는지 감시하라 하지 않았다면 큰 낭패를 볼 뻔하였다. 지휘부 중에 똑똑한 사람이 있다는 것이다. 목풍아는 말없이 날카로운 눈으로 바라보던 사귀를 떠올렸다. 장병과 갈성은 미행을 붙일 정도로 똑똑한 사람은 아니므로 결국 사귀밖에 없었다.

'제법이군. 이류정객들이 연왕을 체포하는데 신중을 기하고 있음이 틀림없다.'

"남문에서부터 줄곧 미행을 하는 자가 있었습니다. 보지림 앞에서 서성거리고 있는 듯한데 어떡할까요?"

"네가 가서 몽땅 벗겨 버려."

"몽땅 벗기라구요?"

"입고 있는 옷을 몽땅 벗겨 버리란 말이야."

"예."

목풍아는 점소이가 손님에게 인사하듯 오괴에게 꾸벅거리며 인사하며
말했다.

"어서 나가라."

"예."

오괴가 보지림을 나서 옆 골목으로 들어가니 독돈이 팔짱을 낀 채 서
있다가 말했다.

"대장이 뭐래?"

"잡아서 몽땅 벗기라더군."

"무슨 생각으로?"

"낸들 알겠느냐? 생각이 있겠지."

"그럼 내가 가서 벗길까?"

"아니, 대장이 내가 벗기라더라."

말이 끝나기 무섭게 오괴가 골목길을 성큼성큼 나서서 사람들이 지나
다니는 대로로 걸어가다 미행한 사나이와 어깨를 부딪쳤다.

오괴가 걸음을 멈추고 우뚝 서서 말했다.

"이봐, 부딪쳤으면 사과를 해야 할 것 아냐?"

"뭐라구? 부딪치긴 네가 부딪쳤잖아."

사내가 도리어 큰소리를 쳤다.

"이 자식이 죽고 싶어?"

오괴가 손을 펼쳐 사내의 멱살을 잡으려 하니 사내가 두 주먹으로 오
괴의 가슴을 힘껏 때렸다. 그러나 그의 두 주먹이 가슴을 때리기도 전에
오괴의 소맷자락이 가볍게 사내의 가슴을 휘감았다. 그와 동시에 오괴의
다리가 사내의 정강이를 때리고 종아리를 밟아 바닥에 주저앉히고 말았
다. 상대는 무당파의 대제자. 처음부터 상대가 될 수 없었다. 사내는 단
일 초식에 대로 가운데에서 꼼짝 못하는 신세가 되고 말았다.

“이런, 버릇없는 놈 같으니라구……. 잘못을 했으면 사과를 하면 될 일이지 나와 싸움을 하자구?”

뒤늦게 사태를 파악한 사내가 오괴에게 말했다.

“자, 잘못했습니다. 용서해 주십시오.”

“용서? 크하하하.”

목을 젖혀 크게 웃던 오괴가 웃음을 딱 멈추었다.

“흥. 용서해 주지. 용서해 주마.”

말이 끝나기 무섭게 오괴의 두 손이 사나이의 등과 가슴을 잡았다.

짝—

입고 있는 옷이 좌우로 찢어져 하늘거리며 떨어지고 있었다. 상체가 벗겨지기 무섭게 오괴는 사내의 하체를 남김없이 벗겨 사내를 털 없는 오리처럼 만들어 버렸다.

“이제 용서해 준다.”

오괴가 껄껄 웃으며 대로를 활보하며 지나가 버리니 사내는 장안가에 때 아닌 구경거리가 되었다. 당황한 사내가 두 손으로 사타구니를 가리고 어쩔 줄을 몰라 하다 보지림으로 뛰어들었다.

“어서 오십시오. 아니 웃이?”

“나, 나를 좀 도와다오.”

목풍아가 얼른 웃옷을 벗어 사내에게 건네주며 이층으로 데리고 들어갔다.

이층 회랑 끝 편의 작은 방으로 사내를 데려온 목풍아는 잠시 후 옷을 가지고 다시 찾아왔다.

“어쩌다가 그렇게 되셨습니까? 장안가에는 못된 건달들이 많은데 간혹 그렇게 되는 수도 있답니다.”

“……”

사내는 힐끔힐끔 목풍아의 눈치를 살피며 옷을 입었다. 미행을 하러 나와 미행자에게 도움을 받게 되다니 사귀에게 할 말이 없을 것 같았다.

"어디 사십니까?"

"나, 나는 개봉에 살았어."

"개봉이라면 먼 곳에 사셨군요. 장사를 하러 오셨나 보네요."

"그, 그래."

"큰일 났네요. 강도를 맞은 모양이군요. 관에 신고를 하시는 것이……
에구, 지금은 비상 상황이라서 신고를 할 수도 없는데 큰일이네요."

"일행이 있으니까 괜찮다. 그런데 네 이름이 무어니?"

"저는 목풍아라고 해요. 보지림에서 심부름을 하고 있는데 약을 다리
는 일을 주로 하고 있지요."

"아무튼 고맙다. 다음에 만날 때 꼭 은혜를 갚으마."

사내가 자리에서 일어나며 말하니 목풍아가 고개를 내저으며 말했다.

"별로 좋은 옷도 아닌데 그러세요. 혹시 노자가 필요할지 모르니 이것
을 가져가세요."

목풍아는 주머니에서 은전 한 냥을 꺼내 주었다.

'이, 이 아이는……'

사내의 눈에 눈물이 핑 돌았다. 처음 보는 사람에게 옷을 가져다주고
은전까지 주는 착한 마음씨에 감동해 버린 것이다.

"고, 고맙지만 나는 돈이 필요없다. 네 마음만 받겠다."

사내는 눈시울을 닦고는 성큼성큼 회랑을 지나 계단을 내려가 버리고
말았다. 목풍아가 보지림의 바깥까지 배웅하고 사내가 완전히 사라진 후
보지림으로 들어오니 조기가 의원실에서 기다리고 있다 차를 따라주며
말했다.

"수고하셨습니다, 대장."

목풍아가 탁자에 털썩 앉아 차를 마시고 있으려니 오괴와 독돈이 보지림 안으로 들어와 목풍아의 좌우에 시립하고 섰다.

"수고했다, 오괴, 독돈. 너희도 앉아서 차나 한잔 마시지."

"감사합니다, 대장."

두 사람이 목풍아의 좌우에 앉아 조기가 따라 주는 차를 마셨다.

차 한 잔을 마시고 오괴가 물었다.

"대장, 대장이 궁궐에 들어가기 전에 급하게 의원 하나를 통째로 빌리라는 것이 이것 때문이었습니까?"

"옛말에 돌다리로 두드리며 지나가라 그랬는데, 하물며 천하가 달린 큰일인데 이 정도는 해줘야지. 그동안 큰 의원을 통째로 빌리다니 역시 조기의 능력은 대단한데? 일이 제대로 끝나면 남경에 큰 주루 하나를 사서 네게 주마."

"감사합니다, 대장."

조기가 고개를 꾸벅 숙였다.

비록 어린 소년에 지나지 않지만 목풍아의 말은 믿음이 갔다. 치밀하게 생각하고 작은 실수를 허용하지 않으려 대비하는 모습에서 조기는 감동을 받았던 것이다. 사람을 다루는 수완하며, 어린 소년이라고는 믿기지 않는 목풍아를 조기는 완전히 대장으로 생각하고 있는 것이다.

"이제는 어떻게 되는 겁니까?"

"미행자 놈은 나를 좋게 이야기하겠지. 그럼 그들이 나를 믿고 첩자 일을 맡기겠지만 사귀라는 놈이 걸리는걸? 그 자식의 머리를 혼란스럽게 만들어서 멍청하게 만들어 버려야겠어. 거사는 사귀의 혼을 빠뜨렸을 때 시작한다."

목풍아는 차를 마신 후 탁 소리가 나도록 탁자에 놓고 씨익 웃었다.

다음날 목풍아는 연왕의 식중독 약을 가지고 궁전으로 들어갔다. 궁전
으로 들어가기 전 갈성에게 이런 저런 지시를 받고 위세 당당하게 들어
간 목풍아는 연왕의 초췌한 모습을 보고 고소를 금치 못하였다.

그날 저녁 상한 개 먹이를 먹은 연왕은 밤새 구토와 설사에 시달려 눈
가에 멍이 든 것처럼 초췌하고 힘없는 모습으로 침상에 누워 있었다. 이
런 소문이야 말을 하지 않아도 궁전 바깥까지 달려나갔을 것은 듣지 않
아도 뻔하였다.

목풍아는 정화에게 귓속말로 몇 마디를 전하고 다시금 궁전을 빠져나
왔다.

갈성이 목풍아를 불러 이것저것 물었다.

"궁전 안의 공기는 어떠하냐?"

"그것이 어제와는 좀 다른 것 같습니다."

"다르다구?"

"예. 대왕의 상태는 나아지고 있는 것 같고, 사람들도 어제와는 다르
게 조금씩 안정을 찾아가는 것 같았습니다."

갈성이 머리를 갸웃거리며 말했다.

"어째서 그렇게 되었을까? 이상한 일이군."

궁전을 마음대로 드나들 수 있는 사람은 음식을 사들이는 인부들밖에
없었다. 그들은 궁전 안에 필요한 음식들을 사들이는데, 그들에게서 궁
전에서 돌고 있는 소문을 들을 수 있었던 것이다. 그들 말로는 어제저녁
연왕의 거처에서 큰일이 있었다고 한다. 연왕이 음식물을 토하고 심한
설사로 사경을 헤매고 있노라는 말을 들었던 터라 목풍아의 이야기는 전
혀 다른 소리였다.

목풍아가 좌우를 둘러보다 조용히 말했다.

"어젯밤에 심하게 고생을 하신 것은 사실이지만 제가 아침에 뵈었을

때는 어제보다 안색이 더 좋아지셨던데요?"

"그래?"

"그보다도 거용관에서 십만의 병력이 이삼 일 안에 대왕을 구하러 내려올 것이라는 소문이 궁전을 돌고 있던걸요?"

"뭐라구?"

병력을 질풍같이 몰아 왕궁을 포위하고 거용관으로 가는 길을 막아 소식을 차단하였지만, 거용관의 병력은 실로 그들에게 무거운 부담이 아닐 수 없었다. 막북으로 도망친 원의 군사들과 싸워왔던 정예부대이니만큼 그들로서는 감당할 수 없는 상대가 틀림없었다. 만일 그 소문이 사실이라면 정말 큰일이 아닐 수 없었다.

"풍아, 잠깐만 이곳에서 기다리거라."

갈성이 허둥지둥 바깥으로 나가더니 잠시 후 포정사 정욱, 도지휘사 사귀와 함께 장막 안으로 들어왔다. 그들의 얼굴이 상기되어 있었다. 이미 짐작하고 있던 바이다. 거용관의 병력이 내려온다면 그들은 연왕을 체포하지도 못하고 불귀의 객이 될 수밖에 없는 입장에 놓이기 때문이다.

사귀가 말했다.

"애야, 거용관에서 군사들이 내려올 것이라는 소문이 궁내에 돌고 있다고?"

"예. 그냥 몇몇 사람들이 하는 소립니다."

목풍아의 귓가에 사귀의 머리 돌아가는 소리가 팽팽하며 들려오는 것 같았다. 아마 여러 가지 생각을 하느라고 정신이 없을 것이다. 연왕의 회복과 거룡관 군사들의 남하. 연왕이 죽기만을 느긋하게 기다리던 그들의 발등에 불이 떨어졌다. 악재가 겹쳐 머리가 좋은 사귀라도 당장에 냉정한 판단을 하긴 힘들 것이다. 거용관의 병사가 오기 전에 시급하게 연왕을 죽이는 것밖에는 방법이 없을 것이다. 그 방법을 이모저모 생각하는 것이 분명했다.

"연왕의 병세가 나아지고 있다고?"

"예. 어제보다는 좀 나아진 것 같던데요?"

사귀의 인상이 찌푸려졌다. 거용관의 정예병과 그 우두머리인 연왕. 십여 년이 넘게 한솥밥을 먹으며 전장에서 살아왔던 그들이 만난다면 더 큰일이 벌어질 것은 당연한 것. 변이 일어나기 전에 일을 처리해야 깔끔하게 황제의 명을 수행하면서 자신들의 입지를 굳힐 수 있는 것이다.

"어제 네가 우리와 만나고 싶다는 태감 이야기를 하였지?"

내부의 사람을 이용해 수단을 꾸미겠다는 이야기였다.

"예. 그런데요?"

"이 길로 다시 왕궁으로 들어가 그 태감에게 우리의 이야기를 전해주겠느냐?"

"어떤?"

"황제께서 연왕을 체포하라는 명령을 내리셨으니 이미 대세는 기울었노라고……. 우리 일에 협력한다면 황제 곁에서 평생토록 부귀영화를 누리게 해주겠다고 말이다."

"그거야 어렵지 않습니다만……."

"너에게도 한 가지 부탁이 있다."

"예? 저에게 부탁이라니오?"

"너는 내일 약을 한 첩 지어가지고 오너라. 보지림은 큰 의원이니 비상 같은 독약은 쉽게 구할 수 있겠지."

"예? 제가 보지림에 있다는 것은 어떻게 아셨습니까?"

사귀는 흐뭇하게 미소를 지으며 말했다.

"내가 그 정도도 모를 것 같으냐? 연경의 약재상에는 없는 것이 없다고 들었다. 비상 구하는 것쯤은 일도 아니겠지."

"여, 연왕의 탕약에 비, 비상을 넣으라구요?"

사귀는 칼을 뽑아 소리쳤다.

"너에게 선택이란 없다. 내일 비상을 가지고 오지 않으면 너에게는 죽음뿐이다. 어차피 연왕은 중병에 걸린 몸. 내일 갑자기 죽더라고 이상할 것이 없다."

목풍아는 침을 꿀꺽 삼키고는 떨리는 목소리로 말했다.

"그, 그렇지만……."

"내가 하라는 대로만 하면 별 탈이 없을 게다. 너 역시 이번에 공을 세우면 내가 부귀영화를 책임져 주마."

사귀는 득의양양한 웃음을 지었다. 그러나 정작 웃고 있는 것은 목풍아였다. 똑똑하다는 사귀가 자신이 의도한 길을 한 치의 어김없이 가고 있었기 때문이다.

급한 것은 사귀이다. 급하기 때문에 생각할 여유가 없다. 생각할 여유가 없으므로 허점이 수없이 생겨나는 것이다. 목풍아는 말 한마디에 사귀가 급하게 서두르는 것을 보고 쾌재를 불렀다.

하긴 그럴 만도 하였다. 개봉부의 주왕(周王) 주숙(朱橚) 같은 경우 천자가 있는 남경과 그리 먼 거리도 아니었으므로 국경 경비의 명목으로 군사를 이끌고 불시에 왕궁을 포위하고 체포할 수 있었지만, 이곳은 남경과 멀리 떨어진 연경. 막북의 야인들과 만리장성을 사이에 두고 대치하고 있는 군사들과 코앞의 거리에 있었다. 군사들을 지휘하는 자는 연왕 주체. 우두머리가 체포될 판국에 수하 장수들이 가만 있을 리 만무하였다.

사귀는 일의 정황을 찬찬히 생각할 수 없을 만큼 시급함을 느꼈다. 탕약에 비상을 넣으라는 것은 바로 그 조급함을 대변해 주는 것이다. 목풍아는 그 허점을 더욱 깊숙하게 파고들었다.

"그, 그렇다면 저에게 약속 문서를 써주십시오. 장군께서 저에게 미래를 보장한다는 약속 문서를 써주신다면 힘을 다해보겠습니다."

"좋다. 네가 안심할 수 있도록 종이에 써주마."

사귀는 탁자에 있는 붓을 들어 종이에 약속 문서를 썼다. 목풍아가 올린 탕약을 먹고 급사하게 된다면 호위무사에게 죽을지도 모른다. 아니, 몰래 도망친다 하더라도 이 작은 아이쯤은 난을 평정하는 와중에 반군으로 오인하여 죽여 버리는 수도 있다. 하지만 믿음을 주기 위해서는 약속 문서를 적어주는 것이 낫겠다 생각하는 사귀였다.

목풍아는 사귀가 문서를 쓰는 것을 보곤 마음속으로 쾌재를 불렀다. 약속 문서는 자신이 그를 믿은 것이 아니라 그가 자신을 완전히 믿게 되었다는 것을 의미한다. 이제 상대방은 자신을 믿지 않고는 못 배길 것이다. 거사의 그날이 서서히 다가오고 있는 것이다.

사귀는 탁자 위에서 자신의 인장을 꾹 눌러 찍은 후 목풍아에게 말했다.

"보았지? 내 인장까지 있으니 안심해도 좋다."

"고, 고맙습니다요, 나리."

목풍아는 사귀에게 굽신굽신 인사를 하고는 문서를 받으려 하였다. 그런데 사귀가 문서를 끌어당겼다.

"그전에 네가 할 일이 있다."

사귀는 다시금 종이에 환관에게 보내는 밀서를 써서 목풍아에게 건네주었다.

"나를 만나자고 하는 환관에게 이 밀서를 전해다오. 이 밀서를 전하면 환관이 답장을 써줄 것이니 그것을 받아가지고 오너라. 그때 내가 너에게 약속 문서를 주겠다."

“예, 나리.”

목풍아는 실망한 표정으로 밀서를 품 안에 집어넣고 다시금 왕궁 안으로 들어갔다.

“또 오셨습니까?”

수문장이 말을 걸었다.

“그래, 어서 안내하거라.”

목풍아는 싱글벙글 수문장의 안내를 받으며 위풍당당하게 연왕에게 돌아갔다.

“또 무슨 일이냐?”

침상 위에 누워 있던 연왕이 해쭉해쭉 미소를 지으며 들어오는 목풍아에게 소리쳤다. 아침에 목풍아가 가져온 약을 먹고 제법 몸을 추스렀던 터라 병 주고 약 주는 목풍아가 그렇게 미워 보일 수 없었다.

“우헤헤헤. 강녕하시네요. 약은 잘 드셨습니까?”

“흥. 무슨 일로 또 왔느냐고 묻지 않았냐?”

“우헤헤헤. 제가 좋은 소식을 가지고 왔습니다.”

목풍아는 품속에서 밀서를 꺼내 연왕에게 주었다. 밀서를 읽어보던 연왕이 탐스러운 수염을 쓸며 웃었다.

“내부에서 내통을 하잔 말이지. 내가 죽으면 미래를 보장해 줄 테니 문을 열어달라고 말이다.”

“우헤헤헤. 벌써 반은 성공했습니다.”

“그래, 너는 앞으로 어떻게 할 생각이냐?”

“당연히 그리하겠노라 답 글을 써줘야지요. 안심할 수 있는 믿음의 표시로 옥새(玉璽)를 저에게 주시면 좋겠습니다.”

“옥새를 달란 말이냐?”

“우헤헤헤. 옥새 정도는 되어야 의심 많은 사귀도 껌뻑 속아 넘어갈 것입니다. 그 녀석 발등에 불이 떨어져서 다른 생각을 못할 겁니다.”

“음. 좋다. 그 다음에는?”

“우헤헤헤. 귀를 좀…….”

목풍아는 연왕의 귀에 대고 소곤거렸다.

연왕이 껄껄 웃으며 말했다.

“하하하. 내가 죽으면 되는 것이구나.”

“송구스럽습니다.”

“좋아, 좋아.”

연왕이 시립하고 있는 정화에게 고개를 돌렸다.

“마삼, 가서 장옥(張玉)과 주능(朱能)을 이리 불러라.”

“예.”

정화가 바깥으로 나갔다가 잠시 후 붉은 갑옷을 입은 키가 큰 사나이
와 푸른 갑옷을 입은 덩치 좋은 사나이가 들어왔다.

“전하, 부르셨습니까?”

키가 큰 사나이는 장옥이라는 사나이로 내금위(內禁衛)의 위장(衛將)
을 맡고 있으며 주능은 우림위(羽林衛)의 위장(衛將)을 맡고 있다. 내금
위와 우림위는 왕실의 친병(親兵)으로 용맹한 무사들이 많은 곳이다.

“오, 그래. 내일 아침 너희가 할 일이 있다.”

“시켜만 주십시오.”

“너희는 지금부터 목풍아의 지휘에 따라 행동해야 할 것이다.”

두 사람이 침상 앞에 서 있는 목풍아를 바라보았다. 목풍아는 팔보시
를 지을 때 한 번 본 적이 있는 아이였는데, 언제 이렇게 대왕의 가까이
에서 신임을 받고 있을까 못내 어리둥절한 모양이었다.

“자, 지금부터 각자 해야 할 일을 말씀드리겠습니다.”

목풍아는 장옥과 주능, 그리고 정화에게 각각 해야 할 임무를 부여해

주었다.

　잠시 후 목풍아는 위풍당당하게 궁전을 나왔다. 기다리고 있던 사귀가 얼른 목풍아를 막사로 데려갔다.
　“그래, 밀서를 받아왔느냐?”
　“예.”
　목풍아는 들고 있던 비단으로 묶은 상자를 탁자 위에 놓고 품속에서 작은 쪽지 하나를 꺼내었다.
　사귀가 밀서를 받아 읽다 재빨리 비단 보자기를 풀고 아름다운 금갑을 열었다.
　“이, 이건……..”
　푸른빛의 윤기가 도는 금박과 청옥으로 만들어진 옥새였다. 거북이 등 껍질에 교묘하게 금박을 심어 눈부시도록 찬란한 옥새를 바라보던 사귀가 장병과 갈성을 바라보며 말했다.
　“하늘이 우리를 도왔습니다. 마삼이라는 환관이 내일 전하가 죽게 되면 단예문(端禮門)을 열어 우리와 호응하기로 하였답니다.”
　갈성이 머리를 갸웃거리며 말했다.
　“하지만 일이 너무 잘 풀리는 것 같은데요?”
　“뭐가 문제란 말이오? 그는 황실의 안정을 위해 천자의 뜻을 받들겠다고 하였소. 옥새를 건넨 것으로 보아 마삼이라는 환관은 왕의 측근이 분명할 것이오. 부귀영화에 눈이 멀어 주인을 배신한 예는 많고도 많소. 이 옥새를 보면 모르겠소?”
　“그것은 그렇지만……..”
　“생각해 보시오 지금은 한시가 급한 상황이오. 우리에게 선택의 기회는 없소이다. 결단을 내리지 못하고 차일피일 시일을 끌다 보면 거룡관에서 내려오는 군사들과 싸워야 하오. 그렇게 되면 우린 모두 죽은 것이나 다름이 없소. 하지만 머리가 없는 뱀은 싸울 수가 없는 법이오. 연왕이 죽고 우리가 왕궁을 접수하게 되면 거룡관의 군사들도 말 머리를 돌릴 것이오. 연왕이 없는데 그들이 천자에게 칼을 겨눌 수 있겠소? 천자에게 칼을 겨누는 것은 반역이니 그들도 어쩌지는 못할 것이오. 우리는 거룡관의 군사들이 도착하기 전에 모든 일을 끝마쳐야 하는 거요. 지금 우리는 기회를 잡았소. 언제나 잡을 수 있는 기회가 아니오. 그 기회를 놓쳐서는 안 되오."

지극히 일리있는 말이었다. 그들에게 선택의 여지는 없었다. 갈성과 장병은 꾀주머니라 불리는 사귀의 판단에 따를 수밖에 없었다.

목풍아는 그들의 이야기를 흐뭇한 마음으로 들었다. 그는 항상 선택할 수 있는 하나의 길밖에 주지 않는다. 상대방의 약점을 파고들어 그것을 역으로 이용하는 수법은 목풍아의 타고난 재주라 할 수 있었다.

"저는 이만 가보겠습니다요."

목풍아가 갈 뜻을 내비치자 사귀는 돌돌 말아놓은 약속 문서를 건네주었다.

"좋아. 이 문서를 줄 테니 너는 내일 아침 분명히 내가 시킨 일을 해야 한다."

"아무렴입쇼. 이제 소인도 힘이 나는걸요?"

목풍아는 문서를 품속에 말아 넣고 꾸벅 인사를 하고 막사를 나왔다.

군사들 사이를 지나 장안 대로의 인파 사이로 들어가니 잠시 후 오괴와 독돈이 그 좌우에 나타나 사람들을 헤집었다.

"미행은 없습니다."

"좋아, 좋아."

목풍아는 오괴에게서 일산안경을 받아 끼며 말했다.

"조기가 사람들을 모아놓았나?"

"예. 그리로 가시지요."

"우헤헤헤. 좋았어."

세 사람은 장안가를 빠져나와 남문의 골목 안쪽에 위치한 커다란 장원으로 들어갔다.

일도가 목풍아를 발견하고 재빨리 대문을 열어주자 목풍아는 거침없이 장원 안으로 들어갔다.

"대인께서 들어오신다."

여섯 칸 커다란 기와집 앞에 수백여 명의 사내들이 칼과 창을 들고 있다 목풍아가 들어오자 좌우로 도열하여 섰다.

기와집 앞에 서 있는 조기가 재빨리 다가와 머리를 숙여 읍하였다.

"대장, 오셨습니까?"

"그래, 그래. 사람들은 많이 모았나?"

"예. 이리저리 끌어 모아 팔백여 명 정도 모았습니다."

"좋아, 좋아."

목풍아는 까만 안경을 쓰고 사람들을 둘러보았다. 그는 아침에 등청을 하기 전에 조기로 하여금 건장한 사내들을 모으라 명하였던 것이다. 조기가 연자루를 운영하며 알고 지내던 건달들이 삼백여 명 정도 되었으며 나머지는 건달들의 집안 식구, 아는 사람 할 것 없이 모두 동원한 것이다.

목풍아는 조기의 귀에 대고 소곤거렸다.

"예, 알겠습니다, 대장."

"좋아, 좋아. 그럼 너만 믿겠다."

목풍아는 조기의 어깨를 두드리고 바깥으로 나왔다.

오괴와 독돈, 일도가 목풍아의 뒤를 따랐다. 일도가 말했다.

"대장, 도대체 무슨 일을 하는 겁니까? 저도 좀 가르쳐 주십시오."

"시끄러워. 너는 연자루에서 일이나 할 것이지 여긴 왜 온 거야?"

"대장이 저만 쏙 빼놓으니까 그런 거잖아요."

"아, 이 자식이…… 대장 말을 왜 이렇게 안 들을까? 야! 독돈아."

"예, 대장."

"저 자식 정신 좀 들게 해줘라. 가만히 있으면 알게 될 일을 대장의 위엄을 이렇게 망가뜨릴 수 있는 거냐?"

독돈이 고개를 돌려 인상을 썼다.

"헤헤헤. 형님, 우리 사이에 이러실 거유?"

일도가 재빨리 목풍아에게 말했다.

"대장, 알았다구요. 입 닥치고 일하면 되잖아요. 제가 대장을 구하려다 궁전에 갇혀 갖은 설움을 받은 것을 생각해 보세요, 예?"

힘이 안 되고 능력이 안 되니 일도는 그 사이에 구변만 늘었다.

"얌전히 있지 않으면 대희루로 보내 버린다."

"알았으니까 너무 그러지 마세요. 대장, 나 정말 요즘처럼 서러운 적이 없습니다. 대장의 사랑이 나에게 떠나가는 것 같아서……. 흭―흭―"

일도는 손바닥으로 눈시울을 닦았다. 거짓임을 알면서도 웃음이 나왔다. 환경은 사람을 바꾸게 만드는 것이 틀림없다. 대희루에서 주먹으로 날리던 일도가 연경에 와서 힘으로도 능력으로도 괄시를 당하더니 구변만 점점 늘어가고 있는 것이다. 목풍아는 일도의 모습을 보니 절로 웃음이 나왔다.

"알았다, 알았어. 앞으로 대장의 사랑을 듬뿍 줄 테니 입 다물고 시키는 일만 잘하란 말이야."

목풍아는 일도의 머리를 쓰다듬었다.

"고맙습니다, 대장. 나는 대장밖에 없어요."

오괴와 독돈은 머리를 설레설레 내저었다. 하긴 그럴 만도 하다 생각되었다. 목풍아가 왕궁과 연자루를 오가서 일도는 외톨이가 되었으니 그 외로움이 사람을 돌아버리게 할 수도 있다 생각하였다.

목풍아는 일산안경을 들어 중천에서 기우는 해를 정면으로 바라보다 고개를 젖혀 크게 웃었다.

"자, 이제 내일이면 시작이다. 한바탕 매서운 바람이 몰아치겠구나. 와하하하."

다음날 아침 일찍 목풍아는 약 한 첩을 들고 위풍당당하게 궁전으로 들어갔다. 궁전 앞에는 어제 미리 사귀의 이야기를 들었던 모양으로 천여 명이 넘는 군사들이 상기된 표정으로 서 있었다.

목풍아는 궁전으로 들어가기 전 사귀에게 불려가 단단히 다짐을 받았다.

"연왕이 비상이 든 탕재를 마시거든 너는 곧장 마삼과 함께 남문으로 와서 문을 열면 된다. 마삼이 수문장을 매수하여 미리 이야기를 해놓았다 하니 너는 문이 열리면 마삼과 함께 빠져나오면 된다. 그럼 너는 생명을 건질 수 있고, 우리는 열려진 남문으로 들어가 궁전을 접수하면 되니 말이다."

"아, 예. 고맙습니다, 나리."

목풍아는 꾸벅 인사를 하고 궁궐 안으로 들어갔다.

고개를 들어보니 남문의 문 끝에 고리가 달려 있고, 그 고리에 굵은 밧줄이 묶여 좌우에서 당기기만 하면 닫히도록 되어 있었다.

"좋아, 좋아."

목풍아가 수문장과 함께 걸어가니 궁궐 앞 세 개의 다리 아래에 활을 든 군사들이 매복해 있었다.

그 아래 장옥과 주능이 목풍아를 보고 고개를 꾸벅하였다.

“좋아, 좋아.”

수문장을 따라 대궐 안으로 들어가니 정청 가운데 연왕이 우두커니 서 있는데 머리에 쌍투구를 쓰고, 몸에 황금 쇄자갑(刷子甲)을 입고, 황라(黃羅) 전포(戰袍)를 겹쳐 입고, 손에 커다란 일월도(日月刀)를 들었다. 큰 키에 금빛으로 번쩍이는 옷을 입고 탐스러운 수염을 쓸어 내리는 것이 죽은 관우(關羽)가 살아난 것처럼 위엄이 있었다. 제왕의 위엄에 절로 머리가 숙여졌다.

“준비는 되었다.”

“예. 저도 준비 끝났습니다.”

“좋아, 좋아.”

시녀가 차를 내왔다.

연왕은 정청의 가운데 있는 탁자에 앉아 한동안 차를 마시다가 가까이에 있는 정화에게 고개를 끄덕였다.

정화가 손을 번쩍 들자 잠시 후 궁녀들과 환관 수백여 명이 정청의 앞마당에 우르르 모여들었다. 어제 목풍아가 정화에게 일러놓은 것이었다. 연왕이 죽은 것을 궁전 바깥에 알리는 것으로 울음소리만한 것이 없었기 때문이다. 상대방을 믿게 하려는 치밀한 속셈이었다.

“곡(哭)을 시작하라.”

말이 떨어지기 무섭게 궁녀들과 환관들이 울음을 터뜨렸다.

“아이구— 아이구—”

땅을 치며 우는 궁녀들과 환관들의 울음소리를 들으며 목풍아는 환관으로 변장한 무인 한 사람과 정청을 빠져나와 단예문을 향해 달려가기 시작하였다.

정청에서 단예문까지는 꽤 먼 거리이다. 남문 앞에 있는 다리를 건널 때쯤에는 두 사람 모두 숨이 차서 헐떡거릴 정도였다.

목풍아의 손이 올라가자 성루에서 기다리고 있던 수문장의 깃발이 들리며 단예문이 활짝 열리었다.

정화와 목풍아는 손을 잡고 남문 밖을 뛰어 장안가로 달리기 시작하였다. 그와 동시에 사귀와 장병, 갈성이 질풍처럼 병사들을 인솔하여 문을 박차고 왕궁 안으로 뛰어들었다.

두려울 것이 없었다. 궁전 바깥으로 들려오는 울음소리는 연왕이 극약을 마시고 죽었음을 뜻하는 것이다. 잠시 후 성루에서 흰 깃발이 올라가고 단예문이 열리자 환관과 목풍아가 뛰어나옴으로써 자신의 계략이 성공했음을 기뻐하는 사귀였다.

기세를 올리며 말을 박차고 단예문으로 들어가니 사기충천한 군사들이 그 뒤를 따랐다. 그리 크지 않은 남문 안으로 쏟아져 들어간 병력이 이백여 명 정도 되었을까? 갑자기 장안가에서 무기를 든 사람들이 튀어나오며 하늘이 떠나가라 고함을 치기 시작하였다.

"와아아아—"

조기가 모아둔 사람들이었다. 그들은 목풍아가 남문을 벗어나 장안가로 뛰어나오고 병력들이 궁전 안으로 들어가는 것을 보게 되면 즉시 뛰쳐나와 고함을 지르도록 되어 있었던 것이다.

남문을 치고 들어가던 사귀가 등 뒤에서 들리는 함성에 깜짝 놀라 말을 멈추었다.

"뭐, 뭐냐?"

뜻밖의 고함 소리에 병사들이 협공을 받게 되었다 생각하며 대열이 흐트러졌다. 그때 단예문이 갑자기 쾅 소리를 내며 닫혔다. 성루에 묶어놓은 밧줄을 병사 수십여 명이 잡아당겨 성문이 닫힌 것이다.

"아뿔싸. 속았구나."

성문 위에 까맣게 활을 든 사수(射手)들이 늘어서 있었다. 고개를 돌려 보니 다리 아래에서도 사수들이 불쑥 튀어나와 날카로운 화살을 조준하고 있었다. 사귀는 등줄기가 서늘해지는 것을 느꼈다. 짧은 순간 수많은 생각들이 교차하였다. 그리고 그 중심에 있는 것은 약재상의 어린 소년 목풍이었다.

'목풍아, 그놈에게 속았구나.'

그것이 사귀의 마지막이었다.

"쏴라."

장옥과 주능의 명령이 떨어지기 무섭게 새까만 벌 떼 같은 화살들이 날아들었다. 병사 이백여 명이 닫힌 성문 아래 모여 있는 상황이었다. 어디로 피하지도 못하고 칼 한 번 휘둘러 보지 못한 채 병사들은 꼼짝없이 화살밥이 되어 돌아올 수 없는 길을 가고 말았다.

장옥과 주능은 시체 더미 속에서 사귀와 장병, 갈성의 시신을 찾아내어 목을 잘라 창에 꽂았다.

굳게 닫힌 남문 밖에서 협공을 두려워 허둥거리던 병사들은 어쩔 줄을 몰랐다. 지휘자가 없으므로 어찌해야 할지 갈피를 잡지 못했던 것이다. 성문 안에서 들려오는 비명 소리, 장안가에 가득한 사람들. 꼼짝없이 갇힌 꼴이 되고 말았다.

그때 성루에 사귀와 장병, 갈성의 머리가 창끝에 달려 올라갔다. 잠시 후 화려한 갑옷을 입은 연왕이 일월도를 들고 위풍당당하게 성루에 올라와 아래를 향해 소리쳤다.

"간적은 토벌되었다. 이 연왕에게 대항하여 시신이 되고 싶지 않은 자들은 무기를 버리고 투항하라. 그렇지 않으면 죽음뿐이다."

높은 성루에 우두커니 서서 햇빛에 반사되어 금빛으로 번쩍이는 연왕은 그 자체로 위엄이 있었다. 우두머리를 잃은 병사들은 죽었다는 연왕이 멀쩡하게 살아 있는 것을 보고 더 이상 싸울 의지를 잃고 무기를 버리기 시작하였다. 더 이상 대항해 봐야 개죽음당할 것이 분명하기 때문이다.

성문이 열리고 병사들이 나와 투항한 군사들이 내려놓은 무기들을 회수하였다.

한편 연왕의 뒤편에 시립하고 있던 정화는 장안가 한가운데 서 있는 목풍아를 바라보고 있었다.

보면 볼수록 무서운 인물이 아닐 수 없었다. 어린 나이지만 아무나 하기 힘든 일을 척척 해내고 있었다. 제갈량이 이승에서 환생하면 저와 같을까? 목풍아와 같은 인물이 연왕을 돕는 것은 다행스러운 일이지만 한편으로는 큰 걱정거리가 틀림없었다. 지금은 날카로운 보검의 손잡이를 잡고 있지만 칼끝이 된다면 큰 후환거리가 될 것이 틀림없었기 때문이다.

'경계의 손길을 늦출 수가 없겠구나. 저 녀석은 반드시 전하와 멀리 떨어뜨려야 한다.'

정화의 경계심을 아는지 모르는지 장안가 가운데에서 환관으로 변장한 무인의 손을 잡고 상황을 지켜보던 목풍아는 껄껄 웃으며 말했다.

"와하하하. 이것으로 상황은 끝인가?"

목풍아는 고개를 돌렸다. 환관으로 변장한 무인의 얼굴이 자신을 보고 있었다.

"이크."

재빨리 손을 떨쳤다. 남자의 손을 잡는 일은 목풍아가 좋아하는 일이 아니다.

"집에 가면 손을 씻어야겠다."

혀를 차며 중얼거리던 목풍아는 바로 뒤편에 서 있는 오괴와 독돈, 일도와 조기를 한차례 바라보았다. 듬직한 부하들이 있었기에 가능한 일이었다. 목풍아는 오괴에게 일산안경을 받아 단예문 성루 위에 위풍당당하게 서 있는 연왕을 바라보았다.

"끝이 아니다. 이제부터 시작이구나. 이제 시작이다."

목풍아는 성루의 지붕에 걸린 밝은 해를 바라보며 중얼거렸다.

남경에서 천자의 명을 받고 올라온 관원들을 살해한 일은 이제 연왕의 창끝이 천자를 향해 겨누어졌다는 공식 통보였다. 반대로 천자의 명에 따르지 않겠다는 역심(逆心)의 표현이며, 반역(反逆)을 하겠다는 말이 되었다. 명분이 없다면 백성들은 연왕에게 등을 돌릴 것이다. 민심이 따르지 않는 군사는 천하를 얻을 수 없음을 연왕은 누구보다 잘 알고 있다. 또한 제왕이 수도로 쳐들어갈 수 없다는 것은 아버지 홍무제가 정해놓은 법이었으므로 백성들에게 반역자와 불효자라는 손가락질을 받게 되는 문제가 군사를 일으키는 데 가장 큰 걸림돌이 아닐 수 없었다.

이날 연왕은 정화와 목풍아를 내실로 불러 이 문제에 대해 물었다.

"이제 화살은 시위를 떠났다. 군사를 일으켜야 하는데 명분이 마땅치 않다. 좋은 수가 없을까?"

목풍아가 말했다.

"좋은 수가 왜 없습니까? 홍무 황제의 조훈(祖訓)에도 적혀 있는데 말입니다."

"아버지가 남긴 조훈에 그 내용이 적혀 있단 말이냐?"

연왕이 머리를 갸웃거리고 있을 때 정화가 목풍아에게 말했다.

"홍무 황제의 조훈(祖訓)에 제왕으로서 나라가 있는 자는 절대 수도로 올라오지 못한다는 조칙이 있습니다. 그 때문에 전하께서 군사를 움직일 수가 없는 것이오."

"와하하하. 그런 조칙도 있지만 제가 보니 이런 조칙도 있더군요. 조정에 바른 신하가 없고 간신(奸臣)이 있게 되면, 친왕은 병사를 훈련하여 명을 기다려라. 천자, 제왕에게 밀조를 내려 진병을 통솔하고 이를 토벌하고 평정하라. 와하하하. 조정에 제태와 황자징 같은 간신이 득실거리니 그것을 명분으로 삼아 대왕께서 친히 군사를 일으키신다면 문제가 없을 것으로 보입니다."

조칙을 살펴보니 과연 그러하였다. 그렇다면 상황은 달라진다. 대의명분이 생기는 것이다.

"좋아. 그럼 당장 조정과 제왕들에게 돌리는 격문을 작성해야겠다. 한림학사를 들게 하라."

정화가 목풍아를 가리키며 말했다.

"그것이라면 한림학사보다는 목 공이 합당하게 잘 쓸 것 같사옵니다만……."

"오, 그래 목풍의 글재주가 뛰어났었지. 좋아. 네가 한번 써보도록 하라."

목풍아는 귀찮은 일을 맡았지만 내색하지 않고 웃으며 말했다.

"와하하하. 좋습니다. 그런데 전하, 한 가지 일을 처리하였는데 전하께서는 저에게 아직 주시지 않았습니다."

연왕이 이제 생각난 모양으로 고개를 끄덕이며 말했다.

"궁중에 희언(戱言)이란 없는 것이다. 그렇잖아도 장인(匠人)에게 철권(鐵券)을 만들도록 명해놓았다. 내일이나 모레쯤이면 철권이 당도하겠지."

"우헤헤헤. 감사합니다요. 그 말씀을 들으니 머리가 핑핑 돌아가는 것이 글귀가 마구 솟구치기 시작합니다요. 제가 격문을 한번 써보지요. 그렇지 않아도 욕을 하고 싶어 미치는 줄 알았습니다."

목풍아는 생글생글 웃으며 탁자에 있는 붓을 들어 먹물을 듬뿍 먹인 후에 종이에 글을 쓰기 시작하였다.

혹독한 추위 뒤에는 반드시 따뜻한 봄이 오고, 급한 여울 아래에는 반드시 깊은 못이 있기 마련이니 평화와 동란이 서로 이어 내려오는 것은 예나 지금이나 다름이 없다. 옛날 송(宋)나라가 성하지 못하여 천명(天命)이 이미 위에서 허물어지고 아래에서 쇠하여 문관(文官)은 안일만을 알고 무관(武官)은 장난으로 여겨 전쟁이 교외(郊外)에서 일어나니, 마침내 시랑(豺狼)과 같은 원(元)이 들어서 백성들이 도탄에 빠져 신음하게 되었다. 그러나 원이 천명을 받지 못하고 무도하게 백성을 구렁에 빠뜨리더니 마침내 사슴을 놓쳐버렸으니, 다시 잡을 조계박압지대업(操鷄搏鴨之大業)도 마침내 없어져 버려 제세(濟世) 안민(安民)의 책임이 누구에게 돌아갈 것인가?

오로지 우리 홍무 황제께서 천 년의 기회에 맞추어 상성(上聖)의 자질로 뛰어났으니 실로 하늘이 낳은 덕이요, 신(神)과 함께 모의하심이라. 한번 크게 노하고 떨쳐 일어나 악한 여우와 늑대 무리들을 몰아내니 사직(社稷)은 빈 땅이 되지 않았으며, 종묘(宗廟)는 옛 모습 그대로가 되었다.

삼가 생각하면 우리 황제께서 하늘의 총명을 법 받으시고 조상의 밝은 뜻을 이어서 크게 어려운 일을 물려받아 뒤를 이어 어긋남이 없도록 생각하시고, 즉위하여 예교(禮敎)를 베풀고 차례를 계승하여 길이 잊지 않을 것을 생각하시며 공신을 책봉하고 대려(帶礪)의 맹세가 단단하시어 크고 아름다운 음덕이 백성들뿐 아니라 동물에게까지 미치게 하셨다.

근래에 홍무 황제의 대려의 맹세가 간악한 신하에 의하여 훼손되고 깨어져 황족과 제후가 남김없이 삭풍을 맞은 나뭇잎마냥 떨어지는 신세가 되었으니 본래 한뿌리에서 나온 몸인데 이다지도 심하게 볶는 까닭이 무엇인가.

천명(天命)은 인심(人心)을 받드는 것이고, 인심이란 성스러운 덕[聖德]에서 연유하는 것이니 천자의 성덕이 천하에 널리 펼쳐지는 것을 막고, 칼날 같은 창끝으로 황족들과 제후들을 핍박하는 간악한 신하가 있기 때문이다.

홍무제의 조훈(祖訓)에 조정에 바른 신하가 없고 간신(奸臣)이 있게 되면 친왕은 병사를 훈련하여 명을 기다리라 하였고, 천자는 제왕에게 밀조를 내려 진병을 통솔하고 간신배들을 토벌하고 평정하라 하였으니 오늘 우리는 무제의 유훈을 받들어 천자의 눈과 귀를 막고 성덕을 가로막은 요사스런 간신배를 제거하고 왕실의 위난을 평정하기 위해 정난군(靖難軍)의 기치를 높이 들었다.

목풍아는 잇달아 병부상서 제태(齊泰)와 태상경 황자징(黃子澄)의 죄상을 일곱 가지로 요약하여 쓰곤 붓을 놓았다. 이제야 비로소 정난군의 깃발이 오른 것이다.

목풍아에게서 격문을 받아 읽어보는 연왕의 얼굴에 화색이 돌았다. 아버지 홍무제와 전장에서 수 없는 시간을 보내며 만들었던 명나라가 새롭게 회상되었다. 어렵게 만든 나라를 허무하게 무너뜨릴 수는 없다. 그런데 이제 자신에게 명분이 생긴 것이다. 아니, 누구라도 그렇게 생각할 것이다. 아버지가 어렵게 일궈놓은 나라를 다음번 천자가 간신배들의 농간에 빠져 일가(一家)를 몰살시키고 있으니 이들을 몰아내 천자의 권위를 되찾게 한다. 격문의 내용은 그것을 말하는 것이었다. 글자 하나하나마다 어느 것 하나 마음에 들지 않는 문구가 없었다.

"하하하. 좋아, 좋아. 이 정도면 아주 좋아."

연왕은 격문을 탁자에 놓고 방이 떠나가라 크게 웃었다.

"우헤헤헤. 마음에 드신다니 다행입니다."

한동안 소리 높여 웃던 연왕이 목풍아에게 말했다.

"그런데 풍아, 몇 가지 문제가 있다."

"말씀해 보십시오."

"거룡관의 군사들을 모두 데려온다면 변방의 방비가 소홀해진다. 야인들이 그 틈을 타 거룡관을 넘어 들어오면 나는 앞뒤로 적을 맞이하는 상황에 처하는데 어쩌면 좋겠느냐?"

"우헤헤헤. 거룡관은 만리장성의 높은 성벽에 의지하고 있으니 병력의 반만 가지고 군사를 일으키셔도 무방하실 듯 보입니다."

"병력의 반이라……. 오만 정도밖에 되지 않는 군사로 천자의 군대를 상대할 수는 없다."

"우헤헤헤. 병력이야 남경으로 가면서 늘리면 되는 것이 아니겠습니까?"

"군량은 어떡하느냐?"

"그것도 묘안이 있습니다. 오늘이 칠월 오일이니 이제 가을입니다. 남쪽 넓은 평원에 누렇게 벼가 익고 있으니 군량 걱정은 하실 필요가 없습니다. 그러나 백성들의 원성을 들어서는 인심을 얻을 수 없으니 전하께서는 백성들의 재산을 침탈하지 않으셔야 할 것입니다."

"그게 말처럼 쉬운 일이냐? 군량을 사려면 비용이 많이 필요한걸. 그 비용은 어떻게 감당하고. 그 역시 백성들이 싫어할 텐데……."

"우헤헤헤. 그거라면 쉬운 일이지요. 일 인당 은전 일백 냥을 내기만 하면 군역을 면제시켜 주겠노라 명을 내리면 간단하게 수천 관의 돈이 마련될 것입니다."

"그러면 병사들이 적어질 것이 아니냐?"

"우헤헤헤. 보통 그렇게 생각할 테지만 일백 냥을 낼 정도의 부자는 그리 많지 않습니다. 하지만 하나뿐인 목숨을 아깝게 생각해 빚을 내서라도 돈을 내겠지요. 그것으로 군량을 충당하고 남경으로 내려가면서 군사들을 모으면 되는 것입니다. 일백 냥이 있으면 오십여 명을 거느릴 수 있습니다. 한 사람을 포기하고 오십여 명을 불릴 수 있다면 수지맞는 장사가 아니겠습니까?"

"그렇다면 다음 문제. 백성들의 인심을 어떻게 돌리느냐는 문제다. 네가 쓴 격문 정도면 식자층의 마음은 돌릴 수 있겠지만 무지한 백성들의 마음은 어떻게 돌리지?"

"우헤헤헤. 혹시 이런 노래 들어보셨습니까?"

목풍아는 목청을 높여 노래를 불렀다.

구슬은 하나, 용은 두 마리.
북쪽의 용이 구슬을 가졌네.
구슬은 하나, 용은 두 마리.
북쪽의 용이 큰바람을 탔네.

"우헤헤헤. 아이들이 따라 하는 노래인데 사방팔방으로 퍼져 나가고 있다더군요."

연왕이 목풍아를 노려보았다.

"요 깜찍한 녀석. 네가 퍼뜨린 게로구나."

"송구스럽습니다요."

"하하하. 좋아, 아주 좋아. 하하하. 네 녀석을 만난 것은 정말 행운이 아닐 수 없다. 하하하. 좋아, 좋아."

연왕이 목청껏 웃었다. 백성들이 이러한 노래를 부른다는 것은 민심이 자신에게 온 것이나 다름없는 이야기였다. 언제 이렇듯 치밀하게 준비했는지 연왕은 목풍아가 깨물어줄 만큼 사랑스럽게 느껴지는 것이다. 이로써 정난군의 준비는 모두 끝난 것이나 다름이 없다. 군사들의 군량 문제와 백성들의 인심을 사는 것까지 한꺼번에 후련하게 해결되자 연왕은 마음껏 웃었다.

"우헤헤헤. 송구합니다."

목풍아도 그 옆에서 손을 비비며 고개를 젖혀 웃었다.

연왕의 옆에 시립해 있던 정화는 연왕이 바로 앞에서 어린 신하가 자신과 함께 소리 높여 웃는데도 호통을 칠 생각조차 하지 않는 것을 보고 놀라운 마음을 금할 길이 없었다. 이십여 년 동안 심복으로서 함께해 온 자신보다 며칠 만난 목풍아에게 더 깊은 신뢰를 가지고 있다는 뜻이다.

서운함도 서운함이지만 정화는 연왕의 마음을 한번에 사로 잡아가는 어린 목풍아가 마음에 놓이지 않았다. 엉뚱하지만 치밀한 생각으로 연왕의 신뢰를 얻어가는 목풍아. 그 거침없는 행보를 막기에는 역부족이었다. 하지만 다행스러운 것은 자신이 환관으로서 연왕의 바로 옆에 있을 수 있다는 것이었다.

똑똑한 목풍아는 반드시 후환거리가 될 것이 분명하였다. 정난을 타계한다면 연왕은 그에게 큰 자리를 내줄 것이 분명하였다. 그리고 그때는 자신보다 높은 신뢰로 황실뿐 아니라 관계를 좌지우지할 것이 분명하다. 황제가 그의 손바닥 안에서 놀아날 것이 눈에 보이는 듯하였다.

그때 교활한 목풍아가 자신에게 화살을 겨눈다면 어떻게 될지 알 수 없는 노릇이다. 다행히 목풍아가 자신에게 관심이 없다는 것이 작은 위안이 되었지만, 어린 나이에 연왕 같은 걸물을 사로잡은 능력은 정화로서도 무서운 일이 아닐 수 없었다.

목풍아가 돌아가자 정화는 연왕에게 넌지시 물었다.

"전하, 전하께서는 목풍아를 어떻게 생각하십니까?"

"똑똑한 아이이지. 죽은 제갈량이 환생한 것처럼 말이야."

"어리지만 무서운 아이 같습니다."

연왕이 고개를 획 돌렸다.

"천하의 정화가 두려움을 느낄 때도 있었나?"

"송구합니다. 저는 다만 목풍아가 전하의 머리 꼭대기까지 올라갈까 두려운 마음에……."

"쓸데없는 소리. 짐이 어린 목풍아의 손아귀에 놀아날 사람처럼 보이는가?"

연왕이 버럭 소리를 질렀다.

"송구합니다."

"사물이란 그 정해진 위치가 있는 거야. 목풍아는 나를 위해, 천하를 위해 태어난 아이다. 그 아이가 할 일이 많단 말이다. 내가 감당할 수 없는 일을 그 아이에게 시킬 것이다. 짐도 나름대로 생각이 있단 말이다. 알겠느냐?"

"제가 전하의 뜻도 모르고……."

"지금은 그따위 생기지도 않은 일로 분열되어서는 안 돼. 천하가 내 손에 들어오지도 않았는데, 벌써부터 미래를 생각하는 바보가 되어서는 안 된단 말이다. 목풍아 그놈을 적으로 만들지 마라. 알겠나, 정화."

"예."

"마음을 공명정대하게, 그리고 사물을 바로 보도록 하라. 너는 지금 목풍아에게 심리적으로 제압당해 상황을 제대로 보지 못하고 있지 않느냐."

"예, 예."

정화는 고개를 꾸벅 숙였다. 역시 연왕이었다. 그는 그 나름대로 치밀하게 목풍아를 예의 주시하는 것이다. 그리 보자면 목풍아와 연왕은 마음속으로 치열하게 상대를 가늠하고 있는 것인지도 몰랐다. 연왕은 높은 곳에서 목풍아를 내려다보고 목풍아는 낮은 곳에서 연왕을 올려다보는,

용과 호랑이의 싸움이 자신이 생각지도 않은 곳에서 벌어지고 있는 것이다. 그것을 연왕은 간파하고 있었다. 정화는 연왕의 말을 듣고 나서야 자신이 알게 모르게 목풍아에게 휘말리고 있었음을 깨달았다. 평정심을 잃었기 때문에 바르게 볼 수 없었던 것이다. 뒤늦게 깨달은 정화가 고개를 숙여 읍하자 연왕이 말했다.

"나와 목풍아는 같은 길을 가고 있다. 그 목표는 천하 백성을 위해서란 말이다. 더 넓은 생각을 가지고 목풍아를 보도록 해라. 아마 교활한 부분보다는 귀여운 구석이 더 많은 아이일 테니 말이다."

연왕의 말에 정화는 진심으로 고개를 숙였다.

한편 연자루로 돌아온 목풍아는 일도에게 명하여 승평현의 풍계(風季)에게 대희루를 정리하여 연경으로 올라오도록 하고는 조기에게는 금전 열 관을 지전으로 바꾸어주었다.

"금전 열 관을 준다. 이 정도면 남경의 제일 큰 누각을 살 수 있을 게다. 발 빠르게 움직여라."

조기가 당황하여 말했다.

"대, 대장. 남경의 가장 큰 주루를 사려면 스무 관 정도는 필요할 텐데 이 돈으로는 아무래도 불가능합니다."

"이런 바보 녀석. 그렇게 머리가 안 돌아가느냐? 이제 머지않아 천자와 연왕과의 전쟁이 일어난다. 연왕의 군사들이 남경으로 쳐들어간단 말이다. 장사하는 사람이 그 정도도 파악하지 못하면 어떻게 하겠느냐? 내가 너에게 열 관을 준 이유는 그 기회를 이용하여 남경의 가장 큰 주루를 손에 넣을 수 있는지 네 능력을 파악하기 위함이다. 전쟁이 일어나면 몇 달 만에 끝나지는 않을 것이다. 아마 몇 년 걸리겠지. 너는 미리 남경으로 들어가 그곳에서 자리를 잡고 천천히 기회를 엿보란 말이다. 네가 남

경에서 제일 큰 주루를 손에 넣으려면 벼슬아치들도 많이 알아야 할 것
이고, 환관들도 많이 알아야 할 것 아니냐. 당장에 큰 주루를 살 것까진
없으니 기회를 엿보면서 때를 기다리란 말이다. 내 말뜻을 알겠느냐?"

조기는 그제야 목풍아의 말뜻을 알아들을 수 있었다. 목풍아는 자신에
게 남경의 정세 변화를 관찰하는 첩자의 임무를 부여한 것이다.

남경의 가장 큰 주루를 사주겠다는 말은 이런 상황을 미리 예견한 포
석이었던 것이다. 어차피 큰 주루를 운영하기 위해서는 후일 목풍아의
힘이 필요할 것은 말할 것도 없다. 그 도움을 받기 위해서는 남경으로 내
려가 목풍아가 말한 것처럼 정보를 수집하기 위해 벼슬아치와 환관들을
많이 알아놓아야 하는 것이다. 정보를 수집하며 때를 관망하다 보면 연
왕이 남하할 것이고, 그렇게 되면 집 값이 폭락하기 마련이다. 그때를 이
용해 시세보다 싼 가격으로 무리없이 주루를 사면 되는 것이다. 궁궐에
서 들려오는 첩보는 후일 연왕이 남경을 함락하는데 결정적인 도움이 될
지 모른다. 생각할수록 상상하기 힘든 곳까지 목풍아의 생각은 놓여 있
었다. 그리고 언제나 두 가지 이상의 일을 한번에 생각하는 목풍아였다.

조기는 스스로 생각하다가 등줄기가 오싹하였다. 목풍아가 그냥 던지
는 한마디에는 무서운 노림수가 담겨 있었기 때문이다. 조기는 또 한 번
목풍아가 무서우면서 존경스러운 것이다.

목풍아가 일산안경을 쓴 채 조기의 얼굴을 바라보며 웃었다.

"우린 계속해서 만나게 될 거다. 왜? 너는 내가 없으면 큰일을 할 수
없거든…… 나 역시 네가 없으면 큰일을 할 수 없어. 왜? 나는 너의 대
장이고 너는 나의 부하이거든."

"예, 대장. 최선을 다해 대장의 명령을 이행하여 보겠습니다."

조기는 꾸벅 인사를 하곤 금전 열 관짜리 지전을 품에 넣었다.

'아! 나는 대장의 손아귀에서 벗어날 수 없을 것 같다.'

자신은 상대할 수 없는 인물이 틀림없었다. 더욱이 자신이 대장으로 모실 사람은 목풍아일 수밖에 없다고 조기는 생각하였다.

다음날 대희루의 풍계가 일도와 함께 연자루로 올라왔으며, 조기가 연자루의 운영 방식을 인수인계한 후 남경으로 떠난 것은 그로부터 사흘 후였다.

목풍아는 다음날부터 부지런히 등청하며 전쟁의 실무 책임자로서 차근차근 전쟁 준비를 하였다. 은전 백 냥이면 군역을 면제한다는 포고가 나오기 무섭게 연왕의 창고에는 병역을 면제하고 싶은 사람들이 내놓은 수천만 냥의 은전이 쌓이기 시작하였다. 하음현의 현령이 미리 준비한 양식과 마초(馬草) 수만 석을 가지고 연경으로 올라왔으며, 곳곳에서 지역 현령과 유지들이 수만의 군량과 은전을 보내 연왕의 사기를 북돋우었다.

목풍아의 노래는 하북 일대에 서서히 퍼져 연경에서도 여의주와 용을 노래하는 아이들이 부지기수였으니, 모두 목풍아가 예상한 대로였다.

포정사 장병과 도지휘사 사귀 일당이 살해된 다음날 거룡관(居龍關)의 군사들이 연왕의 명을 받고 파죽지세로 남하하기 시작하였다.

연왕은 그들을 정난군(靖難軍)이라 이름하였는데, 순식간에 회래(懷來), 밀운(密雲), 준화(遵化), 영평(永平)을 차례차례 함락하였으며, 목풍아의 예상대로 한 달이 못 되어 각지에서 수만의 병력들이 연왕의 기치 아래 모여들었다.

이때 목풍아는 위풍당당하게 연왕의 막사에서 장수들을 호령하지 못하고 텅빈 연왕부의 궁전에 앉아 연약한 육조의 문관들 사이에서 군량의 조달 책임을 맡고 있었으니, 재주는 목풍아가 부리고 돈은 연왕이 버는 꼴이 되었다.

목풍아를 대신하여 전선의 군사(軍師)를 맡고 있는 자는 연왕의 세 아들을 데리고 무사하게 복귀한 도연(道衍)이라는 승려였으니, 전선의 후방에서 따분한 생활을 하고 있는 해결사 목풍아의 체면이 말이 아니었다.

『목풍아』 2권에 계속…

FANTASTIC
ORIENTAL
HEROES